轻与重
FESTINA LENTE

姜丹丹 主编

与古希腊相遇

[法] 雅克利娜·德·罗米伊 著　黄琰 译

Jacqueline de Romilly
Rencontres avec la Grèce antique

华东师范大学出版社 | 上海

华东师范大学出版社六点分社　策划

主 编 的 话

1

时下距京师同文馆设立推动西学东渐之兴起已有一百五十载。百余年来,尤其是近三十年,西学移译林林总总,汗牛充栋,累积了一代又一代中国学人从西方寻找出路的理想,以至当下中国人提出问题、关注问题、思考问题的进路和理路深受各种各样的西学所规定,而由此引发的新问题也往往被归咎于西方的影响。处在21世纪中西文化交流的新情境里,如何在译介西学时作出新的选择,又如何以新的思想姿态回应,成为我们必须重新思考的一个严峻问题。

2

自晚清以来，中国一代又一代知识分子一直面临着现代性的冲击所带来的种种尖锐的提问：传统是否构成现代化进程的障碍？在中西古今的碰撞与磨合中，重构中华文化的身份与主体性如何得以实现？"五四"新文化运动带来的"中西、古今"的对立倾向能否彻底扭转？在历经沧桑之后，当下的中国经济崛起，如何重新激发中华文化生生不息的活力？在对现代性的批判与反思中，当代西方文明形态的理想模式一再经历祛魅，西方对中国的意义已然发生结构性的改变。但问题是：以何种态度应答这一改变？

中华文化的复兴，召唤对新时代所提出的精神挑战的深刻自觉，与此同时，也需要在更广阔、更细致的层面上展开文化的互动，在更深入、更充盈的跨文化思考中重建经典，既包括对古典的历史文化资源的梳理与考察，也包含对已成为古典的"现代经典"的体认与奠定。

面对种种历史危机与社会转型,欧洲学人选择一次又一次地重新解读欧洲的经典,既谦卑地尊重历史文化的真理内涵,又有抱负地重新连结文明的精神巨链,从当代问题出发,进行批判性重建。这种重新出发和叩问的勇气,值得借鉴。

3

一只螃蟹,一只蝴蝶,铸型了古罗马皇帝奥古斯都的一枚金币图案,象征一个明君应具备的双重品质,演绎了奥古斯都的座右铭:"FESTINA LENTE"(慢慢地,快进)。我们化用为"轻与重"文丛的图标,旨在传递这种悠远的隐喻:轻与重,或曰:快与慢。

轻,则快,隐喻思想灵动自由;重,则慢,象征诗意栖息大地。蝴蝶之轻灵,宛如对思想芬芳的追逐,朝圣"空气的神灵";螃蟹之沉稳,恰似对文化土壤的立足,依托"土地的重量"。

在文艺复兴时期的人文主义那里,这种悖论演绎出一种智慧:审慎的精神与平衡的探求。思想的表达和传播,快者,易乱;慢者,易坠。故既要审慎,又求平衡。在此,可这样领会:该快时当快,坚守一种持续不断的开拓与创造;该慢时宜慢,保有一份不可或缺的耐心沉潜与深耕。用不逃避重负的态度面向传统耕耘与劳作,期待思想的轻盈转化与超越。

4

"轻与重"文丛,特别注重选择在欧洲(德法尤甚)与主流思想形态相平行的一种称作 essai(随笔)的文本。Essai 的词源有"平衡"(exagium)的涵义,也与考量、检验(examen)的精细联结在一起,且隐含"尝试"的意味。

这种文本孕育出的思想表达形态,承袭了从蒙田、帕斯卡尔到卢梭、尼采的传统,在 20 世纪,经过从本雅明到阿多诺,从柏格森到萨特、罗兰·巴特、福柯等诸位思想大师的传承,发展为一种富有活力的知性实践,形成一种求索和传达真理的风格。Essai,远不只是一种书写的风格,也成为一种思考与存在的方式。既体现思索个体的主体性与节奏，又承载历史文化的积淀与转化，融思辨与感触、考证与诠释为一炉。

选择这样的文本，意在不渲染一种思潮、不言说一套学说或理论，而是传达西方学人如何在错综复杂的问题场域提问和解析，进而透彻理解西方学人对自身历史文化的自觉，对自身文明既自信又质疑、既肯定又批判的根本所在，而这恰恰是汉语学界还需要深思的。

提供这样的思想文化资源，旨在分享西方学者深入认知与解读欧洲经典的各种方式与问题意识，引领中国读者进一步思索传统与现代、古典文化与当代处境的复杂关系，进而为汉语学界重返中国经典研究、回应西方的经典重建做好更坚实的准备，为文化之间的平等对话创造可能性的条件。

是为序。

姜丹丹（Dandan Jiang）
何乏笔（Fabian Heubel）
2012年7月

目 录

前言 / 1

I 荷马

1 荷马与口传史诗:一种文学的诞生 / 3

2 荷马史诗中的化身 / 25

3 荷马史诗中一匹会说话的马 / 46

4 "为何选奥德修斯?" / 54

5 关于魔怪 / 80

6 《奥德赛》中三个天堂般的花园 / 94

II 迁徙与发现

7 诸岛对古希腊文化的贡献 / 109

8　萨摩斯岛少女像 / 133
9　希罗多德著作中的"智慧"与战争 / 150
10　论修昔底德历史著作中"必然性"的概念 / 169
11　医学：古希腊的学术典范 / 195
12　公元前 5 世纪的雅典与地中海 / 212

III　希腊与我们
13　泛希腊主义与欧洲的统一 / 233
14　古希腊与欧洲 / 260
15　当今生活中的希腊语 / 268

前　言

这本小书收录了1964年至1994年间不同时期的讲座和论文。这些研究的相同之处只在于它们有着同一个意愿,即理解并让人们喜爱古希腊文化,以及古希腊文化的独特之处——正是这些独特之处解释了古希腊文化长久以来一直具备的、直到我们生活的今时今日仍在发挥作用的影响力。因此,本文集收录的是一些"相遇",一些在偶然场合下发生,但始终受同一个精神启发的相遇。

文章根据所涉主题或作品的年代来排序,从荷马史诗开始,一直到我们这个时代:之所以这样排序,是出于一个信念:古希腊是一个发现的时期,一个几乎不断进步的时期,这个时期的冲击力即使在现代世界仍然强劲有力。

然而这并不是说这本册子也有连续性。这里提供的是选取的内容,很大程度上是偶然的选择。我特别想做的是,在一堆五十年来积累的论文和讲座中,选出一些来构成一本文集,提供给单纯好奇的公众,尽量避免太专门的研究,此外这本文集也能给古希腊研究者提供一些别处很难找到的文章:它只收录没有公开发表过的作品,以及一些散落在只为学者提供的论文集中的作品。我们还要感谢这些论文集的出版者允许我们另外发表其中一些文章①。

文章的选取并不以构成一个整体为目标。这也解释了为什么会缺少许多关于古典时期的文章。关于古典时期,有另一册书由美文出版社(Édition des Belles-Lettres)同时出版,那本书汇集了其他一些研究,全部关于悲剧:悲剧的主题在这本书里并不涉及——这是一个重要缺失。在本书中,我们会发现许多关于荷马史诗的研究:把这些研究归在一起看起来是合理的。与此同时,尽管我是希腊古典时期和5世纪的专家,但"荷马"这个词,这个代表着西方文学史中这篇既精细又有力的第一文的词,这个充满艺术和人性的词,每每看到其出现,我还是会不由惊叹。而且,关于荷马史诗的认识,近几个世纪以来有了长足进步,在此牺牲掉一些我们反正也不追求的平衡,而给荷马史诗多一些分量,我想也未尝不可。我再重

---

① 这些出版者的名字列在每项研究的第一页。

复一次:这本册子是抽样的选择,而不是系统的组合。

而且,这些研究的语调和文体也各不相同。一些文章论述某个特定文本,或者特定文本的特定方面;另一些文章则是比较宽泛的综合概述。我希望读者们原谅这一点带来的不便。我有一个想法,就是在一部文学著作中,尤其是在一部古希腊文学著作中,每一个细节都反映了作品和作品后续的精神。细节提供了精神的证明。在这种情况下,我乐见分析和综合的统一:分析和综合的交替让我感到安心。

但是这些论文之间的差异还不止于此。某些文章面向广大读者,即对希腊研究知之不多的读者(例如,第一篇和最后一篇文章就是这样);这些文章着重于某一点或是概述一些观点,仅此而已。相反,另一些文章则是写给对希腊研究有所了解甚至有所钻研的读者。我希望,就像俗语说的那样,每个人都能"找到适合自己脚的那只鞋子"。无论如何,我这颗教授的心都愿意相信,求知欲是自然美好的,每个人都能从探索中获取一些意外的好处。

在比较精细的研究中,我保留了第一次出版时就有的那些多多少少有些学术性的注释和引文:感兴趣的读者可以参考一下,其他人可以直接翻过去。因此,我在注释中保留了出版者规定的特定格式惯例,包括惯用缩写。但是阅读文章本身并不需要知晓这些惯例,也不需要对希腊语有任何了解,文章中不时出现的一些希腊单词仅仅作标记之用。

如果此处收集的文章之间的差异让读者感到困惑的话,必须强调,使这些文章汇集于此的是灵感的相似性,并且这种相似性还产生了另一种相似性。1964年以来,我写了好几本书:这些书探索的都是同样的主题,都着重于古希腊文学中的人性意识。无疑,一位精通的读者能够发现从一篇论文到一本书,或者两篇论文之间重复出现的这些概念、论据、例子等。但是,我所保留的任何一篇文章,都提出了新的观点、更完整的分析,或者新的证据。此处,我作为教授的经验再次告诉我,对重要的概念进行重复,有时不是一件坏事。而且,这不是很奇妙的事吗?例如,当我们发现,荷马史诗中的一切,从整体的写作到字里行间的细节,都展现了以人为核心的相同欲望。每发现一个新的证据,我都欣喜若狂。我怎么能不愿意分享这份欣喜呢?虽然这本文集中偶尔出现重复,所收录文章之间形式也不太统一,但古希腊文化的统一性和独特性,让这些都变得合理。

所以我说,这本文集关乎相遇。其中的文章并不都会给每个人以相同的愉悦;但我希望,其中的一些文章能够让人们窥见古希腊的光辉面目,并让人们产生想通过作品了解更多的欲望。

I

荷 马

1
荷马与口传史诗：
一种文学的诞生*

今天我之所以选择给大家讲荷马史诗，是因为在我看来，荷马史诗是再好不过的例子，能够很好地说明，古希腊研究是怎样借助各个领域的发现而不断更新，以及对伟大著作的不断完善的解读，是如何在今时仍然对我们所面临的问题起到启发思考的作用。更好地理解这部西方文学史上最早的著作，就是更好地理解文学本身以及文学的作用。

荷马研究的革新，并不像其他古希腊文学作品那样是因

---

* 1981年4月28日于丰特奈大学预科学院（Collège Universitaire Fontenaisien）的讲座。

为有新的文献被发现。关于抒情诗、悲剧、米南德喜剧等,我们不断有新的认识,那是因为我们找到了——通常是从莎草纸上——之前遗失的作品。而我们从来没有遗失过《伊利亚特》或《奥德赛》;我们关于荷马史诗的认识并不是以这种方式提升的。那么是以何种方式呢?首先,是通过历史学和考古学的发现,让我们能够更好地根据荷马作品中的素材来定位荷马。

我们可以从一些大家很熟悉的材料开始。这些材料我们非常熟悉,但是长久以来,我们都忽略了这些材料,并且倾向于把荷马当作一个纯粹的开端。我们把荷马当作一个原生的作者,一个起点。然而,荷马是一个终点,他标志了一段很长的历史的成果。

《伊利亚特》讲述了特洛伊战争——伯罗奔尼撒半岛的希腊人对小亚细亚的特洛伊的讨伐;这些希腊人的领袖是阿尔戈斯和迈锡尼的国王阿伽门农。换言之,这次出征属于迈锡尼文明的一部分。在19世纪末20世纪初的考古发现之前,谁了解这种文明呢?是通过这些考古发现,我们才了解到像克诺索斯这样的克里特宫殿的财富,我们才接触到一直繁荣到公元前1400年左右的这一精湛文明。也是通过这些发现,我们才发现了迈锡尼地区和迈锡尼文明,这种文明应该是来源于克里特模式,并接替了原来的克里特文明,但是这种文明中有一些更粗暴好战的东西。我们现在很熟悉迈锡尼的金面具。而这些面具曾经在三千多年里默默无闻。我们也发现了特洛伊，也就是阿伽门农率领的希腊人所奔赴的地方。这应该发生在公元前1200年左右，就在新的海浪摧毁这些宫殿和这种文明之前。希腊人不得不离开，在长达几个世纪的流亡中保存他们所遗失的伟大文明的记忆。然后，到了大概公元前9世纪，小亚细亚崛起了，移民来到这里，贸易发展起来——不久，我们有了荷马。不久吗？事实上，荷马的作品反映了所有这些为我们所熟悉的时期的元素：克里特岛的记忆，包括岛上复杂的宫殿，以及迈锡尼的物品，我们在墓穴中偶尔会发现跟史诗中描绘相同的物件——例如《伊利亚特》第11章中描述的鸽子酒杯，在迈锡尼遗址中就发现了相同款式——此外还有更近一些的记忆，例如铁，这是更往后一些才使用的，比早期的青铜要晚一些；更不用说，《伊利亚特》中处处出现的腓尼基人，他们是直到公元前9世纪才出现的。简言之，根据我们目前所有的知识，我们可以确切地说，荷马史诗并不符合古希腊文明中某一个特定的统一的时刻，而是将历史上长达4个世纪的时期的素材混杂在一起，这4个世纪间，习俗的方方面面都出现了更新和变革。

荷马史诗的语言特征也可证实这一点，这是一种造作的、文学的、混杂的语言；某些部分是爱奥尼亚语，另一些是伊奥里亚语,个别则是来源更早的阿提卡语。所有这些都散乱地混杂在作品的各个部分。同样,这种语言也保留了一个遗失的字母的记忆,即字母 digamma,它在文中时不时会随意地出现一下。这也同样证明,4个世纪的历史层层承继,才促成一种艺术创造,一种惯用语言。

这就把我们引到了我想跟大家谈的口传史诗:荷马的这些诗,也是4个世纪的口传诗的成果。这个发现,我认为不再是来源于考古的新发现,而是来源于新的调查、新的想法。这个想法如下所述。在荷马史诗中,尤其是在《奥德赛》中,我们可以看到一些行吟诗人的角色,他们在例如宴会这样的场合中,唱到特洛伊战争的某些片段。我们可能会觉得,这可太早了:然而这个行吟诗人的角色,在许多口传史诗被保存下来的国家中都可以看到,难道我们不能研究在口传史诗依然存在的地方,这种诗歌是如何流传的,并以类推的方式解释荷马之前的希腊行吟诗人是如何创作的吗? 有两个名字因此而著名,他们以不懈的热忱进行了这项研究并厘清了其中的因果关系:那就是米尔曼·帕里(Milman Parry)和他的学生阿尔伯特·洛德(Albert Lord)。这两个美国人记录、核对、比较并研究了南斯拉夫英雄史诗行吟诗人的创作和朗诵。这项研究开始于40多年前,他们记录了超过12000个诗人。在这个问题上,许多事情都变得清晰了。他们理所当然发现了记忆的巨大可能性。他们也在活着的素材上找到了一种倾向,即诗人倾向于将过去的某个时刻理想化:南斯拉夫的行吟诗人是这样,爱尔兰和高卢的行吟诗人也是这样,他们一代一代地传递圣杯和圆桌骑士的传说,以及罗兰在龙塞斯瓦耶斯的故事。然而,关于细节的这个细致发现,尤其有助于我们理解套语的使用,在每一篇行吟诗中都有套语,帮助记忆并打开改编的途径。我们知道荷马史诗中套语的使用非常频繁,现成的诗句中每个专有名词总是连着同一个定语,总是用同一组诗句引入某场战斗、某一餐饭、某个黎明、某个答复。但是,只需读过一点荷马史诗,就能够知道,从这些标记性的元素中,产生了惊人的变奏。套语的流畅是口传史诗的一种艺术,这种精巧的手法每一天都显得更加清晰。另一方面,对著名题材的改动和改编的艺术也到达了一个更高的水平。因为,已经证实,诗人可能给一位英雄套上属于另一位英雄的丰功伟绩,也可能把互不相关的素材组合起来——简言之,诗人可以就已知的历史进行发明创造——由此创作出"史诗"。

然而,口传史诗的这些不同元素,在荷马史诗中事实上是有根有据的。荷马史诗与其他传说的关联性就能够间接地说明:例如,关于《伊利亚特》所讲述的这场特洛伊战争,《伊利亚特》这部史诗只描绘了这场战争中传奇性的一部分,我们怎么可能只能从这里得知这场战争呢?以前的行吟诗人难道不会讲述战争的起源吗,不讲述海伦是怎样被掠走的吗?而在荷马史诗中对战争起源的影射,就好像这是一件众所周知的事情。难道就没有关于这场战争前十年的诗歌吗——更甚者:也没有关于最后夺城的诗歌吗?荷马影射了特洛伊木马的故事:但是没有人讲这个故事吗?《伊利亚特》也常常出现有关阿喀琉斯不久将会死去的暗示:没有人歌颂阿喀琉斯之死的故事吗?当然,所有这些章节都是存在的——只是,我们是在其他史诗中读到这些内容,一些比荷马要晚一点的史诗,但是取材于同样的素材,比荷马还要早得多的故事素材。由此可想到,荷马也运用、改编、修改了这些传说,才使其具备合理的连贯性。也许,阿喀琉斯之死和他母亲的悲痛在《伊利亚特》中也有讲到,但是史诗中的表现形式是帕特洛克罗斯之死,以及忒提斯对绝望(而非死去)的儿子的怜悯。另一方面,阿喀琉斯在《伊利亚特》中的战斗,很容易让人想起他在另一史诗《厄提俄皮斯》(*Éthiopide*)中对抗门农的战斗,且《厄提俄皮斯》的素材有可能是最早的素材:荷马可能从中汲取了灵感。同样,荷马史诗中也曾简要影射过其他传说,如墨勒阿革洛斯和柏勒洛丰的传说。事实上,我们知道,对于荷马本人,阿尔戈船英雄的冒险就已经是一个广为传颂的故事了,完全有可能,荷马在讲述奥德修斯于各个魔岛的探险时,就借鉴了阿尔戈英雄的故事。因此,要想找到本来就不是描写得很精确的奥德修斯历险的路线,那几乎是徒劳。

我不会沿着这条路探索,因为我很快就会被一些肯定不靠谱的假设给困住。但是至少有两件事情是确定的。首先,荷马史诗的原始素材肯定是存在的,而且时间跨度长达几个世纪,这些素材以各种传说的形式存在,为行吟诗人和大众所周知,但是一直在不断更新、改良。第二,只有根据我们从这种传统中、从他在这个传统中所处的一个后续位置上模糊看到的东西,才能定义荷马史诗的独特性。

所有这些都是美好的——而且我们看到,荷马研究在近三十年来,因为有了这些新的观点,已经发生了深刻的改变。过去,学者们分为统一论派和分析派,一派认为荷马在某个美好的日子里写就了这两部今天我们手上的史诗,另一派认为他创作了一部主要的史诗,这部诗在后来很长一段时间内不断被别的多多少少有点想法的诗人增补改编。基于目前我们所掌握的知识,必须要对这些事情有所区分。关于荷马与口传史诗之间的关系本身,统一论是没有什么道理的。我们稍后再讨论另一派。但是目前已经可以确定的是,支持统一论的人,肯定对口传史诗及其原则没有充分的认识。我们可以相信荷马在某个美好的日子里写就了《伊利亚特》,且他或别的什么人也这样写成了《奥德赛》。但即便如此,他也是基于许多远古的素材,许多属于不同年代、不同灵感来源的集体的素材,这些东西可能很难无缝融会在一起。做统一论者,也不能不考虑多样性的问题。

把荷马放入口传史诗的历史中,我们就不能再像看待现代那些写就则不变的诗歌那样看待他的作品。

现在是时候说了:荷马史诗,在这一系列口头作品中,占据着一个特殊的地位。荷马结束了口传史诗,但却开创了文字史诗。

文字,这很重要!我们希望能够更确切地确定文字与诗歌创作之间的关系。然而我们所知道的是:迈锡尼时期的希腊人用的是一种文字——线形文字B——这种文字并不是为他们的语言创造的,很不适应他们的语言(这是一种音节文字,不标注最后一个音节的变化,而最后一个音节的变化相当于性数格或动词变位)。这种文字于30多年前被破解了——这又是一个非常重大的发现!这种文字看起来是用来计数的。但是肯定的是,这种文字随着迈锡尼文明一起消失了。从那时候起,好几个世纪里,希腊人的生活中是没有文字的。然后,到了公元前8世纪,他们借用了腓尼基人的字母表,他们改良了腓尼基人的字母用于自己的语言,不久后这种文字就用于所有的场合。很快地在器皿上就可以看到这种文字的使用,并且它再也没有消失。

公元前8世纪,同样是荷马的世纪。也许荷马学会并用上了文字。也许……无论如何,他的弟子和他的继承者们,几乎是马上就用上了文字。

当然了,荷马在创作《伊利亚特》和《奥德赛》时是否有了文字的帮助,就成了一个关键问题。这是一个学者们热烈讨论,但至今未有定论的问题。在史诗的故事里,没有关于任何人物书写或阅读的描述。偶尔会提及一些用于警示或诅咒的"符号",但是没有任何证据能够证明这些符号就是文字。这一点上,就和南斯拉夫英雄史诗有很大的区别:南斯拉夫英雄史诗一直是口头诗歌,但是常常会谈到英雄和亲友间,或者国王与臣子之间的书面信件。如果荷马识字且会书写的话,我们至少能够更好地理解其诗作的惊人长度,以及故事布局的精妙。就算没有全部写下来,他至少可以用文字来做一些标记。我想,这是目前大多数学者所倾向的情况。某些学者甚至尝试着揭示:除了一些口头创作的痕迹之外,作品中的某些部分还泄露了一些书面创作的痕迹。

然而,无论如何,不久之后,还是有人用文字固定了这两首史诗,让它们变成后来我们所看到的这个样子。这就意味着,此后它们逃脱了口头作品不定的命运。这也意味着,它们被认为足够伟大,应该逃脱这种命运。我们今天还能够听到的那些口头史诗没有完成这一跃进;而几个世纪前这些吟唱者就已经掌握了书写;且所有人都运用文字,更不用说还有很多其他记录手段,外来的人会建议或迫使这些吟唱者使用。在用文字来固定诗歌的意愿中,有一种希腊特有的共识精神:认为比起某个诗歌大师的无法控制的才学,被客观地控制住的作品是更好的。但这其中也包含了一个理念:作品本身就是成功的、完整的成就,应该被一成不变地保存。换言之,让作品脱离口头流传的循环,成为一部用文字书写的作品,一部文学作品,这是一个明智的决定。

此外我们还注意到,那些在其他时代中经历了同样转变的史诗,都有很精湛的文学性的特点,作为固定的基础。《罗兰之歌》是这样,《特里斯坦与依瑟尔》也是这样。口诵的传统成就了值得被书写的作品、愿意变成文学的作品。

关于荷马史诗,可能是它诗意的品质,它的措辞、音调、韵律、流畅等促成了这一进步。但可以肯定,最重要、最能够定义这部作品的,是这个长长的持续的故事在各个章节中的布局,这是一个有进展的有意识的故事,它的意识在整部作品的结构中逐渐散发出来。

事实上,不同作品的布局差异很大:例如,有些诗歌一步一步地从头到尾描述整个特洛伊战争,而这部作品选取了战争中的一个时刻,以阿喀琉斯的愤怒为故事情节的纽带,从他的愤怒引向特洛伊人的胜利,以及帕特洛克罗斯的出战和死亡,再到阿喀琉斯回归战场,最后的结尾不是赫克托耳的死亡,而是归还赫克托耳的尸体;也就是说,结局是躁怒的阿喀琉斯最终放下,巨大的怒火和悲痛终于平息。这部作品围绕着人的几种主要的激情,通过精心设计的连贯情节,尽力展现情感的绽放。同样,所有关于食人魔或女巫,以及战斗和风暴的故事,只有加入了奥德修斯强烈的回家意愿,才是有意义的:这些遭遇拖慢了他回家的脚步,但是这个也许不如《伊利亚特》有力量、却更加精细的故事布局,让我们渴望这个故事,也让主人公配得起这个故事;伊塔刻岛上等待的场景和特勒马科斯的故事,与奥德修斯经历的或讲述的场景交织出现;夫妻重逢的亲密场面巧妙地转化成了对超自然的想象(通过人物讲述表现),中间穿插了理想化的人物关系,如奥德修斯与收留他的淮阿喀亚人之间的关系。

　　这种品质,应该是得到了文字的辅助,或者至少值得在不久后被文字固定,这种品质就在于定量、预备、组合。我坚持这样认为,因为今天的许多研究和许多有趣的解读都以这种品质为对象。今年我在研究关于阿喀琉斯威胁要亵渎,或者实际上也亵渎了赫克托耳尸体的描写处理时,也有这样的体会。他的怒火,他的惩罚,每个主题都是一系列细节和思考的一部分,都用了略微不同的套语,我们不能不为之惊叹。确实,也正是这种品质,让我们相信这个故事,也让这个故事显得悲剧。而在我研究这些故事的过程中,我接触到了西格尔(Ch. Segal)的研究,他指出了对一般暴力的描写也有同样高深的渐进。几个星期后,我又看到了一篇欧文(M. Owen)的论文,指出在《伊利亚特》的前几章中,有着无限的对称性和平行性。例如,帕里斯和海伦的会面,与赫克托耳和安德洛玛刻的会面平行,形成了鲜明的对比;格劳库斯在战场上的角色,也给接下来赫克托耳和安德洛玛刻的会面添了一分情感[①]。这位英国学者谈到"细小结构(模式)的无限性相互交织,每个时刻都露出新的关联和新的意味"。这是近期大部分荷马研究的相同见解,甚至包括那些谈到某些事实出入和奇怪阐述的研究。这些研究所揭示的技艺,是荷马史诗之精湛的重要部分,正是当时还是崭新事物的文字促成并确定了这种精湛技艺。

然而,此时需要对荷马研究做一个新的小结。我们已经看到,因为口传史诗与其规则的存在,统一论已经不可能毫不妥协地占上风了。相反,口传史诗与经历了文字转化的已完

---

① 此处提到的文献是:Ch. Segal, *The Mutilation of the Corpse*, Leiden, 1971; E. T. Owen, *The Story of the Iliad* 1re éd, Oxford Univ. Press, 1947。

成的唯一作品之间的反差,也让分析论无法将史诗分割成分散的、不相关的碎片:再也没有消极的分析派,正如再也没有偏执的统一派。现在有的是新分析派,他们的目标是力图通过荷马可能借鉴的口传史诗的不同章节来找到荷马的独特性,同时也不否认文学作品是经过锤炼才铸就的,这是至高无上的艺术。口传史诗启发了荷马,不仅仅因为荷马受益于口传史诗,也因为两者之间的不同。正因如此,荷马的作品是一段漫长时期——口传史诗时期——的总结,并开启了另一个非常重要的时期:文学的时代。

然而,精湛的雕琢和创作的品质(整体创作及着眼于整体的细节编排),尚不足以定义这种文学。因为这会让诗歌本身的素材和令诗歌与之前口传史诗所不同的那些特点变得廉价。

这就是我接下来想要探讨的:对口传史诗及其重要性的发掘,也能够让我们更确切地把握住荷马的独特性,以及让荷马比其他行吟诗人更优异的特质。

当然了,出于某些原因,我们没法获得荷马之前的那些口传史诗作品。但我们还是可以重构那些作品的灵感,即通过一系列荷马之后的诗作,而如我前面所说,这些诗作反映了荷马之前的传统。这些诗作其实也失传了。但是我们有这些诗作的梗概,还有一些诗句和模仿诗。另外,既然已决定通过荷马之后的资源来研究荷马之前的传统,我们也可以再往后退一点:古希腊研究新分析派常常会借助于现代希腊诗歌,因为这些诗歌,在几个世纪后,似乎仍然保留着古代流行的传统。甚至在希腊之外也能找到这些传统:世界各地都能够收集到一些关于食人怪、独目巨人、女巫的小故事和传说,能为我们向荷马靠拢发挥很大的作用;能够证明,这些故事运用了相同的基础,荷马也是以同样的源泉为基础,依照自己的意愿进行选择、修改和编排。最后,也可以这样认为:其他口传史诗传统给了我们一个比较确切的关于古希腊人传统的概念。我们将爱尔兰史诗与特洛伊战争中的英雄进行对比,发觉两者有不少相似性和些许不同,造成这些不同的,除了民族差异外,还有原生态史诗与荷马的文学创造之间的差异。

事实上,不管是选取一个或几个模型进行对比,还是整体对比,结果都一样:我们会发现,荷马是从一个很杂乱的资源库中汲取材料,并朝着一个更人性的方向运用这些灵感。我这里所说的人性有两层含义:荷马抽除了魔幻和超自然而专注于人类;他也抽除了暴力和恐惧而专注于体谅和怜悯。

第一层含义可能会让大家觉得吃惊。在我们看来,荷马史诗中满是奇幻。《奥德赛》中充满了妖怪、魔药、超人类的角色;《伊利亚特》也为我们呈现了大量神祇之间的场景;甚至,《伊利亚特》中神祇还时常参与凡人间的事务,扭曲人类行为的结果,而人类却无能为力。阿喀琉斯袭击阿伽门农,是神的旨意。赫克托耳在最关键的时刻受到蒙蔽,毫无反抗能力地败给阿喀琉斯,也是神的旨意。让阿喀琉斯归还赫克托耳的尸体,还是神的旨意。这最后一个例子与第一个例子一样,可能是表现人类原始冲动的一种方法;但是第二个例子不适用于这种解释:在荷马史诗中,我们被迫看到的是一个超自然力量主宰一切的世界。

然而,必须看到事物真实的一面,且不能用现代的眼光去看。通过比较可以发现,荷马很大程度上抽除了超自然①。比如,从荷马史诗里对其他史诗中已谈到的传说的概述,就可以看出这一点。荷马讲述过柏勒洛丰的故事,但是一次也没有提到过他的双翼飞马珀伽索斯,这匹飞马带着柏勒洛丰探险,也让他产生了他致命的骄傲。荷马也曾用一百多句诗概述了墨勒阿革洛斯的故事,却完全没有提及代表着墨勒阿革洛斯生命的那根神奇木头,他的母亲用那根木头燃尽了他的

---

① 关于这一点,请参见作者的著作《为何希腊》(*Pourquoi la Grèce*),页34—35。

生命。悲剧家们则在自己的作品中讲了飞马珀伽索斯,也讲了神奇木头。他们参考的传说有着古老民间传统的所有特点。而在荷马的作品中,我们只看到神祇的干预,而神物都尽可能地消失了,特别是在《伊利亚特》中。

尤其,当我们想到荷马笔下的英雄,并把他们跟其他作者演绎的这些英雄对比时,我们会觉得他们始终都是凡人。当然,有时他们会得到某位神的帮助,神帮他们射出一支箭或挡住一支就要射中他们的箭。但是他们自己并不具备超出凡人的身形或力量。而且,若我们联系别的史诗,例如古爱尔兰史诗中库丘林的英雄事迹,区别就更加明显了。库丘林每只手拿四把枪。他能杀死二三百甚至五百名战士,自己却毫发无伤。此外,他母亲怀孕怀了三年零三个月。当他战斗的时候,他会抽筋,导致一只眼睛突出,一只眼睛内缩,一只变得像针眼一样小,另一只变得像杯子一样大……不再多言……因为我无法相信荷马的素材也这样不真实。但是这让我们看出来,荷马很小心地避免了这种荒谬。即使库丘林和阿喀琉斯都头顶光环,但是到了荷马笔下,阿喀琉斯头上的光环就跟火焰上的烟一样平凡。就连阿喀琉斯那副由神打造的盔甲也不再神奇。荷马笔下的英雄几乎就是凡人。

此外,神祇虽然干预战争,却很少扭曲战争。他们其实是一些非常人性的神祇。在《奥德赛》中,雅典娜对奥德修斯的情谊就好像姐姐对弟弟一样,她给他建议,陪伴他,支持他,却几乎不创造奇迹。在《伊利亚特》中,神祇分成两派帮助战争的一方或另一方;但他们之间的对立也创造了某种平衡。同时,他们的干预也始终非常有限。忒提斯能够为她的儿子求来一副盔甲,却不能挽救他于即将到来的死亡。即使是宙斯,也逃不过命运的安排,只能看着儿子死去。

最后,神的干预也不意味着人有丝毫的逊色。当英雄被神祇欺骗而无能为力时,他们会清醒而勇敢地接受这种命运,他们的厄运只会反衬出这种勇气。赫克托耳就是一个很著名的例子:他本以为有得伊福玻斯在旁辅助,却忽然发现自己孤身一人,原来是一位神蒙蔽了他,他迷路了。于是他高喊:"唉,毫无疑问,神要我去死……"但他又说:"不!我不要不战而亡、无荣而死,不能不留下一些让后世传颂的丰功伟绩!"(22.296—305)在这里,神祇对人类的随意玩弄,只会更好地反衬人类的英勇和高尚。[1]

这种叙事手法,与其说是文学本身的特点,也许更是希腊地区的特点,或者荷马本人的特点。然而有一个事实值得注意:史诗是围绕着从这种文明一出现就已存在的神祇展开的;而有关这些神祇的传说在最初是宗教性质的,并不是刻意创

---

[1] 参见《为何希腊》,前揭,页52—55。

造出来的故事,不是展现凡人并让公众对这些凡人角色产生钦佩、怜悯和同情之心的故事。是荷马开创了悲剧、小说以及所有在日后成为文学的作品的先河,因为是他在作品中加入了一种人文的概念。

但我同样也说过,这些素材突出的是道德意义上的人性。这里需要解释一下。因为《伊利亚特》是一篇战争史诗,诗中充满了打斗、伤亡和复仇。《奥德赛》中奥德修斯与之战斗的那些妖怪也同样残忍。的确如此。但是,我们得再次做一个对比。

对比一下库丘林:在库丘林的故事中,我们看到的是残忍的大屠杀。在每一个婚约中,女主角只有在一个英雄杀了一百个人后才肯嫁给他;被砍下的脑袋成了树上的装饰;用石头砸烂敌人的脑袋……诸如此类。荷马史诗中完全没有这样的情节,荷马史诗中的每一桩暴行都是由侮辱引起的,而且通常都是被指责的。

或者,我们也可以对比一下与荷马同时期的口传史诗,我们可以从一些组诗和悲剧中找到当时一些口传史诗的痕迹。我们从中获知的那些伟大而残酷的神话故事,荷马同样知道,也常常有所隐射。但是,他似乎小心翼翼地避免提到恐怖的事情。阿伽门农被谋杀一事,荷马主要归咎于埃癸斯托斯,而把克吕泰涅斯特拉的同谋放在比较模糊的地带;他同样没有提到俄瑞斯忒斯弑母的事情。荷马也没有提到伊菲革涅亚和她被阿伽门农杀害的事情——然而他似乎是了解这个故事的。他也没有谈到莱卡翁和珀罗普斯的吃人行为。他没有讲大埃阿斯发疯并屠杀羊群的故事,尽管《奥德赛》中隐射过这个故事,他也没有说明大埃阿斯最后自杀而死。荷马似乎也拒绝相信俄狄浦斯与母亲育有孩子。所有这些故事都是已有的。荷马知道,但是他不想讲。

与此相反,荷马保留了(甚至增加了)所有能够唤起怜悯、同情和感动的故事。在赫克托耳这一边,他着力表现赫克托耳身边那些爱着他并依赖着他的女性,例如赫卡柏和海伦,尤其是安德洛玛克。在赫克托耳与亲人道别的场面中,有他那害怕头盔的幼子,还有笼罩在他父母身上的那种无言的忧伤,赫克托耳与所有受到战争威胁的年轻丈夫没有什么两样;这个场面让我们对他产生同情,感叹他的命运。而且,在荷马史诗中表现的,是赫克托耳担忧妻子未来的命运,而不像通常的史诗那样,是安德洛玛克自己在担忧。帕特洛克罗斯之死的情节也一样,阿喀琉斯同样值得同情,荷马把他描写得更加接近我们,更加让人怜爱。荷马保留了所有这些能够激起同情心的情节,哪怕是关于无名战士的情节。有时只是简单的一个关于无辜被害之人的词,有时则是一个优美的句子,用喧嚣的战场反衬安静的尸体。有意思的是,这里所说的这个诗句("他静静地长卧于此,永远忘记了战车的轰鸣")曾用来描写阿喀琉斯之死，而在《伊利亚特》第十六章，也用来描写一个次要人物刻勃里俄纳斯，他是赫克托耳的车夫和异母兄弟。对死者的同情处处可见，且非常强烈。无论如何，在此我们没有必要赘述细节。这部战争史诗结束于人性的一幕——阿喀琉斯接待普里阿摩斯并归还赫克托耳的尸体，这难道不是荷马精心选择的吗？最后的几个诗章不都是往这个结局发展吗？这个结果不正是最能让我们的心充满怜悯吗——对普里阿摩斯的怜悯，对赫克托耳的怜悯，对阿喀琉斯本人的怜悯？在这里人性最是突出。也正是因为人性，这些英雄才变得与我们更亲近，更能打动我们。

目前我只谈了《伊利亚特》；因为在一部战争史诗里有这样的品行这样的情感是非常值得注意的。但也可以补充，《奥德赛》中同样突出了某种人性的典范（如史诗中描绘了招待食客的风俗），且这篇史诗将忠诚的主题发挥到了极致。因为这里的奥德修斯，他本可以与仙女卡吕普索或美女瑙西卡一起长生不老，但他只想着家乡伊塔刻小岛上他亲爱的迟暮的珀涅罗珀。他选择了朴实的、人性的一方——与我们凡人相似的这一方。他对与我们相似的人的忠诚，使我们喜爱他。

这是希腊的特点，还是荷马的特点？大概两者皆有。但我更愿意相信，正是因为这种取向，让荷马史诗发展为文学的开端。正因为这种人性，荷马史诗才创造出了与我们有些相似,又具备各种典型的人物——让我们感动、让我们觉得熟悉、让我们感到如朋友般亲切的人物。安德洛玛克,珀涅罗珀:她们曾经在文学中存在,且现在依然活跃。时至今日,人们仍在为她们作文、为她们作曲。赫克托耳、阿喀琉斯、奥德修斯也是一样……在哈姆雷特和安娜·卡列尼娜出现之前,在有高老头和大莫纳这些角色之前,他们就是理想、记忆和思想的化身,他们就是生活中最珍贵的东西——文学角色。无疑,他们之所以能获得这样的地位并保持近三千年,是因为荷马并没有把他们塑造成超人类,而是赋予他们以人的生命,一种接近我们凡人的生活,能够唤起我们的同情、怜悯和钦佩。希腊悲剧正是从这些人物身上汲取灵感,并给了他们新的形象,但是悲剧之所以能够被创作出来,是因为它们已经成为文学中的现实。

我在这里所讲的一切都说明,相比之前的所有口传史诗,荷马史诗有着杰出的品质,因此荷马作品才会被书写、复制、固定,成为我们期待中的文学作品。我只想补充一点,荷马在所有之后的希腊文化中都保持了这一特殊地位。组诗(Les poèmes du cycle)已经失传了,估计是因为组诗被复制的次数比较少。但是《伊利亚特》和《奥德赛》这两部史诗一直在不断地被复制、传颂。诗文传到雅典后,雅典人每年都逐句地朗诵这两首史诗(这就是成文作品与口传史诗的区别)。人们把诗文用作教学,让年轻人背诵诗文全篇。后来,人们想用它来做所有科目的教材,充当寓言故事,以及伦理、政治乃至策略的范例。荷马作品中涌出了抒情性、历史性和悲剧性。此后一直到古希腊末期,所有有教养的人都要读它。我之所以强调这些现象,是因为在某种意义上,这些事实证实了我认为荷马作品所具备的那种卓越品质,也因为这些事实很好地诠释了一部文学作品可以具备的巨大影响力。口传史诗是来了又走的。口传史诗也可以成为珍贵的财富,但是它存在于当下。而荷马史诗——用修昔底德的话来说——是"永恒的财富"。人们相信它,人们经历过它。人们直到现在还在或多或少地经历着它。因此,荷马这个西方文学史上出现的第一个名字,也成了一个无法超越的例子,证明了真正的文学能够具备的力量。一部文学巨作,比任何发现或任何胜利都更能改变世界。这是古老的荷马给我们上的一课,我在此谨将这一课作为哀思的主题。这是激动人心的一课,就像古希腊带给我们的所有启示一样。

2
荷马史诗中的化身*

今天读荷马史诗的人都会有这样一种印象:神祇经常参与其中,随心所欲地化身为各种形态,并时不时让他人变形。柏拉图就有这样的印象,他还谴责荷马这种描述神明的方式。他在《王制》(380)中写道:"你是否相信神就像一个魔术师那样,能够给我们设下陷阱,并以各种不同形态现身,有时是用变换着各种各样面孔的真身出现,有时只是呈现迷惑世人的虚幻影子?"他在援引《伊利亚特》14.485—486时又补充道:"那么,我高明的朋友,我重申,任何诗人都不能这样告诉我们:'诸神乔装来异乡;变形幻影访城邦',任何人都不能传播关于普洛透斯和忒提斯的谎言……"

---

* 1984年11月26日于洛桑大学的讲座。

(381)后面的内容我就不再引述了,因为后面是关于悲剧而不是荷马,而我刚才引述的文字明确指向荷马。但是,如果我们仔细审阅荷马的诗章,我们会很快发现,荷马其实跟柏拉图一样严肃,他其实对在他之前的传统进行了提炼和修改,剔除了许多曾经存在的化身。这就是我想要说明的:希腊神话的表现方式,一篇诗章与另一篇有所不同,这种差异与讲述故事的作者的精神息息相关。

我先从最简单的开始,也就是柏拉图所谈到的:奥林匹斯诸神的化身。

首先应该留意一个事实:荷马剔除了许多我们熟悉的化身。宙斯的例子足以证实这一点。

在《伊利亚特》卷14(315—328),宙斯(恬不知耻地)谈到了自己多桩婚外恋和因此产生的私生子女。他的情人中,有达娜厄,在别的故事中我们知道,宙斯化作金雨诱惑了她;还有欧罗巴,宙斯以公牛形态与之交合;以及阿尔克墨涅,据说宙斯以她丈夫安菲特律翁的形象引诱她。所有这些,荷马都一字未提!我知道某些人曾指责这一篇章。但事实就是,别的篇章中也没有提到,且荷马史诗中的确极少出现奥林匹斯诸神的化身①。

虽然也还是有的,但若我们仔细研究这极少的例子,就会感到出乎意料。我们不会看到金雨,不会看到公牛,我们看到的是截然相反的。荷马笔下的神祇,当他们需要乔装成别的形象时,只会变成两种形象:绝大多数情况下是乔装成人类,唯一的例外是变成一只鸟②。

神化身为人是最常见的情况,而且他们不会随便化身某个人:当一位神需要左右一个人的思想时,他会化身为此人的一位朋友或亲人。当伊里丝来找海伦时,她化身为海伦的小姑(3.122);阿芙洛狄忒最初来见海伦时,化身为海伦喜爱的一位纺纱老妇(3.385—386)。第四章里,雅典娜混入战场时,她变成了一位勇士,劳多科斯。同一场战役中,阿瑞斯化身为色雷斯人的领袖阿卡玛斯(5.462)。为了激励战士,阿瑞斯还化身为卡尔卡斯(13.45)。阿波罗也曾化身为赫克托耳的舅舅。在赫克托耳的最后一场战役中,雅典娜怎样化身为他的

---

① 《伊利亚特》23.347谈到了神马阿里翁有神的血统。但是荷马的说法有所保留,而不像其他神话故事中那样,说阿里翁是波塞冬化作马形生育的。关于北风神波瑞阿斯和厄里克托尼俄斯的牝马(《伊利亚特》14.223以下),参见:J. Griffin, *The epic cycle and the uniqueness of Homer*, Journal of Hellenic Studie, 97 (1977), p.41 et n.22。

② 荷马并没有明确指出神祇每次现身时的形象,可假设此时神祇是以真身示人的(2.172;5.123,330,438,;11.196;12.507;14.364;15.240;16.700;788等)。

弟弟得伊福玻斯并欺骗了他(22.228),同样众所周知。这样的例子不胜枚举①,区别只在于神化身为一位有身份的人还是一位无名氏,是模仿了形象和声音还是只模仿了声音。除了《伊利亚特》,《奥德赛》中也有同样的例子,雅典娜常常化身为人,有时是具体的一位英雄(如在特勒马科斯部分中化身为门忒斯和门托尔),有时则是一位无名氏(例如奥德修斯回到伊塔刻时遇到的牧人,奥德修斯没有认出这就是他忠实的朋友雅典娜,并在之后抱怨道:"一个凡人,无论有多么机敏,也不能在见面之后即能认出你呀——你可以幻化成各种形态!")……这样的例子很多,无须赘述,它们的规律十分清晰明了,且这就是荷马的艺术特点。

在荷马作品中,一切都尽可能地接近人的体验。这样的话,神祇要对凡人施加影响,最自然的办法不就是变成能够欺骗他们、获得他们信任的形象吗?神祇会耍手段,但他们只耍凡人水平的手段。如果说人们通常有什么怀疑的话,那就是:这究竟是一位神,还是一个人?神的表现就跟人一样普通。

---

① 参见:2.279:"以一位信使的形象";786:"以普里阿摩斯之子波利忒斯的声音……";136:"以一位老者的形象";215:托阿斯的声音;335:"以凡人的面貌";17.355:"以信使裴里法斯的形象";582:"他变成赫克托耳最喜爱的客友法诺普斯的形象";20.79:"他用莱卡翁的声音……;以这个形象……";21.599:"以阿格诺尔的形象";24.347:"以一位年轻王子的形象……"。

还需要补充一点,荷马从来不描述化身过程。荷马之所以保留了化身这种神奇之事,是为了描述它所带来的后果,而不是它本身。

荷马对动物化身和自然元素化身的摒弃是值得注意的。尤其是,希腊神祇在一开始就与动物形象有密切关系(例如,一些在后人看来有些奇怪的套语说的是"有着猫头鹰眼的"雅典娜和"有着母牛之眼的"赫拉),且在所有的史诗中,动物化身都非常常见[1]。荷马的这种只青睐人类化身的独特品味于是显得特别突出。

然而荷马作品中还是有一个神灵化身为动物的特例:但是,如我之前所言,只是化身为鸟。而且,因为荷马极少运用化身,人们有时会怀疑这究竟是化身还是仅仅是比喻,这是一个学者们至今争论不休的话题[2]。

事实上,鸟的化身有时仅仅用来比喻神祇在天空中疾飞。

---

[1] 参见 Bowra 在 *Heroic Poetry* 页 502 举的例子,其中有西藏史诗和其他史诗中的各种动物化身;化身在灵感来源于民俗的文学作品中更为常见。

[2] 除了有关荷马的神祇的主要研究(H. Schrade, *Götter und Menschen Homers*, Stuttgart, 1952; W. Kullmann, *Das Wirken der Götter in der Ilias*, Acad. Berlin, 1956),还有一些专门针对鸟类化身的研究(如 F. Dirlmeier 的 *Die Vogelgestalt homerischen Götter*, Akad. Heidelberg, 1967, 这项研究非常理性主义,还有 H. Bannert, *Zu Vogelgestalt der Götter bei Homer*, W. st., 1978, p. 29—42, 这篇文章所做研究更加细致。)

《伊利亚特》中描写的阿波罗就是这样,他在从伊达峰的山顶落下时,"化作一只疾冲的鹞鹰,飞禽中最快的羽鸟,鸽子的克星",这绝不意味着他变成了一只鹞鹰。他下来后走向赫克托耳并对他说话,用的是自己的本体。类似的诗句,与雅典娜"如红色的虹霓般"降落并用福尼克斯的形象走向墨涅拉俄斯(17.544)没什么两样,仅仅是比喻而已①。

但是,偶尔也会出现确定的化身。学者们在《伊利亚特》中找到了3个例子,在《奥德赛》中找到了4个例子,这些例子中可能或确实发生了变身的过程。化身可能是为了在不被看到的情况下观察某个场景:例如在《伊利亚特》7.59,为了观察一场战役,阿波罗和雅典娜"形如秃鹫"。他们是真的变成了秃鹫,因为他们落在一棵橡树上!还有许普诺斯躲开宙斯时(14.286—291)也一样。另外,雅典娜"形如燕子"来到伊塔刻岛上时,她是落在了屋梁上(《奥德赛》22.239)②。我们很难否定荷马史诗中存在真正的化身。然而,即使化身为鸟,雅典娜还是能够施展她的神盾(297)。同样,伊诺化身为鸥出现在奥德修斯面前时,也依然能够给他一块能够救他性命的纱巾

---

① 当海中的神出现时,就会用另一种比喻:忒提斯"如一股蒸汽"从海中浮现,来找阿喀琉斯。但她根本就没有变成一股蒸汽,因为她坐着并用手抚摸他。

② Bérard 翻译的(法文)版本中没有这一段。

(《奥德赛》5.337,353,346)。这些神祇的确是变了形,但他们的变形并不是很具体,也不是很合理。这让我们觉得,化身只是为了简单地提示神灵就在我们身边。

同样,凡人也是通过神秘的飞行,才得知神明的存在。例如在《奥德赛》中,原本以一个男人的面孔出现的雅典娜,忽然间"像海鸟一样"或"化为一只海鹰"消失不见,而凡人则为这一神迹惊呆(1.319—320;3.371—372)。变身是有的,而且人们会觉得这非常神奇;但是化身的唯一神奇之处是它能够忽然消失。这与一位神忽然消失几乎没有什么区别。

不可否认,荷马史诗中存在神意,同样也存在着文学性的谨慎,这些化身例子①的模糊性让这两者形成反差。正是这种文学性的谨慎引起了各方学者的疑问。而这种谨慎并非一种公共信仰的特征,而是一种独特艺术的特征。

再补充一点,有关化身仅涉及鸟类的问题。某些学者就这个问题与米诺斯文化进行了类比②。但我也发现,鸟类是自由移动能力的一种原始的象征,并且是与我们关系密切的

---

① Bannert 有理由强调化身的多样性。还需要补充,荷马常常埋下疑问。例如,《伊利亚特》第十九章350,雅典娜从空中降落时,"化作一只翅膀宽阔、叫声尖利的鹞鹰",谁又能明说这是否就是变身?只有一件事情是确定的:诗人自己很快就略过了。

② 参见 Bannert,前揭,页39。

一种生灵。有时候,鸟类象征着灵魂。它能够来去自由、看见一切,在法语里我们到现在还经常说一句俗语:"有一只小鸟告诉我。"选择这种动物,证实了诗人想要尽可能贴近人的体验,或者说,想要将神迹和真实融合在一起。

无论如何,荷马史诗中只出现过 6 到 7 次化身。可以说,总的来说,当涉及奥林匹斯神的化身时,荷马真的尽可能契合了柏拉图的精神。

除开奥林匹斯神,是否也是同样情况呢? 这则不那么明显了。会幻化变形的典型就是普洛透斯,我们稍后再讨论他。在谈到他之前,我觉得很有必要指出一点:即使是在更接近民间传说的这个充满传奇轶事的领域中,在这个由地方神灵和普通神祇组成的世界里,荷马依然是相当谨慎的。

荷马不喜欢变形,即使是变身为人:他在《伊利亚特》中讲到了尼俄柏和她的绝境;但他更注重这个故事人性的一面,在讲到尼俄柏不曾忘记进食时,他只是简短地提了一下她化作了石头①。肯

---

① 我们在其他不同风格的史诗中可以看到她所在的位置,例如在奥维德的作品中(参见《变形记》,第六章 302)。

定也是出于同样的精神,荷马还尽可能地剔除了魔怪和混种:在荷马史诗中,阿喀琉斯不是马人喀戎的学生,而是凡人福尼克斯的学生①。荷马也略去了那些可疑的神仙,例如潘、萨提洛斯、西勒努斯②。而且,尽管《奥德赛》中的确有许多妖魔鬼怪,但荷马确实是用极其简洁的方式描述这些魔怪的,他只是说明它们不像人类而已③,而且荷马描述吞水吐水的女妖卡律布狄斯时,也只是讲到了漩涡和岩石而已(12.234—244)。他用尽可能接近人类体验的方式来描述这些造物。

现在就要看,在哪些情况中,荷马没有那么谨慎,而是选择展现奇异的化身和混种。我们还是暂时不谈普洛透斯,先来看看《伊利亚特》中的两篇诗文和《奥德赛》中的一篇。《奥德赛》中这篇比《伊利亚特》中那两篇更重要,而且性质也不一样。

《伊利亚特》中那两篇并不完全是化身。但是与化身有些类似。且该史诗中描述这两章的方法与民间传说相去甚远,

---

① 在品达的作品中,阿喀琉斯的师傅是喀戎。而荷马则强调福尼克斯是阿喀琉斯唯一的师傅。在荷马史诗中,喀戎的功劳仅仅是提供了一些药方。

② [译注]潘、萨提洛斯和西勒努斯都是希腊神话中的林中之神。

③ 参见《奥德赛》9.190 和 10.120。

这是很让人惊讶的。

第一篇是关于阿喀琉斯那匹忽然会说话的马(……)①。

另一个例子则是斯卡曼德洛斯,他在《伊利亚特》接近结尾处出现,亦神亦人。我在这里举这个并不完全是化身的例子有两个原因。第一个原因是:荷马用尽可能接近人类体验的方式来描述的精湛技艺。斯卡曼德洛斯是一位神。他用人的体型来威胁阿喀琉斯(21.211);但他还是一条河,这条河为了攻击阿喀琉斯,"愤怒地涨潮"且激荡波涛。他忽然间变成了一条真的河流:"忽然间,浑浊的浪头在阿喀琉斯周围升起,一股浪打上他的盾牌,要推倒他。这位英雄站不稳了。"我们都很熟悉这一精湛的表述,河水涌向阿喀琉斯,追赶着他……这是一种神力,但也是人类对河水的愤怒的体验。又一次,神迹与普通的体验结合了。然而另一方面,我们是在哪个章节看到这一既神奇又自然的怒潮的?它出现在卷21,在阿喀琉斯参与的这场战役的高潮,就在阿喀琉斯与赫克托耳对战前夕。在这一章中,跟卷20的结尾一样,有很多对神迹的描写,处处充满超自然现象:从愤怒的河流,到神祇之间的对战。与卷19中阿喀琉斯那匹会说话的马一样,这一片段是史诗的悲剧结构所要求的。这是一种文学方法,起到增加戏剧效应的作用。

---

① 关于这一卷,可参见本书下一篇演讲《荷马史诗中一匹会说话的马》。

在《伊利亚特》中是这样的,但是在《奥德赛》中就不一样了。《奥德赛》里那些充满神怪故事的章节,似乎是作者特意创作的,里面的变形也不是比喻,而是真的。例如,喀耳刻,这名女神兼女巫,她可以随意地把男人变成公猪。而这个章节如果少了这一有关变形和女巫恶行的情节,就没什么意思了。

但是荷马对这一主题的处理很不可思议。这个故事在卷10中占了大概400行诗句。有关变形的情节出现在第237—240行,他只是简单写道:"女神用她的魔杖敲打他们,把他们关进她的猪圈。他们变出了猪的脑袋、猪的声音和猪的鬃毛。他们有了猪的形象。但他们还保持着从前的思想。"在之后的第283行,赫尔墨斯说起这件事时,也非常简洁,只说喀耳刻把他们"像猪一样"关了起来①。在第390—391行又说到他们"就像九岁大的猪一样"②,并且仅一剂药水就让他们恢复了人形。也就是说,荷马并没有把这次变形当成一件骇人听闻的奇事来作详细描写。

相反,整个故事都是围绕着奥德修斯作为一个人的冒险经历来展开的,也是从人类的视角出发来作考虑的。惨事本身并不是奥德修斯的过错,但他会去营救这些水手们,并且将

---

① 斯坦福(Stanford)甚至认为"像猪一样"只是一种用于比喻的笼统说法。
② 迪尔迈尔(Dirlmeier)揭示:荷马尽可能地淡化了化身的存在。在这里形容化身所用的词,在形容奥林匹斯神时也用过,都是非常模糊的用词。

在赫尔墨斯的帮助下完成这一壮举。可是,尽管赫尔墨斯给了他一些忠告,以及一剂叫做"魔力"的解药,史诗中也没有描述这剂解药的作用。真正起到解咒作用的,是奥德修斯的坚决和守信。史诗中我们看到,喀耳刻款待了他。佩吉(D. Page)①也为我们指出了这样一个事实:史诗中,有关准备欢迎宴的诗句,所占篇幅是有关变形的描述的三倍!喀耳刻和奥德修斯之间的对话也是完全人性化的。喀耳刻在奥德修斯的要求下让了步。她产生了怜悯之心(第399行)。从此,她变成了奥德修斯及其同伴的一位友善的顾问和保护神。

换句话说,跟前面所说到的一样,这个故事中神奇的一面也只是为了突显人性的一面,突显奥德修斯的谨慎、勇气和谦恭。

如果把荷马与其他作者——例如罗德岛的阿波罗尼奥斯——笔下的喀耳刻圈养的牲畜做一下对比,我们也会发现,荷马的处理很不一样。在阿波罗尼奥斯的故事中,本来并不需要有变形的情节,因为在这里喀耳刻仅仅作为涤罪女神出现②。但他还是极尽能事进行了一番恐怖描述:"这些怪兽的

---

① 参见其著作 *Folk Tales*,页57。
② [译注]罗德岛的阿波罗尼奥斯所著《阿尔戈英雄纪》记述了伊阿宋和阿尔戈英雄求取金羊毛的故事,其中有美狄亚找喀耳刻清洗谋杀兄弟的罪行的情节。

面孔与身体并不匹配,他们既不是野生的动物,也不是人类,而是动物和人类的肢体混合起来的怪兽。"相反,荷马的描述就比较含蓄。他几乎没有保留变形,仅有的变形也并不恐怖,只是为了突显奥德修斯的人性而存在。

最后,还可以补充一点:尽管《奥德赛》并不像《伊利亚特》那样恢宏庞大,这里的变形也依然起着文学结构的作用。在奥德修斯向阿尔喀诺俄斯讲述的一系列历险故事中,喀耳刻的故事是在访问地府之前的最后一个故事。就好像,他在讲故事时,是有意从一般的到越来越超自然的力量来讲的。尽管这一章是一个不同寻常的例外,但它处在一个同样不同寻常的位置上,这也是一个证据。

为什么说这一章是一个例外。我们知道,希腊神话与悲剧中常常会提到变成夜莺和燕子的普洛克涅与菲洛墨拉[1],变成石头的尼俄柏[2],还有赫卡柏被预言会变成母狗,尤其是半变成母牛的伊俄。我们会发现,即使在这个非奥林匹斯神的领域,荷马也是尽可能地避开了这个变化莫测的可疑世界。他只是用一种尽可能简单的方式来利用这些题材,用来衬托人类的冒险。

---

[1] 参见埃斯库罗斯《阿伽门农》1144、《乞求者》60;索福克勒斯悲剧《特柔斯》148、《厄勒特克拉》法语版 521,1;欧里庇得斯残篇 773,26。
[2] 参见索福克勒斯《安提戈涅》825—833、《厄勒特克拉》150。

再加一个案例,一切就会非常明了。因此,我把刚才提到的一个例子留到最后来讲,就是《奥德赛》中的普洛透斯。

有关普洛透斯的章节,是在墨涅拉俄斯的故事中,因此这个故事的存在并不是为了突显奥德修斯。故事与一个遥远且有点传奇性质的国度——埃及——有关,因此很便于插入奇异的传说①。荷马要讲述的这个人物拥有极大的能力,但他想通过各种化身来逃避世人,他还有一个女儿帮助墨涅拉俄斯这位不幸的英雄对付他的化身,因此荷马运用了大量各个国度的故事和传说,这样也许能更可信一些。但更重要的是,荷马运用了许多希腊神话体系内神祇化身为流水或大海的传说。还有什么比水更难以捉摸、幻化不定呢?

这个著名的例子也可以让我们看一看荷马有多谨慎。当海中仙女忒提斯被强迫嫁给珀琉斯时,她变幻成各种形态想要逃脱他。这些形态中,包括佛提乌笔下的海豹②。品达在《第四涅墨亚颂歌》(62—65)中也谈到了这个故事。此外还有

---

① 最初来源于哈尔基季基半岛。
② 此外还有火、水、风、树、鸟、虎、狮、乌贼(参见 Détienne-Vernant, *La Mètis*, 161)。

其他许多经典的例子①。而荷马在讲到这个故事时,只是极其简洁地说她"尽管万分抵触",还是不得不嫁给珀琉斯(《伊利亚特》18.434)。而忒提斯在这部史诗中是很有分量的人物②。

还有一些其他人物也有这种本领。忒提斯的父亲涅柔斯也可以变幻成各种动物和元素。他曾尝试各种变形来逃避赫拉克勒斯向他询问有关赫斯帕里德斯③的问题。忒提斯的姐妹普萨玛忒也曾试图通过变形逃脱珀琉斯的父亲埃阿科斯的求爱。她也曾尝试变成海豹等形态,最后她为埃阿科斯生了一个儿子福科斯。在某些版本中,她后来又嫁给我们这里要讲的普洛透斯。

墨提斯也有同样的能力,他躲避宙斯的求爱时也变幻为各种形态。而墨提斯是海神之女——我们又说回到大海了。然而,同样能够变形,并在变成鸟时被宙斯占有的涅墨西斯却不是一位海洋女神。但是像河神阿刻洛俄斯,他也是海神之子,他曾经给赫拉克勒斯制造了一些麻烦,且正是运用了化身

---

① 从索福克勒斯的残篇(548)开始。

② 其他例子中也可以看出他的这种保守:他曾两次提到涅斯托尔的兄弟珀里克吕墨诺斯,却没有提到他也有变形的能力。而在其他作品,如赫西俄德(Hesiode)残篇中,我们知道他是有这种能力的。

③ [译注]赫斯帕里德斯是看守赫拉的金苹果的仙女姐妹,在有关赫拉克勒斯的十二项任务的故事中,就包括摘取金苹果的故事。

的能力。他可以变成公牛或者龙。例如索福克勒斯诗歌《特拉喀斯少女》(507—509)中唱道:"其中之一是一条强大的河流。他有着四只爪子,高高耸立的角,就像一头公牛的样子。"古代的艺术作品常常受到这章诗篇的启发。

我们还可以找到其他一些例子。这些例子足以证明,荷马讲述的故事是沉浸在一个怎样的神话传统世界中,且他描述的这位"海洋老人"普洛透斯(4.365)与大海的神奇有着多么密切的关系①。

为什么在这里要提到这些在荷马作品中没有出现的传说呢?因为,这些例子能够帮助我们看清荷马的独创性,让我们看到即使在此处,在这个充满化身的特殊章节里,还是能够发现跟其他章节一样的谨慎的风格。

我们可以先看看化身本身。化身是存在的。海中女神厄多忒亚(Eidothéa)②预言了普洛透斯的化身,故事中也讲到了这些化身。

但是每一段文字中的化身又跟另一段中的有所不同。厄

---

① 他在此章中加入了一些海神的能力,例如海中神女所拥有的能力,还有一些则类似其他文明中大海的考验。例如作为海神的格劳克斯有预言的能力,还有在欧里庇得斯的作品中,普洛透斯的女儿忒俄诺饿也是先知。

② [译注]普洛透斯的女儿,她用预言告诉墨涅拉俄斯怎样抓住会化身逃脱的普洛透斯。

多忒亚先是预言了普洛透斯会变成"走兽①、火、水"。然而在之后的叙事中又更加确切地讲到他变成了长着鬃毛的雄狮。"然后他变成龙、豹和巨猪。他变成流动的水,变成枝叶繁茂的大树。"(456—458)叙事中详细讲了预言中所提到的"走兽",但是却删掉了最不可能出现的:火!

总之,尽管提到了多种化身,但是预言只占两行,叙事也只占三行,少得惊人。同时也没有任何描述性说明。他的这种简明扼要我们老早就注意到了②。

普洛透斯用这么多化身来企图逃脱,那要怎么对付呢?厄多忒亚预言说要"紧紧地抱住他,把他按住"(419)。叙事中说:"我们紧紧地抱住他,用我们坚毅的心。"

好吧! 且不说火,要怎样才能抱住流动的水呢? 关于这一点,你们可以查一查戴提安(Détienne)和韦尔南(Vernant)的书,假定这是一种神奇的捕捉术③。即使是有这么一种神奇的捕捉术,至少荷马并不了解,或者说并不关注。他只把这种"捕捉术"看作是人类坚强的意志:在他看来,魔法,就是无惧。

厄多忒亚的建议的重点也不在于怎样"捉",而在于能够在普洛透斯睡着时出其不意地逮住他的计谋。这里就出现了

---

① 希腊语中所用原词并不专指爬行动物。
② 参见 P. Vivante, *The homeric imagination*, 1970, 页 109。
③ 参见所引用书的最后一章,此章题为"循环连接"。

海豹。

这位"海洋老人"在我们看来就像一位海豹牧者[①],因此,他的日常生活与普通人非常接近。他在睡觉前,要先数清他的海豹群,但是作为先知,他竟然看不出乔装成海豹的人类!至于乔装成海豹这种方式,我想,从一个现实主义的方面,我们也要为之感到佩服。能够打败一位可以变成各种形状的神祇,这没什么大不了。最主要的是要躺在一张海豹皮里,这可真不容易,味道该有多臭啊!叙事中,关于普洛透斯变形的情景占了3行诗,而关于海豹皮味道的描述占了6行。这个失衡的比例,就像前面所说到的,关于喀耳刻的变形和他招待奥德修斯的晚餐的比例。

这个在海滩上乔装打扮的场景十分有趣,而且充满现实感。但与此同时,这不是对神话传统的一种显著改变么?

海豹出现在海神和人类的冒险故事中,并没有什么稀奇,因为这种动物有着能在海里和陆地上生存的能力。但是,在其他传说中,通常是神意在发挥主动性:例如,神变成一头海豹,或者造了一个名叫"海豹"的人。相反,在《奥德赛》中,是人类发挥了主动性:他不是变成海豹,而是机敏巧妙地装扮成海豹,而且就这样骗过了一位神。当然,他是得到了这位神的

---

① 请注意,这跟独目巨人的职责是一样的。

女儿的帮助,但遇上这事儿的毕竟是墨涅拉俄斯,他可没有奥德修斯那么机敏,而且他要让厄多忒亚"为之动情"才得以脱难(366)①。但无论如何,要战胜一位神,仅凭一人之力是不够的②。海豹在这里的出现,先是神的化身,后是人的伪装,是一种具有深层人文涵义的转变。它在这里的作用与在别处相反,正如这个故事中奇迹与人的诡计之比例与别处相反。

我觉得这是一个值得重视的角度:因为这使得这一独特章节能够与其他章节风格统一,都符合荷马的习惯。

最后,要补充一点:即使在这一章中,整章的结构也可以解释其独特性。普洛透斯这一章结束了有关特勒马科斯的内容。是特勒马科斯一个人带回了有关奥德修斯的消息,然后故事开始讲到奥德修斯。这一章作为特勒马科斯的结局,就如同喀耳刻和冥府的章节在有关阿尔喀诺俄斯的故事中的作用一样。它是对其他大的冒险故事的一个小的揭幕。这种语言上的相似性值得我们注意③。

---

① 在一些传说中,这里涉及爱情,荷马则选择了一个更模糊的说法,更接近于怜悯之情。
② 参见第462行诗中关于普洛透斯的问题。
③ 卷4第389—390行,厄多忒亚所告知墨涅拉俄斯的有关普洛透斯的信息,与卷10第539—540行喀耳刻告诉奥德修斯的有关特瑞西阿斯的信息完全一样。有关这两幕的相似性,请参见 J. H. Finley Jr, *Homer's Odyssey*, 1978,页69。

这两个特点说明了诗人使用非自然现象,是出于文学性的需要,而且他对这些非自然现象的描述经过了缓和,以尽可能接近我们可以接受和体会的人类体验。

我想大家都看得出来,在分析这些不同篇章时,我感兴趣的首先是荷马的技艺。但如果有人对希腊宗教的历史有所关注的话,我想也可以从中有所收获。

首先,希腊宗教的传说显然非常多样,生活原本就充满了传说、恐惧和仪式。若是深入研究,我们就会发现一些无法仅仅通过简单阅读篇章揭示的传说和人物。

第二,因为变化众多,这些数据颇难获取。希腊没有什么教条,也没有什么经书。每个诗人选取自己想要的传说,重新讲述,加以修改。我们所了解的希腊宗教,完全跟文学混在一起。

还有一点必须说明:荷马,虽然是我们掌握的最古老的资料,但肯定不是希腊宗教最原始的资料。它以文学的形式无声地保留了许多素材。而且,在变形这件事上,其实时间越往后,我们会看到越多的细节。我之前提到过,古代艺术和悲剧在这方面都比史诗更加丰富,但从荷马到悲剧之间有一个断层,就是我们刚才提到过的柏拉图。必须说明,在古希腊时代末期和罗马帝国时期,变形其实更加丰富:那段时间出现了克罗丰的尼坎德(Nicandre de Colophon)、尼西亚的帕尔忒尼厄斯(Parthenius de Nicea)、安东尼俄斯·利贝拉里斯(Antonius Liberalis),还有我们熟悉的奥维德(Ovide),他们都编撰过有关变形的诗集。

可以肯定的是,这些变形记不是他们凭空编造出来的:这些传说是早就存在的,有些甚至在荷马之前可能就有了。这就告诉我们一点:我们只能以一种很间接的方式去了解古希腊神话,而且我们只能通过文学去了解,而文学从一开始就是经过提炼、十分个性化且不断发展的。不仅希腊宗教像普洛透斯一样变化多端,对于宗教史学和人类学而言,希腊作家也像奥德修斯一样机敏狡猾。

3
荷马史诗中一匹会说话的马*

尽管近年来,出现了一些新的趋势,荷马学者们都忙于研究各种考古发现,但我们也不能因为这些科学研究就放弃从"文学"的角度来阅读这两部史诗。我在这里举一个例子为证,就是《伊利亚特》卷 19 的一段,讲到战马克珊托斯忽然被赋予说话的能力,并告知阿喀琉斯他马上就会死去。这一段简短的描述,在荷马的艺术风格和他整部作品给人的感觉中,显得尤为突出。

我想先给大家简单介绍一下这一幕。阿喀琉斯有两匹不死的战马,这是其父帕琉斯与其母忒提斯结婚时收到的礼物。

---

* 1991 年 3 月 3 日于希腊萨洛尼卡大学(Université de Thessalonique)所做的演讲。同年,相关内容亦发表于埃克斯普罗旺斯学会(Académie d'Aix-en-Provence)的一期学报上。

阿喀琉斯把它们借给了帕特洛克罗斯,后者顶替他去打仗并战死。在这一幕中,阿喀琉斯正在套上这两匹战马,准备重返战场给帕特洛克罗斯复仇。就在这时克珊托斯说话了。这一章的结尾(19.408—424)是这样的:

忽然,他低下头,鬃毛滑过项圈,沿着轭架垂落到地上。白臂的女神赫拉赋予他人类的声音:
是的,强健的阿喀琉斯,这一次我们还会将你从战场上带回来。然而你的死期将至。这不是我们的过错,而是威严的神的旨意和不可抗拒的命运。更不是因为我们腿慢或倦怠,特洛伊人才从帕特洛克罗斯的肩上夺去了他的武器。而是众神之中的佼佼者、美发的勒托的儿子,将他杀死在最前线的勇士之中,并把荣誉赋予了赫克托耳。至于我们,我们可以与风中最快的西风——仄费罗斯并驾齐驱,人们都是这么说的。但是,你自己的命运,则是被一位神和一位凡人的武力征服啊,阿喀琉斯。
说到这里,复仇女神厄里倪厄斯堵住了他的话。捷足的阿喀琉斯怒火中烧,他答道:
克珊托斯,你为何要预告我的死亡?这不是你的职责。无需你说,我已明了,我的命运就是死在这里,死在远离我父母的他乡。这无关紧要,我不会停止战斗,我要让特洛伊人尝尽我的打击。

他对领头的马匹大声喊叫,并狠狠驱赶他这两匹铁蹄沉重的战马。

你们听到的这段话,描述了一个小小的奇迹。但这个奇迹非常惊人。

为什么说它惊人呢?因为它出自荷马。荷马的作品,尤其是《伊利亚特》,向来十分谨慎,都只局限于人类的体验。荷马作品中没有化身,也没有妖魔鬼怪。当神祇出现在故事中,他们都会以人的形态现身[1]。动物开口说话的情景,在民间传说和其他作家的史诗中常常会出现,但在荷马作品中从来没有出现过,除了这里!

而且,会说话的马即使在其他传说和史诗中也非常罕见,罕见得有些奇怪。我到处查阅后发现,马这种动物,这种与人类如此亲近,尤其与战士生活息息相关的动物,几乎没有被赋予过说话的能力。

而且,这个奇迹,是正好出现在这个特殊时刻。在其他一些比古希腊更青睐想象和奇迹的文明中,我们发现这种动物通常被描述得很虚幻。例如,西藏史诗中英雄格萨尔的战马,

---

[1] 参见本书第2章。

就会说"各种语言"。荷马史诗中这个情景是很不一样的。是赫拉给了阿喀琉斯的马(且这匹马本来就是不死之马)短暂的说话能力,然后这种能力很快又被厄里倪厄斯拿走了。

这是个多么奇怪的故事啊!当然了,神话学的学者们开始研究,这个故事的灵感出自怎样的背景,是否有传统。二十五年前,学者迪特里希(B. C. Dietrich)搜集了一些资料,证明了马、风、哈耳庇厄和厄里倪厄斯之间经常存在的关系。然而,这对解读这一情节没什么用,因为阿喀琉斯早就知道自己要死了,这一情节并没有对故事起到什么推动作用(*Acta Classica*, 1963 年,页 9—24)。

我的解读方法正好相反。我认为,这个小小的奇迹并没有什么神话背景,而且厄里倪厄斯的作用正是(正如她们在接下来的故事中的角色一样)让所有东西回到正轨。重点在于这起非自然事件在这个故事中的作用。一系列的预言使阿喀琉斯将至的死亡越来越紧迫、越来越明确,马所说的话正是这一系列预言的结点。刚开始,在第一章中,预言是比较模糊的,只大致提到阿喀琉斯注定"短命"(这个词出现在第 505 行,只用于阿喀琉斯)。在第一章中,阿喀琉斯自己提到他母亲时常这样警告他。到了卷 18 第 88—93 行,忒提斯告诉儿子他的死亡将会发生在"赫克托耳死后不久"。我们会感到悲剧的阴影正在加深。最后是马的预言,这次的预言更加明确了,宣称杀死阿喀琉斯的将会是"一位神和一位凡人"(见第417行,此处指的是阿波罗和帕里斯)。然而这最后的预言,是出现在一个决定性的时刻,是阿喀琉斯终于要重返战场的时刻,是一系列导致他死亡的事件开始的时刻。用一个小小的奇迹来宣布这一时刻,正是为了强调这一时刻的重要性。可以说,荷马是不惜代价地想要强调这一时刻的庄严性。

这一表现手法非常悲壮。还必须强调,《伊利亚特》到最后也没有讲到阿喀琉斯之死的情节。因此,为了让这篇史诗宏伟悲壮,必须要以一种令人感动、难忘的方式来预告这一事件。

而且,阿喀琉斯这位英雄的伟大也得以加强。因为,即使是他即将死去的预言也无法制止他。他已经向母亲忒提斯说过,如果不为友人复仇,那生命对他来说也没有任何意义。他还声明:"死亡,当宙斯或其他神明想要付之于我之时,我将接受。"(18.115—116)那时候,他想要"赢得崇高的荣誉,让特洛伊人血流成河"。现在也一样,他可以骄傲地回应马的预言:是的,他接受等候着他的命运,来就来吧!这些反复出现的预言让他对自己的命运越来越明了,而他的勇气也随之越来越突显。

通过这个与他创作习惯不符且打乱了常规的奇迹,荷马将所有注意力都引到了这个决定性的时刻上,激起了人们对他笔下英雄之中的最伟大者——这位既让人怜悯又值得钦佩的英雄的好感。

这是荷马常用的一种纯熟技艺:为了更好地编排人类行动中的重要时刻,他让神祇参与其中。《伊利亚特》卷20、21,即赫克托耳将死之前的两卷,也同样充满了超自然的力量,神祇参与到了人类之间的战斗中。还有在《奥德赛》中,雅典娜制造的奇迹也是在这样的重要时刻出现:例如,奥德修斯回归的那一刻,一盏金灯忽然点亮了宫殿;奥德修斯和珀涅罗珀重逢后的良宵,雅典娜让这一夜延长了——这一种神技几乎只在荷马的作品中出现过。(19.36—40;23.242)。

同时,这个小小的奇迹还展现了这篇史诗的一个深层含义。

马之所以说话,不是为了告知一个他漠不关心的预言,而是出于对这位注定将要死去的伟大英雄的怜悯。马说话时是低着头的,鬃毛垂落到了地上。

我在其他史诗中查找了一下是否有马开口说话的情形。我发现这很少见,即使在民间传说中也很少见。即使有,也不是出于怜悯而开口。

然而在《伊利亚特》中,已经出现过马产生怜悯之心的情节:当帕特洛克罗斯被杀之时,它们哭了。当时它们被阿喀琉斯借给了帕特洛克罗斯。在荷马的描述中,它们像石碑一样一动不动,滚烫的泪水夺眶而出(17.434—440)。不死的战马对凡人的这种怜悯是非常感人的。《伊利亚特》中充满了这种对战亡将士的强烈怜悯。当为纪念帕特洛克罗斯而举行的赛马进行之时,这两匹神马又悲痛地哭了。

他们的泪水和怜悯,在这篇史诗中编制了一条长长的情感线。荷马的作品向来如此,情节一环扣一环,互相呼应,严密组织。

然而,这不就是中心主题吗?正是因为这位英雄有着必死之躯,才对他产生怜悯。

神祇自己是不死之身。从其他章节我们知道,他们"富有怜悯之心"(8.350;15.12、44;16.431;19.340;24.332)。而且,总的来说,神祇对凡人之脆弱有感伤之情,这是荷马史诗的一个出众之处。几乎所有神祇都有儿子或重要的人投身于战斗。宙斯自己就应该明了痛失爱子的感觉,他的儿子萨耳珀冬就死在战场上。这个情节也被编排得非常感人,宙斯先是迟迟不肯接受这个命运,然后又用一个跟我之前提到的例子类似的奇迹,强调了悲痛之情,将事件推向顶峰。这个奇迹可以说是希腊版特有的(拉丁版没有),宙斯用一阵血雨表达了他的悲痛。

最后,我们知道,《伊利亚特》就是在这样的悲悯之情中结束的:神祇让阿喀琉斯停止了对赫克托耳尸体的虐待,阿喀琉斯和普里阿摩斯都为各自的不幸痛哭流涕。这种悲悯之情也为史诗编排了两个平行的哀悼场景,这两个很不一样的哀悼场景——希腊军营的场景和特洛伊城中的场景——在史诗的最后两章中互相呼应。相比之下,世界上其他所有史诗的结局都更加辉煌得意。

我在这里所作出的评述没有任何要在"荷马问题"上表达特殊立场的意思。这些评述只是想大致证明荷马纯熟的创作技巧,以及充满他作品的那种极易辨认的情感。必须说明,这种情感终究是符合希腊文明的大体特征的。它使得文字能够立刻触及人类状况的深处,让描绘人类状况的表达方式能够立刻被感知。这已经很接近5世纪的悲剧了。正是希腊文化中的这一特点让我喜爱,让我在我的整个人生中,都为之赞叹。我相信,也正因如此,古希腊学能在人类文学中占有一个特殊地位。

4
"为何选奥德修斯?"*

我将要做的这个演讲包含了我对接待我们的都柏林这座城市的双重敬意。都柏林是乔伊斯的城市,他的《尤利西斯》是现代文学的瑰宝之一。这也是斯坦福(W. B. Stanford)的城市,这位著名的荷马学者,在我们这个时代详细探讨了奥德修斯与荷马作品的主题①。

重读这本书,我们会发现,近半个世纪以来,有许多故事、小说、散文用自己的方式讲述了奥德修斯的故事。这只是因为他们从中看到了(我想他们大部分人是这样的)一个符号,一个象征着人类生存状况、人类苦难和人类生活智慧的符号。

---

* 国际古典研究协会(Fédération internationale des Associations d'études classiques)第八届研讨会,1984年8月27日至9月1日,都柏林。

① *The Ulysses Theme*, Oxford 1968.

为什么呢？当然了，很大程度上是因为这篇史诗的题材。即使不是心理学和精神分析学的大师，我们也能看出奥德修斯经历的这一系列苦难的意义：是力求回归，力求重拾身份。苦难中夹杂着诱惑，也夹杂着错误。他的学识也随着所经历的苦难而增加。他的整个人生都在追求平和。这一系列甚至把他带到了冥府的苦难，让《奥德赛》与所有试图窥探生命奥义的作品联系到一起①。从各方面看，故事中的一些典型很利于延续这部作品的生命。

我完全赞成这个解释，而且我认为这是一个应该优先考虑的解释。

但我也认为这不是唯一的解释。我在这里提出两个观点：

首先，用奥德修斯作为人类生活象征的作家，恰巧摒弃了远游和回归。例如，乔伊斯很小心地修改了每个细节、每个章节，但他自己却是一名渴望回归故土的被流放者。至少，这些作家是摈弃回归的。例如在卡赞扎基斯笔下②，大多数情况

---

① 乔伊斯就曾在一段文字中讲述过，在他小的时候，奥德修斯的故事比其他任何故事都更加打动他。他还说过："那时我喜欢的是里面的神秘色彩。"

② [译注]Kazantzakis，希腊现代作家，著有《奥德修续记》(*The Odyssey: A Modern Sequel*)。

下奥德修斯并不想回家,更多的是珀涅罗珀希望他回家。相反,水手辛巴达和他的航海故事则从来没有对人类进行过什么思考。所以我们至少可以说:若是没有了荷马艺术特有的某种东西,这个题材就会失去意义。

这种东西是什么呢?在研究荷马的奥德修斯和荷马的艺术如何激发人们对它的重新诠释的过程中,我对此特别感兴趣。这同时也是对荷马的重新思考。

可以肯定的是,荷马在《奥德赛》中表现奥德修斯的方式,让他很容易能够成为人类的象征。有两个原因:第一个原因是他是谁,第二个原因是他身边是谁。

《奥德赛》中的奥德修斯,与《伊利亚特》中的英雄不一样,他是一个伟大的人,也是一个苦难的人。苦难这一点尤为突出。

这部史诗不是就他所立下的功绩展开的,而是就他所经历的磨难展开的①。奥德修斯经历了流浪(plangthé),也经历了苦难(pathen algea)②。史诗中也常常提到他是一个最不幸的人。雅典娜说他有着不顺的命运且遭受着痛苦(1.49)。特

---

① 《伊利亚特》中的英雄经历的是死亡和天神的任意摆布,但他们的英勇仍然是表现的主体。

② V. Bérard 仍然受到传统英雄主义的束缚。他的翻译为了中和语气,用的词是"业绩",而事实上这篇史诗只讲了苦难。

勒马科斯说他是凡人中最受命运折磨的一位(1.129)。特勒马科斯称他为"那位不幸的人"(2.351)，卡吕普索也唤他为"不幸的人"(5.160)，他的母亲在地府中也唤他为"所有人中最不幸的一位"(11.216)。这三处用到的 Kammoros 这个形容词，在整部史诗中一共用了5次，每次都用来形容奥德修斯①。这个词后来只在罗德岛的阿波罗尼奥斯的作品中(4.1318)②出现过。奥德修斯自己也对阿尔喀诺俄斯说自己是凡人之中最悲惨的一个(7.216)。

他从出场开始，就不断在受难，在哭泣。有关他的最早消息来自普洛透斯，他说他看见奥德修斯"在一座岛上两眼流热泪"(4.556)。接下来，在第五章，赫尔墨斯到这个岛上见到了卡吕普索，却没有看见奥德修斯，"这位伟大的英雄正坐在海边哭泣，像往日一样，用泪水、叹息和痛苦折磨自己的心灵"(4.556)。然后是卡吕普索到海边找到了"两眼泪流不断"的奥德修斯(152)。奥德修斯自己后来也说："我在那里停留了七年，不曾移动，时时流泪，沾湿了卡吕普索赠予我的件件神衣。"(7.259—260)

这样的描写，使得奥德修斯的处境更接近于人类的普遍

---

① 另外两处为3.339和20.33，分别出自伊诺(Ino)和雅典娜之口。
② [译注]指其长篇史诗《阿尔戈英雄纪》。

状况。

《伊利亚特》中的英雄总是高大俊美——但奥德修斯不是(9.513—515)。其他英雄就像是除了战争外什么生活也没有的战士。尽管他们身边有布里塞伊斯、安德洛玛克这样的女性,但是他们的普通生活只是在回忆中略微提及,就像是非常次要的回忆。相反,奥德修斯始终牵念着这个世俗世界,这个他想要寻回、最后也寻回了的世俗世界。他就像我们一样,牵念着他的故土、同伴、妻子、儿子,甚至是他的狗,他是一个与别人没什么不同的男人。他甚至牵念那些《伊利亚特》中根本不屑提及的普通人,例如牧羊人、侍女等。这些出现在《奥德赛》中的人物关系,在《伊利亚特》中是没有的。

而且,奥德修斯对日常需求的那种坚持也是比较罕见的:他吃饭,他需要吃饭,他很直接地表达"肚皮"的需求。他在《伊利亚特》中讨论军备时已经讲过这个问题,在《奥德赛》中则是更加坚持。有关段落的列表长得惊人[1],但更惊人的是维克多·贝拉德[2]对此的反应:他把这些内容几乎全都删除了,因为他认为这就好像是把拉伯雷的作品混入拉法耶特夫

---

[1] 7.215—221,15.343—345,17.284—289、473—475、558—559,18.53—54。
[2] [译注]Victor Bérard,法国古希腊学家、外交家,法语版《奥德赛》译者。

人(Madame de la Fayette)的作品①。但谁说这是拉法耶特夫人的作品了？乔伊斯就没有混淆，他笔下的奥德修斯更注重物质生活。荷马把奥德修斯塑造成一个有着普通需求的普通人，这为乔伊斯开拓了一条路。这种现实主义，解释了奥德赛自古以来就有的那种带有喜剧感、让人熟悉的形象②，也解释了荷马的奥德修斯为何会成为一个人类状况的象征。

奥德修斯的品德也与我们非常接近。当然，他很骁勇，就像在《伊利亚特》中那样。但是，他也有一些别的品质，一些不完全属于英雄的品质③。他很刚毅，他所经历的一系列考验就说明了这一点④。他很虔诚，这种温柔的品质他在《伊利亚特》中就已经表现出来⑤。当然了，他还极具智慧，这是他最突出的品质，但并不属于英雄的品质⑥。最后，他还非常温

---

① 参见其译著的前言，卷2，页142—143。例如在7.215中，奥德修斯的确已经吃过饭了(175)，但他表达饿意可能是一种比较婉转的感谢方式。

② 关于喜剧感的一面，可参见18.20以下两个乞丐的斗殴。这场斗殴被许多当代评论家——从Wilamowitz到Victor Bérard——认为很不和谐。

③ 这些品质中，有一些是属于他要面对苦难所必需的，但这并不能解释一些其他的品质，例如虔诚和温柔。

④ 例如在5.430中，奥德修斯攀在峭壁上划破了手掌，就很好地展示了他的刚毅。

⑤ 例如在5.445—450中，即使已筋疲力尽，奥德修斯还在向大地祈祷。另外还可参见1.65—67宙斯对他的评价。

⑥ 《伊利亚特》用polymétis[足智的]、polymékhaos[多谋的]形容奥德修斯，《奥德赛》中更是称他polytropos、ankhinoos。

柔,在他回忆他的国土时展现了这种品质,雅典娜用来形容他的词——例如 epètes 和 ekhephrôn——也说明了这一点。其中 ekhephrôn 这个词几乎都是关于珀涅罗珀的。这些品质被阿德金斯(M. Adkins)称为安静的品质。这些品质让奥德修斯远离了英雄的世界,更接近于我们。

另一方面,在这篇史诗(除了最后一章)中,这位极为人性的英雄从来没有与其他人类对抗过:在这篇史诗的范围内,他几乎总是作为一个人对抗着非人类。他对抗的是风暴、魔法、怪兽。而且,每次荷马都很艺术地指出他的敌人"不像人类":他用来形容独目巨人和食人族的套语几乎是一样的[1]。渐渐地,这种换位变得非常自然,这个与非人类进行抗争的人物,逐渐变成了与周遭环境进行抗争的人类的象征。

即使在史诗中,这一层意义也以一种含蓄但生动的方式表现了出来:卡吕普索给了奥德修斯一个非凡的选择——永生,但是他拒绝了,他选择回家,回到妻子身边,回到自己的岛上,回归凡人的命运[2]。人性的奥德修斯选择了保持凡人

---

[1] 9.190 说到独目巨人"不像食谷物的凡人";10.120 说食人族"不像凡人";而且卡吕普索能说人语被视为奇迹(10.136,11.8,5.334)。

[2] 前人指出,奥德修斯不说选择珀涅罗珀是出于礼貌(参见 J. Griffin, *Life and Death in Homer*,页 61),但这并不是问题的关键。事实上,他也离开了喀耳刻和瑙西卡:这是在人和神之间做出的选择。

之身。

后来奥德修斯向阿尔喀诺俄斯回忆起的这个抉择非常突出。这与人类与神明的两种状况之间强烈的反差相呼应。荷马称卡吕普索和奥德修斯为"女神和凡人",也强调他们的饮食非常不同:卡吕普索吃的是神食神露,奥德修斯吃的是"凡人的菜肴和饮品"(5.197)①。

这个人性的选择,兼具我刚才所说的两个特点:把奥德修斯塑造成一个没有任何超人之处的凡人,一个与非人类进行抗争的凡人。可以说,这个选择,是选择了简朴的生活,与神的伟大形成反差。柏拉图也说,奥德修斯选择的来生是一种"普通凡人、远离麻烦"的人生(《王制》620c)。乔伊斯笔下的利奥波德·布卢姆(Léopold Blum)也受到了柏拉图影响。

但是注意了!荷马对奥德修斯的这种描写也许能够让这个角色的故事更容易推进。但仅仅是利奥波德·布卢姆这个名字,就能让我们感到故事的推进既不容易,也不持续。

奥德修斯作为人类的象征,根据每个人对人类概念的不同理解,也会有所不同。比如说:乔伊斯的奥德修斯和卡赞扎

---

① 在此之前,是没有这样的区别的。可参见 J. Griffin,前揭,页59。

基斯的奥德修斯就完全不同,与荷马的奥德修斯也完全不同。利奥波德·布卢姆更卑微一些,生活拮据、个性封闭,几乎是一个反英雄的人物;而卡赞扎基斯的奥德修斯向往自由和孤寂,他的英雄主义情结像天地一样大[①]。利奥波德·布卢姆在都柏林的街头徘徊,与世无争;卡赞扎基斯的奥德修斯与全世界为敌,直到死在南极的冰上。

同样的困难,在史诗中是旅程中遇到的奇异之事,在这里则是奥德修斯个人性格所致。当代作家抛弃了最初吸引他们的那些最主要的东西。他们受到几个细节的启发,跟随着荷马,并给了他笔下人物一个新生。但是,他们虽是受了荷马的启发,写的却是完全不同的东西,甚至在某种意义上是反荷马的东西。他们彻底摒弃了荷马的那种谨慎。

我们可以思考一下,能够真正解决我们问题的关键,可能并不在于厘清当代的自由和荷马的谨慎之间的关系。

我建议,保险起见,我们应该再往回绕一绕。事实上,自古代开始,奥德修斯就被以各种不同方式演绎。而且,根本

---

① 他走的是但丁的道路(《地狱》,二十六)。卡赞扎基斯笔下的奥德修斯也选择了保持凡人之身。但是他之所以这样选择,是为了以凡人之身对抗他极为藐视的神祇。他也没有选择回归伊塔刻岛和珀涅罗珀,而是永远地离开。

问题首先是道德问题,然后是哲学问题。我们可以发现,古人对他的模仿、意见和评判已经极大地偏离了荷马的谨慎风格。

对奥德修斯的不同解读从公元前 5 世纪就开始有了。那个年代与我们这个年代有很大的不同,对奥德修斯的怪异解读首先是在道德层面上。最初,这种道德与政治是分不开的。在希腊悲剧中,奥德修斯几乎无一例外是一个不讨喜的角色:他成了撒谎者和煽动家的符号,令人生厌(在此列出一些比较有名的悲剧,例如索福克勒斯的《菲罗克忒忒斯》、欧里庇得斯的《赫卡柏》、《特洛伊妇女》和《在奥利斯的伊菲革涅亚》)。然后,道德问题开始与政治分离,奥德修斯又变成了犬儒主义者和廊下派①眼中一个能量和耐力的符号,令人敬佩。然而,荷马对此起了什么作用呢? 坦白说:他只是一个小小的起点,在任何意义上都没有太大的作用。

先来说说撒谎者奥德修斯。荷马对他的撒谎行为是很谨慎的。斯坦福指出了其中的矛盾:奥德修斯的诡计多端在荷

---

① 参见 Buffière, *les mythes d'Homère et la pensée grecque*, pp. 374—377。

马史诗中似乎已名声在外①,但荷马作品中几乎没有哪件事能够证明这一点。在《伊利亚特》中,我们只见到他使用了两次诡计:一次是在战斗中,但并不涉及谎言;另一次是在第10卷夜访敌营时,在这里他曾撒谎。但是,第10卷常常被认为并非荷马原创,而是后人所加。所以唯一能说明奥德修斯是撒谎者的这一卷可信度并不可高②。而且,他也只是对一个敌方间谍撒了谎。到了《奥德赛》中,我们不难想起,他在第一次进入特洛伊城时的诡计,还有特洛伊木马的诡计(4.241—261、270—289)。但这些故事是在海伦和墨涅拉俄斯的叙述中讲到的,而且被他们当作骁勇的事例来描述③。至于《奥德赛》中有关他的行为的直接描述,确实包含一些诡计(例如欺骗独目巨人),还有结尾时的乔装打扮,以及很多出于谨慎而撒的谎。但这都无可厚非,而且都是在雅典娜的帮助下进行的。所有在悲剧中常见的涉及背信弃义、残酷暴行的章节,那些大部分来源于英雄组诗的故事(例如关于帕拉墨得斯、菲罗

---

① 参见《伊利亚特》3.192—202、4.329、23.725,《奥德赛》9.422、13.292—293。

② 关于卷10中的恶行诡计,参见 F. Klingner, *Hermes* 75(1940),页337—368(亦收录于 *Studien zur gr. Und röm. Literatur*, 1964,页7—39);另见 K. Reinhardt, *Der Ilias und ihr Dichter*,页241—250;J. Griffin, *Life and Death in Homer*,页54。

③ 参见该卷第242行和第271行,所用形容词为 karteros。

克忒忒斯、阿斯提阿那克斯、波吕克塞娜,尤其是伊菲革涅亚的故事①),都被荷马忽略了,或者说是出于羞愧而故意省略了②。这里有几种可能的解释:可能是荷马个人的喜好③,也可能是受到了他参考的原始素材④或原始诗歌⑤的影响。但至少,荷马不提奥德修斯的这一面,可以证明他既不想强调也不想否定奥德修斯的这些诡计,也无意树立一些或好或坏的典型。

而且,奥德修斯这个撒谎的习惯是否只是别人对他的评价?他的这些谎言是值得钦佩,还是应受指责?在雅典娜眼

---

① 公元5世纪前有关菲罗克忒忒斯的故事中,还没有明确奥德修斯在其中的角色。但是,《塞浦路斯歌曲》(*les Chants Cypriens*)中已有关于帕拉墨得斯的章节。奥德修斯与阿斯提阿那克斯之死的关系,《伊利昂失陷》(*Ilious Persis*)中有所提及。他与波吕克塞娜之死的关系在斯特西克鲁斯的诗中描写得非常明确。但是,到了索福克勒斯和欧里庇得斯笔下,奥德修斯对于这些角色之死的作用都被放大了许多。

② 同样,在讲到奥德修斯拒绝加入远征军时,荷马也是很谨慎地略过而已(24.118—119),而其他同题材诗歌和悲剧对这一点交代得更多。

③ 关于这个观点,可参见 J. Griffin, *The Epic Cycle and the Uniqueness of Homer*, Journal of Hellenic Studies. 97(1977, pp. 39—54)。

④ 我们知道,W. B. 斯坦福认为可以用原始素材的影响来解释这种不同。有两种不同的传统,一种借鉴于民间歌谣,把奥德修斯表现为奥托吕科斯的狡猾的孙子,另一种来源于英雄史诗,把奥德修斯塑造为雅典娜所庇护的英雄。

⑤ Gert. Hungen 成功找到了两首古诗,一首表现了勇敢聪敏的奥德修斯,另一首表现了受尽苦难的奥德修斯(*Die Odysseus-Gestalt in Odyssee und Ilias*, Diss. Kiel, 1962, 154p.)。

中,以及在荷马的读者眼中,这些谎言应该说是很滑稽的。雅典娜是这样带着安抚的语气笑说被她庇护的奥德修斯:"一个人必须无比诡诈狡狯,才堪与你比试各种阴谋,即使神明也一样。你这个大胆的家伙,巧于诡诈的机敏鬼,即使回到故乡土地,也难忘记欺骗说谎,耍弄你从小喜欢的伎俩。"(13.291—295)雅典娜此言可以证明,斯坦福所说的荷马的审美情趣是很正确的。但这也可以说明,诗人本身并不想把奥德修斯树立成一个典范,也不想对他进行谴责①。

我刚才所说的奥德修斯的这些撒谎行为,显然也反映在他对伴侣的忠诚上。他对伴侣的忠诚,既十分值得赞赏,又很不完美。荷马告诉我们,奥德修斯很有英雄气概地选择了他的凡人伴侣珀涅罗珀,但在做出选择之后又与卡吕普索温存一夜。所有这些风流轶事,包括与喀耳刻和瑙西卡的关系,都被描写得很微妙:不带一点分析,只是描写了一些姿态、微笑、动作,没有任何属于道德审判的描述。

我知道,《奥德赛》中涉及的道德问题比《伊利亚特》中要大。这篇史诗开篇已经说明了这一点。对求婚者的屠杀也被描述为对他们所犯罪行的惩罚。但我认为,尽管《奥德赛》中有了更多道德说教的倾向,这种倾向依然非常有限且非常

---

① 对奥德修斯道德上的反应始于品达。

隐晦。

雅各比(Jacoby)在写于1933年的论文中谈到:《奥德赛》是一篇还没有"道德指标"的史诗,且这篇史诗把我们带回到了"伦理发展的最初阶段"。我非常同意这一观点,而且我认为这解释了很多东西。这当然不是一个单纯的时间节点的问题,也不是一种完全不同的人性[1]。应该说,一种文学是与那个时代提出的问题相对应的,是与要回答这些问题所应具备的手段对应的。道德分析,与荷马那个年代的问题不符,他也不可能进行道德分析。

我再补充一点:维克多·贝拉德经常把属于道德思考的描写从荷马的篇章中删去,这类描写是到了《奥德赛》中才开始出现的[2]。我无法理解他的判断。但如果说《奥德赛》中出现的这些道德思考还比较生疏,那是否因为在那个年代,道德评论还比较罕见?到了后来,亚里士多德和抒情诗人才把道德评论变成常态。

无论如何,荷马和其他公元前5世纪的作者之间的差别,首先说明了悲剧作家和哲学家对奥德修斯这个人物的两种完全不同的处理;也说明了荷马史诗的特点:谨慎但直接、生动、

---

[1] 参见 H. Lloyd-Jones, *The Justice of Zeus* (Berkeley, 1971)。
[2] 参见贝拉德译《奥德赛》卷2,页237—291。

自由、通透,没有过多的文字也不含任何的评价。在道德的范畴里,无论如何,他提供的是一个毫无可耻之处的男人的形象,人们只因他的冒险经历对他赋予理解和喜爱。道德主义者可以任意对这个人物进行渲染,形而上学者也一样。

在《奥德赛》中有一些关于神祇的审判的内容(贝拉德删掉了其中一些),也有一段与已逝之人的相遇。但我认为,这些与冥界接触的内容,并没有什么哲学思考在里面[①]。当然,我们也不要求荷马像卡赞扎基斯那样,创造出一个沉浸在形而上的对话中的奥德修斯。但是我想对比一下苏美尔神话中的英雄吉尔伽美什,他是全心全意地前往冥界去寻找生命的答案:"我想要找到我的祖先乌特纳皮什提姆,他曾经得见诸神并获得永生。我想问问他关于死生的问题……""我的朋友,我的所求非常卑微:就是恩奇都,我的朋友;我是不是也会像他一样,卧下就再也无法起来了?……""告诉我你所知道的天界的律例。"可见生与死的奥义是这篇苏美尔史诗的核心,也是吉尔伽美什这位英雄心之所系。

而奥德修斯就完全不是这样的!

当喀耳刻告诉奥德修斯他必须到冥界拜访死者,此行之

---

① 我们知道,这里确切说来并不是下到冥界,而是亡灵上到洞口来。所以这一章其实并没有那么玄幻。

目的并不在于揭示死生的奥义,而是去询问忒瑞西阿斯有关回家的问题(10.492)。而奥德修斯听到这一指令后,唯一的反应是对此行的困难感到沮丧("但是喀耳刻,谁来带领我们完成这一旅程?")。他的同伴们也是悲叹哭泣,但没有人提出异议。而当奥德修斯在冥界见到逝去之人时,又是什么反应呢?没有丝毫不安。他就像对待活人一样,以平常的方式对待死人。他想要跟他的母亲说话,但看到母亲在喝血,也丝毫不震惊。而且他母亲告诉他的关于死亡的奥义也是微乎其微。安提克勒亚只是告诉他,死去的人没有了肉体,就像梦幻一样飘忽。她最后还很亲切地交代儿子:"把这一切牢记在心,他日与你妻子重逢时,你好对她述说。"(11.224)这里对形而上学的关注是很有限的。而《埃涅阿斯纪》(*Enéide*)第六章则很不一样,里面描写的冥界分为不同区域,安喀塞斯(Anchise)也对灵魂的去向做出了解释。而但丁在《地狱篇》和《天堂篇》中所表达的关注则要强烈得多。

然而,荷马通过对具体动作的细致描绘,表达了对死亡的一切想象。奥德修斯与母亲能够相认,也能够对话,但是当他们想要拥抱的时候,他尝试了三次,三次都是"他双手抱住的,只有阴影或飘忽的梦幻"。人性的本质,包括不会因死亡而消失的温情,与能够把亲人分开的死亡,都融在了这一简单的动作中。《伊利亚特》中阿喀琉斯也有过这样的动作(23.94),

《埃涅阿斯纪》里也出现过两次。这样的描述,还是在各种学说出现之前。

但是,这一小段可以算作"招魂问卜"的故事,却属于《奥德赛》颇受质疑的段落之一。而且,就算从史诗创作之初就有了奥德赛与忒瑞西阿斯和母亲相遇的内容,这里的许多元素还是被大多数人认为很是突兀,例如里面出现的一系列贵妇的鬼魂,以及罪恶深重者所受的酷刑。这趟"招魂问卜"之旅似乎丰富了、变调了,就好像这些奇怪的事情是在史诗创作完成以后才加上去的。事实上,在史诗的末尾,还有第二次"招魂问卜"(24.1—205),同样非常可疑,而且招魂的过程更加神秘(要经过白色岩石、日神之门、梦幻之境)。这次招魂也更加有道德教导的意味。我们可以认为,作品中出现的创作的层次,也可以反映人们的思想和好奇心发展的历史。

如果我的推论正确,那想要从荷马的作品中解读出宇宙和冥界的奥秘,就是很奇怪的想法。但是,我想说的正是这一点:也许正因为荷马的作品简单、含蓄、通透,才能让每个人从中找到自己想要的东西。没有人从伦理学的角度重新演绎费奈隆(Fénelon)的《特勒马科斯历险记》(*Télémaque*),也没有人从亡魂所归的角度重新演绎但丁的诗歌。而荷马提供的,是一张轻飘飘的版纸,上面只印了一些虚线,始终鼓励着人们在上面画新的线条,在让人感同身受的同时,又允许人们重新演绎。

了解到这一点,我们就可以回归当代的奥德修斯,看看他在心理学的发展中是不是也是一样的。我在创作新书《耐心点,我的心》(*Patience, mon coeur*)时,一直怀着这个目的。我觉得我得出的结论似乎可以回答我们的问题。

心理描写在荷马的作品中一直比较次要。要注意的是,我并不是说荷马笔下的人物没有生动细腻的心理活动。而是说,他们的心理活动很少被分析,不管是从内在来分析,还是分析其心理的复杂性或分析人物自身。

毕竟他对生理特征的描写也是这样的。卡克里迪斯(J. Kakridis)在《重访荷马》(*Homer revisited*)一书页145谈到,荷马描写瑙西卡美貌的方式跟《一千零一夜》里对那些美丽女主角的描写完全不同。史诗中只谈到她就像年轻的阿尔忒弥斯,而且是在阿尔忒弥斯的母亲眼中看来。还有奥德修斯见到瑙西卡时,想到的是她的父母该有多么自豪。他还将她比作一棵幼嫩的棕榈。信息非常少,但是足够我们根据风尚和自己的幻想去想象出她的轮廓。莱辛(Lessing)也曾指出荷马的这个倾向:他并没有用细致的描写剥夺我们的想象,我们可以随自己的喜好想象出海伦的美貌①。所以,当看到荷马作品被搬上荧幕,那些荷马从没有仔细描述过的"精美武器"或"华美衣裳"变成了眼前这副让人困惑的装束,我觉得很难接受。这副装束,把我们从很近的想象又拉回到了很远的过去,把荷马拉近的英雄世界又拉远了②。

所以,我认为荷马的心理描写也正是如此。

我知道,《奥德赛》的心理描写已经比《伊利亚特》更加丰富了。可能是因为到了创作《奥德赛》时,人们的喜好和兴趣已起了变化,也可能是因为奥德修斯一个人就要面对那么多复杂的状况,他的反应自然也会更加多样,所以《奥德赛》中对他的分析会比《伊利亚特》中对众英雄的分析要更加细致一些。但是相对此后的文学作品而言,这方面的描写仍然极为有限。就像讲到奥德修斯在冥界与母亲重逢时,没有任何有关他的情绪的文字,但一切都表现在了他跟母亲拥抱的那个简单动作中,《奥德赛》中处处可以看到这样一切尽在不言中的创作习惯。有时候,是一个微笑,例如特勒马科斯在一无所

---

① 参见 Laocoon。另外还可以参见 C. Trypanis, *Greek Poetry from Homer to Seferis*,页 43。

② 对场景的描述也一样。G. L. Huxley 在 *Greek Epic Poetry, from Eumelus to Panyassis* 中就提出循环诗对此描述更加细致。参见 Finley, *Homer's Odyssey*,页 37。

知且视线模糊的欧迈俄斯面前对父亲举目一笑(11.476);有时候是几行泪水,例如奥德修斯与儿子重逢时激动地大声哭泣,就像飞禽找回了自己的雏鸟。但是紧接着就又是情节的推动。而且特勒马科斯对父亲说的第一句话就非常实在:"但是,父亲,您是怎样回到这里的?坐着怎样的船?跟着哪些水手?从哪里过来?……"(16.222)我们在这里可以看出一些情绪的征象,但是剩下的就要靠读者自己去构建了。我认为荷马史诗的奇妙之处正是在这种通透的描写方式上,没有任何分析,也没有任何评论。

《奥德修斯》中这种不言而明的描写方式,使得故事情节发展非常流畅,有时候我们甚至不会注意到他其实并没有写明①。我举几个例子。

卡吕普索爱慕奥德修斯。她曾经告诉过赫尔墨斯。但是在史诗中,她始终没有向奥德修斯表明心意。她给了奥德修斯一个选择,让他与自己一起永生,但是她只是说了他放弃这个选择所会遭遇的危险。爱情在这里不言而喻。后来,她告诉等待了七年的奥德修斯可以离开时,却没有说这是宙斯的命令。而奥德修斯,没有说任何表示惊奇或感激的话语,而是

---

① 能够不言而明,其中的一个原因是借助了一些外部的解释,列举了神意的因缘和人性的因缘。但是这只是一个方面,因缘的结果不能解释一切。

表示怀疑！这让卡吕普索笑了，后来也让雅典娜笑了。但是这其中的心理包袱，却是不言而喻。而很快他就不再疑虑，坐上他的木筏，"高兴"地出发了。他高兴，因为归程开始了。但是，他会不会也有些害怕，甚至后悔呢？荷马并没有言明。在下一章，一位女神化身海鸥，抛给他一条神奇的头巾，他也并不惊讶。他甚至来不及说声谢谢。这一次，他又是表示怀疑。情节推动很顺畅，没有任何多余的迂回。我们也可以对比一下另一个例子：墨涅拉俄斯向特勒马科斯讲述他对付普洛透斯的奇异冒险，并告诉他奥德修斯还活着，只是被卡吕普索扣留了，而特勒马科斯听到后既没有表示惊奇，也没有表示喜悦。他对这个消息没有任何评价。他只是回答说，他必须回去了。这应该就是斯坦福所说的，"意味深长的沉默"这一心理描写方式①。

其中可能也描写了一些心理动机，但都非常简单、非常实在。我刚刚说，特勒马科斯只是回答说他必须回去了。其实不仅如此：他还讨论了一下墨涅拉俄斯要送给他的礼物。礼物的确很重要，但是他只关注这个吗？奥德修斯访独目巨人时也是声称要求得到礼物（参见 9.229），但这真的是此行最重要的原因吗？在讨论礼物之前已经暗示了他们更关注的事

---

① *Hermathena*, 1950, 页 55。

情,每个人都可以自己猜测理解。同样,我们都了解奥德修斯在卡吕普索和珀涅罗珀之间做出的选择,荷马也只是说奥德修斯希望回家是因为"神女不能使他心宽舒"(5.153)[1]。但仅此而已吗?文中暗示的其实比言明的要多得多。

荷马即使在描写复杂情感时,也是不带分析的。他只是把这些情感罗列在一起,例如在卷10第134行,写到奥德赛与同伴们逃离莱斯特律戈涅斯人时,只是说他们"心情悲痛,却又高兴能够逃脱死亡"。他常常用两个相反的词来表达复杂的情感,例如在《伊利亚特》(6.484)中安德洛玛刻"流着泪笑",还有在《奥德赛》(19.471)中,欧律克勒亚认出奥德修斯的伤疤时"悲喜交集"。

奥德修斯对卡吕普索、喀耳刻和瑙西卡的不同感情,也同样用微妙模糊的方式来表达。就像格里芬(J. Griffin)所说[2],荷马为他的这些感情创造了一种如梦般的特点。这种特点比其他作家更加突出:例如,其他作者着力描写奥德修斯与这些神女之间的私情,把这种感情刻画成奸情,还讲到卡吕

---

[1] 还可以参见奥德修斯在7.258所说的话。后来他也做出了同样的选择,他也不愿意留在费埃克斯人之中。长久以来,希腊文学中都有将心理动机简单化的痕迹。例如在索福克勒斯的作品中,厄勒克特拉鼓动妹妹行动时,只是对她说这样她才能找到一位丈夫,但是我们可以由此看出她真正的理由。

[2] 参见 *Journal of Hellenic Studies* 上发表的文章,前揭,页43。

普索和喀耳刻为奥德修斯所生的孩子①。而荷马的这种含蓄的创作方式,为人们的想象开启了一个更复杂的世界。

说了这么多,其实我并不否认荷马史诗中描述了复杂细腻的情感,且这种技艺非常精湛。我只是说,这些情感并没有被详细刻画、分析和评价。而且我认为,正如他所描绘的人物轮廓特征,每个人都可以从他简单的几个词、几个动作中出发,构建出一个自己熟悉、理解的世界,一个让自己能够梦想,能够于其中找到自己的世界。

通过这种文学手法,荷马赋予笔下的英雄最人性的情感,因此更有利于人们的认知。我认为,在各种表现方法中,对比是很起作用的,因此我想列举两个斯坦福在评注中所谈到过的例子。

第一个例子:遭遇海难的奥德修斯在浪尖上看见陆地时,他的心情就是通过对比来表现的:"有如儿子们如愿地看见父亲康复,父亲疾病缠身,长久以来忍受着剧烈的痛苦;可怕的神灵降临于他,但后来神明恩惠,让他摆脱苦难。"(5.394—397)这种感情是最基本最简单不过的了,每个人都可以体会得到。生存的喜悦、亲人的温情以及感激之情在这里充分融合,再也没有比这更恰当的比喻了。通过对比的方法,获得重

---

① 参见赫西俄德诗作《神谱》第 1010—1018 行。

生、重遇亲爱的人、重归故土的感情,全都体现在奥德修斯身上①。

第二个例子是珀涅罗珀重见奥德修斯时,用的是一个相反的对比:她的喜悦之情就好像是遭遇海难的人触到陆地,终于逃脱了灾难。同样地,生命和亲情在此融合;男人的世界和女人的世界也在此融合。如约翰·芬利(John Finley)所言,荷马所用的对比,从来都无关年龄、性别和国王的身份:"重点在于人的境况,而非私人的意识。"②

说回讲座开头我所说过的话,奥德修斯只是个普通人,他代表了人类的状况。但我们发现,相比其他,荷马的奥德修斯并没有什么特别的个性。荷马总是刻意地略去特定细节,可能是因为他不关注,也可能是因为他没有能力剖析这些细节,但正因如此,他带给我们的是一个简单生动的形象,一个与我们自己非常接近的形象。就像是我们熟悉的人那样,我们可以谈论、描写他,对他进行推论和模仿。但是,我们之所以可以这么随意地对他进行加工,也是因为荷马的这些基线刻画得非常完美,没有任何累赘。正因为荷马作品中的奥德修斯是如此通透,一代接一代的创作者才能根据这幅草图,按自己

---

① 同样地,欧迈俄斯再次见到特勒马科斯时,也是泪流满面,"有如父亲欣喜地欢迎自己的儿子,儿子历时十载远赴他乡终回归"(16.17以下)。

② 参见 *Homer's Odyssey*,页29—30。

的心愿填充这幅画。

所以我们能够得出一个看似悖论却又完全合理的结论。正是因为荷马的奥德修斯是如此简单,他才能够成为其他复杂晦涩的作品的主题和模型,例如乔伊斯的《尤利西斯》和卡赞扎基斯的《奥德修续记》。正因为荷马作品里几乎没有任何形而上的教条,奥德修斯才能成为卡赞扎基斯那部世间所有教条和宗教在其中混杂对峙的作品的主角。也正因为荷马作品里几乎没有心理分析的描写,奥德修斯才能成为乔伊斯那部洋洋洒洒几千页内心独白的巨作的主角。最后,在这个挤满了各色人物的纷杂世界里,作家们努力把人物嵌入不同社会生活模式的现实之中,而正因为荷马所有的特点都可以归结为对人性的通透描写,奥德修斯才能在一个又一个作家笔下重生。

我一开始就说过,这次演讲是向乔伊斯、W. B. 斯坦福致敬,因此也是向都柏林致敬。我现在还想补充一点,这次演讲也是对我们的研究的致敬和捍卫,我们的研究是我们所有人之间的联系,也是我们最关注的事情。现在我们正面临着拉丁与希腊研究的危机。我们应该用我们的热情来拯救和推广它们。我们必须这么做,不仅仅因为我们的研究是关于灿烂的文明,也因为这朝气蓬勃、充满人性的文明正是我们的根源。

荷马笔下的这个简单的奥德修斯,到了雅典悲剧中已经得到了丰富。其他英雄也是一样,在雅典戏剧中,在后来的罗马戏剧中,在17世纪法国戏剧中,以及在巴洛克音乐、现代戏剧甚至是电影中都得到了丰富。而这个模板,这个充满人性的简单通透的原型,是在最初的文明中找到的。古希腊提供的这些英雄、神话和题材滋养了所有的现代文学,这不是一个偶然。古希腊提供的这些素材是精炼且通透的。思想也是这样:先有了一个雏形,我们看到它以一种生动具体清晰的方式出现,然后我们看到最初的草图朝着未来的方向发展。在最原始的层面上是最容易理解的:通过雅典帝国的故事和城邦之间战争的故事,我们能够得到最强烈的感受。因为这是我们这个世界的雏形,我们的现代世界比它要广阔千倍、复杂千倍,也更难刻画。

在艺术和思想的领域中,要想走得更远,回归最初的通透是最重要的。我想,这就是为什么我们要坚持我们的工作。我们的工作常常遭受误解,但我认为我们可以带着良知、带着骄傲继续这项工作。

5
关于魔怪*

《奥德赛》的各个章节,这么多个世纪以来已经为大家所熟悉。一个人要么是很不了解,要么是非常了解《奥德赛》的奇妙之处,才敢对这些故事加以评论。我们总是更相信后者的解释,因为他的专业。

这里要谈的是魔怪,确切来说,是独目巨人和食人族莱斯特律戈涅斯人这两个相近章节之间的对比。对《在阿尔喀诺俄斯家讲的故事》(*Récits chez Alkinoos*)①感兴趣的人,常常会惊讶于这两章的相似:在这两个故事中,奥德赛与他的同伴们都去到了食人巨人的住所,在损失了几名同伴后,艰难地逃出

---

* 发表于 *Mélanges Édouard Delebeque*, Aix-en-Provence, 1983。
① [译注]这里指的是贝拉尔(Bérard)翻译的法语版《奥德修斯》卷2,包含原著卷8—15。

生天。可以说,这两个故事是对称的,尤其是隔在这两个故事中间的,只有短短80行有关风神埃厄洛斯的故事。但是,尽管这两个故事的素材相同,但处理方式却极为不同。独目巨人的故事讲得非常详细(460行),情节跌宕、动作丰富、对白丰满。莱斯特律戈涅斯人的故事则非常精简(只有50行多一点),也没有什么波折。为什么要用这么粗略的方式重讲一个如此雷同的故事呢?佩吉(D. Page)在两部不同著作中分别研究过这两个故事①,并都以精妙的方式提出了这个问题。但是他给出的答案却不尽如人意:他认为这种重复就好像是在对读者眨眼,或者是作者想把成功的题材再利用一次。这样的动机,不太可能是荷马这样的大诗人会有的。

但如果反过来,我们不去看两个故事的相似之处,而是看它们的不同之处,就会发现这种重复不但是可以理解的,而且很有意义。

这两个故事之间的差异,不仅仅是表面上的长度或戏剧效果的差异,更是内涵上的差异。因为第一个故事中满是对智慧的颂赞,而第二个故事则完全不涉及智慧。

---

① 关于独目巨人的故事,参见其著作 *The Homeric Odyssey* 中"Odysseus and Polyphemus"一章,Oxford,1955,1976年于美国再版;关于莱斯特律戈涅斯人的故事,参见其另一本著作 *Folk-Tales in Homer's Odyssey*, Harvard,1973。提出的问题和他的解答详见该著作页31。

为了探讨这两种不同的取向,我们可以比较一下荷马的作品和同题材的民间传说。许多学者都收集并比较过这些传说[①],前面我们提到过的佩吉也曾就此做过分析。

关于独目巨人,我们可以找出一些民间传说中提到但《奥德赛》中没有的细节,以及《奥德赛》中谈到但其他地方都没有的细节。

首先,在荷马没有提及的细节中,有一枚神奇的指环,是在故事末尾独目巨人赠予奥德修斯的,能让他凭借听觉辨明敌人的位置。这个小小的信号发射器在荷马的《奥德赛》中是没有的。这也很正常,因为荷马向来不喜这些影响竞技公平的神奇物件。但另一方面,他也从不让波吕斐摩斯[②]耍阴谋诡计,只有奥德修斯才有这个特权。佩吉认为,在这一章末尾出现的赠送礼物的情节是很奇怪的,这也许是戒指这个题材的残留[③]——我也认为这很有可能。但即使是荷马的审慎让奥德修斯拒绝了礼物,这个情节仍显得格格不入。

相反,荷马讲述的两个元素,似乎并不属于独目巨人传说

---

① 包括 W. Grimm, *Die Sage von Polyphem* (Acad. Berlin; 1857); O. Hackmann, *Die Polyphemsage in der Volksüberlieferung* (Acad. Helsingfors, 1904); L. Radermacher, *Die Erzählungen der Odyssee* (Acad. Vienne, 1915)。
② [译注]Polyphème,该独目巨人的名字。
③ 参见佩吉,前揭,页19。

的传统。

首先是葡萄酒:奥德修斯把独目巨人灌醉了。佩吉认为要么是荷马自己创造了这一情节,要么是从另一系列传说借鉴而来。不管这个情节从何而来,这都是奥德修斯耍的第一个诡计。而且,这是一个为应付不时之需而酝酿已久的诡计,因为这瓶特殊的酒是奥德修斯让人从船上带下来的!他还详细讲述了这瓶酒的来历(9.196—211)。他早就准备好了这瓶酒,然后等到一个计划好的时机,把酒献给独目巨人(345以下)。这个诡计成功了:独目巨人喝了又喝,直到酩酊大醉。对他醉态的描述(这是荷马独有的)充满了粗鲁的细节。除了为结局服务,我认为这一段的作用还在于突出人类的机敏与怪兽的粗野之间的反差,怪兽之所以粗野,是因为愚昧。

另一个则是奥德修斯开的那个聪明的玩笑,自称"无人"。我们知道,这个玩笑的结果就是让独目巨人的控诉都变成了否定句,再也发挥不了作用:例如第368行"我要吃了无人"和第408行"无人杀害我"!这个文字游戏似乎在许多传说中都出现过,但是从没有出现在有关魔怪和独目巨人的传说中。但是荷马在这里用了这个诡计,他甚至用了两次(364—370和403—415),可见他对此非常强调,即使不合逻辑也不妨碍他描写这个诡计:波吕斐摩斯本是一个离群索居者,但为了插入这个文字游戏,荷马添加了一群跑来帮忙的独目巨人邻居①。

最后,还得让奥德修斯和他的同伴们逃出魔怪的洞穴。他们逃脱的方式(把自己绑在要出洞的牲口身下)似乎也很少在民间传说中出现。这是一个简便精妙的办法,而且这个办法还有一个优点:为奥德修斯留下了一头肥壮的公羊,船员们在得救之后很高兴地享用了这头公羊(469—470;548以下)②。

有趣的是,在18个世纪后,独目巨人的故事发展成了一个智力游戏:在季洛杜③的小说《厄尔皮诺》(*Elpénor*)④里,"无人"的玩笑延续了好几页,这个玩笑还启发了许多的诗歌和讽刺诗,还有许多关于表象或时空的哲学谜语。至于独目巨人醉得要跌倒的这个主意,季洛杜只是在荷马的基础上走得更远了。

但是,说回荷马的文字,还必须补充一点:他的特点不仅仅在于某个题材是否出现过,也不仅仅在于对现成题材的取舍。例如,我们还可以证明,他的文字风格中,一切都是为了

---

① 参见佩吉,前揭,页5。
② 奥德修斯是在一个满是野味的岛上(9.151—162):参见 Merkelbach, *Untersuchungen zur Odyssee* (Zetemata 2, 1951),页214。但这一点被忘记了。而且,抓绵羊也不费力……
③ [译注]Jean Giraudoux,法国20世纪作家。
④ [译注]厄尔皮诺是奥德修斯的同伴。

达到同一个效果,尤其是比喻的运用。

当讲到独目巨人的食人暴行时,荷马将之比作一种恐怖的动物,还对其无助的受害者表现出强烈的怜悯:"他像抓小狗似的抓起其中两个撞地,撞得他们脑浆迸流,沾湿了地面。"(9.287以下)这种比喻的用法,有一种现实主义色彩的悲怆。其他章节中也有类似比喻:例如讲到吊死的女仆"就像想要夺回巢穴的斑鸠和鸽子"。此类比喻是为了说明情绪。

相反,在讲到奥德修斯和同伴们用烧红的木桩戳破独目巨人的独眼时,所用比喻则把人们的注意力吸引到了他们所用的技巧上。第一个比喻是木钻的使用。荷马的比喻方法非常专业,充满了技术工人的兴奋感,跟描写奥德修斯的木筏的建造过程一样,可能会让普通读者感到困惑,不好理解。"有如匠人用钻子给造船木料钻孔,一群人在下端绕上皮带启动钻子,一个人在上端固定钻子,使钻头始终在一个位置上旋转。我们当时也这样在他眼睛上钻……"然后,巨人着火的眼皮、爆裂的睫毛和流出的血液,都变得不再恐怖,而是变成了因技术精湛而取得胜利的象征。

荷马还紧接着用了另一个也很技术性的比喻作为补充:如同把斧头或锛子浸入冷水中淬火,铁器"嘶叫呻吟"。但是这一段在贝拉德的翻译中也被删掉了,因为他认为这个比喻太过现代。但我们也可以这样认为,用如此先进的技术来作比喻,正符合这一段的精神,因为要表现的不是这次行动的残酷,而是人类实践能力的胜利。同时,把独目巨人的喊声比作铁的嘶叫或猛兽的吼叫,就不像是人类在受苦难,也不会让人为之动容。

我还请大家注意一点,在季洛杜的那个纯属虚构的故事中,他把技术讲得更现代化,让读者更加无动于衷,还给独目巨人的独眼蒙上了喜剧色彩:"假如地球是圆的,一位铁器之神在上面钉上一颗烧红的钉子,会不会使它流浆迸裂呢?"这个比喻的附加效果就是,既不关注独目巨人的视力问题,也不会对他产生恻隐之心。

荷马的叙事还是很严肃的,人们仍然很注意故事的情节起伏,把故事当作"真实的历史"。但史诗中这种严肃叙事对季洛杜的启发在于,故事的灵感是人类智慧在与危险巨妖的对抗中取得的胜利。

从某种意义上讲,奥德修斯也是因为智慧才有机会完成这次自救行动。因为他所经历的危险,其实是他的好奇心带来的后果。是他自己不顾一切地想要去一探究竟,他还说:

> 忠实的同伴们,我们的大部队将在这里停留;但我要带着我的那条小船和我的同伴们,前去探察那岛上居住的是些什么人,是强横、野蛮、不讲正义的族类,还是尊重来客、敬畏神明的人们。(172—176)

他只带了12个人(195)。他把这些同伴们带去了独目巨人的洞穴,同伴们曾恳求他偷偷拿走食物便离开,但是"我却没有采纳。啊!那样本会更合适。但我想看看那位主人,看看他会给我们什么馈赠"(229—230)。提到馈赠,就把收获食物的现实需求转变成了好奇心,而且好奇心还变得更突出了。好奇心把此次冒险与奥德修斯的求知欲联系到了一起。有了这精妙的一笔,源于智慧的好奇心就成了此次行为的主要动机。

我们于是能够理解我在引文中提出的问题——为什么有那么多的文章把独目巨人作为人类文明的敌人。他们无法无天、不耕不种、不航海不买卖,完全处在人类的对立面。而且他们不敬神明,类似吃人的行为,也让他们处于人类的对立面。这与人类的创造发明处于完全的对立面。索福克勒斯的《安提戈涅》就讲到人类的创造发明,从航海和耕种一直讲到"创造出城邦的憧憬"(354)。行事谨慎的奥德修斯是人类智慧的象征——这种智慧让小小的人类能够战胜巨大的魔兽。

独目巨人的故事中这个导向是如此强烈生动;而到了莱斯特律戈涅斯人的故事中,就丝毫没有了人类智慧的影子[①]。

后面的这个故事如我们所见,非常简短。而且,佩吉也发

---

① 关于这种反差,请参见 Finsler, *Homer*, *II*, 页 327;还可见 Frame 和其他人的著作。

现,这个故事的节奏很不平衡。在用七行诗描述莱斯特律戈涅斯人的国度后,又用十一行做了一个拖沓的引入:奥德修斯派同伴们前去观察,荷马讲了他们的人数(两个加一个人)、路面的状况、他们遇见国王女儿的地点、国王的名字①——就是没有提到国王的女儿是个巨人②。然后,同伴们来到国王家中,才忽然觉得恐慌。王后"魁梧得像座山峰";国王一来就抓起一个同伴"作午餐";剩下两个人拔腿逃跑,后面追来的莱斯特律戈涅斯人全是巨人。仅仅八行诗就带来了一场灾难:"从各条船只传出临死之人的凄惨喊叫和被撞碎船只的爆裂声,巨人们叉鱼般把我的人叉起,带回去作骇人的盛宴。"(10.121—124)

这里与民间传说的差别也很明显。通常,关于魔怪的故事都会有一些诡计在里面:例如用各种方式欺骗魔怪的妻子,或者多多少少要想个法子逃脱……但是在荷马史诗这里没有任何伎俩,他们只是仓皇逃跑,还把魔怪引到了船队那,船队也被毁了。

---

① 荷马甚至还讲了泉水的名字,由此可猜测这个故事可能借鉴于阿尔戈英雄的故事。
② 贝拉德的翻译在此处需要更正一下。希腊语中用来指代这位女孩的这个词,说明了她是一位地位尊贵的女性,在荷马史诗中曾用于好几位女性,例如狄俄墨得斯的妻子、奥德修斯的妹妹克提莫涅,以及珀涅罗珀。

这与对抗独目巨人的故事中所表现的人类智慧有很大差别,差别就在这最后的一个细节上。独目巨人一开口威胁奥德修斯,就问他船在哪里(9.279—280),奥德修斯很小心地欺骗了他:

> 他这样说话试探我,但我见多识广,便用假话回答他:"震地之神波塞冬把我的船只抛向高峻的悬崖,抛到你管辖的地域边缘,撞上海岬,风暴把它从海上刮走,只有我和这些同伴得以逃脱。"

奥德修斯懂得保护他的船,甚至他的船队。而他的同伴呢,被莱斯特律戈涅斯人的国王吓得只知道自己逃命。

所以对比很明显:精湛描述的一章对比粗粗略过的一段;一次成功的脱逃对比一次彻底的灾难;智慧与计谋的出色运用对比完全无勇无谋的行动。

但是,从这样的对比中,我们似乎可以猜测出诗人为什么要把同样的故事讲两遍。我在这里指出两个理由。

第一个理由很实际。故事要讲下去必须达到的效果就是,奥德修斯到了卡吕普索的岛上时没有船也没有同伴,感到非常孤独。就在卡吕普索这一章之前,他还有 12 条船(9.159),到了卡吕普索那里就只剩一条了。我们就先不数他损失了多少人了。但很明确的就是,从卷 9 第 159 行到卷 10 第 133 行,他损失了 11 条船。最后一条船则要在卷 12,奥德修斯搁浅在卡吕普索的岛上时撞坏①。要毁掉 11 条船,仅仅独目巨人那一章是不够的。当然了,他也可以从伦理的角度上,让愤怒的波塞冬来毁掉这些船,毕竟波塞冬是波吕斐摩斯的父亲。但是奥德修斯机敏多疑,他的计谋也必须成功,所以安排这样一下子就损失惨重的剧情是无法接受的。瞎了眼的波吕斐摩斯被留在海岸上,也不可能对船队造成什么伤害,而且此行只去了一条船。他扔了一块巨石,差点砸中这唯一的一条船,却没有砸中。风神埃厄洛斯那一章倒是可以造成些损失。但是他已经用他的能力把船队差不多带回家了,又因为船员误放了不该放出来的风,船队又回到了原点。所以只能用别的魔怪来解决了,别的无法战胜的魔怪。要达到这个失败的效果,就要速战速决,既不能用计谋,也不能有什么壮举。所以就有了莱斯特律戈涅斯人的故事。

怎么说这都是一个很省时的解决办法。但是出于实际需要这个理由肯定不是对这种反差的唯一解释。

事实上,前面这卷表现了因智慧取得的胜利,后面这卷则

---

① 很多学者(包括 Schwartz, Reinhardt, Merkelbach)都一致认为,埃厄洛斯的故事如果只有一条船,其实更说得通;但这是这段故事之前的故事,这段故事本身无可怀疑。

是暴力取得了胜利,人类甚至无力反抗,而造成这种差别的决定性因素就在于:第一个故事是奥德修斯的行动,而第二个故事中他不在场。

这里的反差很明显:对付独目巨人时,奥德修斯只带了自己船上的人,留下了船队其他所有人,希腊原文中说得很清楚(9.173)。而在对付莱斯特律戈涅斯人时,文中清楚地告诉我们奥德修斯的船与其他船是分开的。其他船驶进港湾中相互挨近停靠,而奥德修斯的船留在港湾外面(20.95)。他在入口附近把船系在岩石上,然后派其他人上岸查看。

反差在这章故事的结尾处显现出来(125—126)。整个故事也只有到了结尾处才表现出人类的机敏和行动能力:奥德修斯用佩剑斩断了缆绳,迅速离开。因为他行动敏捷,船上的船员才得以获救,逃到了海上。荷马用对比的句式来强调,他的船得以逃脱,其他船却没有(132)。

为什么奥德修斯要停在远离其他船只的地方呢?荷马没有说明[①]。我们自然而然地想到是因为他有所怀疑。文中也说了这个地方让人颇有疑虑,这里日夜间隙很短,而且港口里

[①] 不同学者有不同的解释,有的认为因为诗人必须让奥德修斯得救(Finsler),有的认为是因为那个港口是死亡之地,也有的认为是因为受到了阿尔戈英雄的传说的影响,在阿尔戈英雄的故事中,伊阿宋也曾与同伴分离(Meuli)。但这几种解释都认为荷马的这一创意有一定道理。

平静得很奇怪,水面上波澜不起,也看不到人……的确有让人怀疑之处,但荷马能不能明确说明呢?我们很难理解奥德修斯为什么没有拦住其他人。是不是为了表现他们在埃厄洛斯事件之后又一次违背了奥德修斯的指令?① 原因可能有很多,但是都讲得很模糊。但是,尽管原因不太清楚,结果却如我们所见,显而易见。

我们可以认为,两个魔怪故事之间隔得那么近,但对这两个故事的处理方式反差那么大,其实都是为了表现奥德修斯这个人物。在第一个故事中,有情节的起伏,有生命,有计谋,而且至少有暂时性的胜利。在这个故事中,奥德修斯在场,而且领导所有行动。在另一个故事中,只有一次短促、愚蠢、最终造成灾难的行动,而奥德修斯是不在场的。这种反差即便不是刻意为之,也是这两个故事所传达出来的内涵。也许两个故事之间的近距离并不是为了这个目的,却达到了这个效果,这个让人满意的效果。

当然了,这两个故事是经奥德修斯之口所讲,但是事情讲得太谨慎了,所以听不出自吹自擂的意思②。而且似乎是因

---

① 第78行诗明确指出了这一次违命:"同伴们被艰难的划桨折磨得疲惫不堪。"

② 荷马讲故事从来不太考虑情报的问题:奥德修斯知道所有有关目的地的细节,如果有什么可以用的绝妙计谋的话,他也应该会晓得。

为诗人对他这位男主角的偏爱,才表现出了这种反差。

也许有人会觉得这个解释太刻板了。所以我最后还想要指出一点:在独目巨人的故事和莱斯特律戈涅斯人的故事之间,还有埃厄洛斯的故事,这个故事本身就包含了反差也很大的两个部分:第一个部分中,埃厄洛斯热情接待,热心助人,还送给他们一个可以把他们直接带回家的礼物;而在第二个部分中,埃厄洛斯粗鲁接待,愤怒拒绝提供任何帮助。这两部分之间,奥德修斯的同伴头脑发热,打开了装着各种风的羊皮袋——趁着奥德修斯睡着的时候!这与独目巨人和莱斯特律戈涅斯人的故事之间的反差是一样的。不久后又发生了同样的事情:奥德修斯的同伴们趁着他离开沙滩去避风处祈求神明时,违抗他的指令屠杀了日神的神牛,这件事发生时,奥德修斯同样也是睡着的。严思慎行的奥德修斯在整部史诗中成功通过了许多考验,但是大部分的考验都源自同伴的莽撞……

这种解释有一个优点:如果说《奥德赛》中各个章节的素材都直接或间接来源于其他史诗、神话、民间故事,那故事间的关系则是依诗人自己的意图来编排的,他挑选了一位独一无二的英雄和一次独一无二的冒险。各个章节形成一个整体,所以如果我们只是把这些章节分开来讨论的话,肯定会漏掉一些东西。每个章节都来源于一个生动的整体,即使是故事之间的接近也是有意义的。

6
《奥德赛》中三个天堂般的花园*

希腊人并没有天堂这个概念。我们可以在不同地方看到一些画面,描绘了一种没有什么世俗痛苦的甜美生活(例如黄金年代);我们也可以找到一些对类似乐土平原、幸运群岛、极北之国这样的极乐之地的隐射①;还有一些篇章讲到了开着"金花"的树。但这都是一些凌乱、含糊的隐射,所反映的可能也只是不怎么希腊式的传统。希腊思想中并没有烙下理想花园这个概念。尽管现代语言中的"天堂"(paradise)这个词,是

---

* 该文发表于 Scripta Classica Israelica,卷7,1993,页1—7,该卷题献给 Ra'anana Méridor 女士。

① 关于乐土平原,参见《奥德赛》4.558—568;关于幸运群岛,参见赫西俄德的《劳作与时日》171—174 和品达的《奥林匹亚竞技者颂》2.78—84;关于极北之国,参见品达的《皮托竞技者颂》10.37。赫西俄德的《劳作与时日》中也描绘了黄金年代。

希腊人根据伊朗语创造的,但是希腊人自己只用这个词的本意,即指代珀耳塞斯领主的广阔领地。这个词是在色诺芬之后,在希腊语中开始使用的。

这几点足够让我们认识到,希腊文化几乎只关注真实的人类,以及人类在这个真实世界中的生活。我们若研究一下希腊文学发展之初所描绘的最接近伊甸园的花园——即《奥德赛》中几个梦幻般的花园——就更能明白这一点。最常被提及的,是阿尔喀诺俄斯的花园。但是根据在文中的出现顺序和花园的奇异程度,我们最好从卡吕普索的花园讲起。三个花园的主人中,卡吕普索是一位不死神女,阿尔喀诺俄斯则是一个超凡的国家里一位传奇的君主,而《奥德赛》最后一章中出现的拉埃尔特斯①是一位凡人。

这是一个绝妙的层次,但我们也不能牵强附会。史诗的顺序并不是这三章构思的顺序。但是,这三个既有神性又有人性的花园如此相似,正好让我们能够分析一下神性与人性的混合,以及两者的比例。

这三个花园有一些共同之处。三个花园都反映了一个希腊人,或更宽泛地说是一个地中海一带的人的普通向往。花

---

① [译注]奥德修斯的父亲。

园里全都有水,有树,有果实,气候凉爽。

已经有一些著作详细探讨过希腊诗人对自然的态度①,所以我们这里就不讨论三个花园的共同之处了。但是,除了共同点之外,三个花园的不同之处也可以说明问题,尤其是每个花园所表现出的神话与现实之间的关系。

卡吕普索的花园在岛上环绕着她居住的洞穴。首先值得注意的一点是:与其说这是一个花园,不如说是一片非常迷人的小树林(5.58—75)。这一点也许可以解释为什么它与伊甸园的关系没有被强调。

在叙事中,先是闻到了烟火味。卡吕普索正在燃烧一些《奥德赛》中其他部分没有出现过的树种:雪松和侧柏——两种都是有香气的树,而且侧柏还会让人联想到祭祀焚香。至于雪松,自然界中几乎只有在非洲或叙利亚可以见到,所以在希腊应该是很罕见的。因此雪松在这里出现,就已经有了一点东方的、异域的味道。其他花园的描述中既没有这两种树,也没有这种味道。

洞穴周围则生长着一些比较常见的树种:赤杨、白杨和柏树②。但是其他花园的描述中也没有这些树种:这些并不是

---

① 可参见 Annie Bonnafé, *Poésie, nature et sacré, I : Homère, Hésiode et le sentiment grec de la nature*, Lyon, 1984, 页 272。

② 在更远的地方还有一些杉树,和一些枯萎的树,但这是造筏子所必需的木材。参见 G. Germain, *Genèse de l'Odyssée*, paris, 1954, 页 240。

种在花园里的树。而且这片林子里有许多鸟,有陆地上的鸟也有海鸟,这些鸟也跟花果园没有什么关系。

其他植物似乎也只是这个花园中独有的;结满果实的葡萄藤、牧草、欧芹①、堇菜。

那水呢?岛上有四股彼此分离的泉水。这对于一个小岛来说是很多的,而且,这也是伊甸园中河流的数字②!

这个"怡人之地"非常独特。而且荷马还是让一位神祇来表达对这个花园的赞叹(而且是像赫尔墨斯这样负责为宙斯传达紧要信息的主神)。荷马还给出这样的总结性描述:"即使不死的天神来这里得见此景,也会觉得悦目赏心。"(5.73)似乎这还不够,荷马还明确地说赫尔墨斯停下了脚步:"闪着亮光的天神驻足观赏。待他把一切尽情地观赏够,才加快脚步走进洞穴……"

因此,无论从谁的角度看,这都是一个仙境般的地方。但我们也会发现,这个地方其实并没有什么异常之处:既没有反季节的水果,也没有不为人知的花朵。说实话,赫尔墨斯竟然如此惊叹,这才让我们惊讶呢,因为这个地方看起来是多么世

---

① 一些人觉得草地上长着欧芹,或者说是野芹菜,是让人担忧的事情。例如斯坦福很委婉地说:"这是一片奇异的草坪。"
② 这个数字与史诗中惯用的数字也是不同的,可参见 G. Germin,前揭,页550。但是地狱中也有4条河流。

俗平凡。

而开场的词句更会让我们有这种感觉。其中说到卡吕普索正坐在火边,忙着……织布！虽然,她用的是金制的梭子,但这不是最普通不过的活儿吗？神女卡吕普索虽然没有在自己的花园里耕作,但是她有在劳动！这个最神圣的地方,被描写得如此人性,甚至出现了劳作。而且,卡吕普索没有仆人,除了在第199行诗忽然出现的那几个为她摆上菜肴的侍女。在其他时候,都是她自己亲力亲为。是她为赫尔墨斯摆上菜肴,也是她为奥德修斯摆上菜肴。而且这位"神女中的神女"还亲自把奥德修斯需要的东西送到他筏子上。她本可以用自己的力量送来顺风,但却亲手搬运造筏的帆布。

荷马叙事的人性化总是体现在这样的细节中。也正是因为这种人性化,这幅与我们自己的生活如此相近的画卷才能打动不同文化、不同时代的读者。

同时,这种人性化也揭示了某种世界观。不死的神女卡吕普索和她所居住的这个世界,只是在人类世界的边缘地带,比人类世界高级一点,但只是一点点。

阿尔喀诺俄斯的花园本该更加世俗一些。但是这个淮阿喀亚人的国度却近乎奇幻。

首先,宫殿就让人惊艳："因为,勇敢的阿尔喀诺俄斯的宫殿顶上,似有太阳和皓月发出的光辉。"(7.84)青铜的高墙、白银门楣的金门,还有火炬,应有尽有!花园也是同样美丽。

这是一个真实存在的花园。因为这是一个真实存在的花园,所以自我们这个纪元的头几个世纪起,就被拿来跟伊甸园作比较①。然而,这是一个很世俗、很务实的花园。它由一个果园和一个菜园组成。果园里有什么?并没有什么珍稀树种,有的全是地中海一带的果树:梨树、石榴树、苹果树、无花果树、橄榄树和葡萄藤。只是所有这些果树都惊人的茂盛和丰产:它们"冬天跟夏天一样结果,常年硕果累累",新果子就长在成熟的果子边上。葡萄藤也有两种状态:"向阳一面已经可以丰收,阴暗处的葡萄仍然青绿。"

这就是神奇之处,没有任何人工技艺,也没有任何一片土地,能够不断地让新果子结在老果子上。然而,这种轻描淡写让我们赞叹:荷马并没有给出任何评论,除了葡萄,他用部分在阳面部分在阴面,与葡萄的不同成熟程度联系起来。于是神迹和种植技艺就这样交汇融合。

菜园里也有泉水,但这里更接近凡人世界:只有两股泉水,一股灌溉果园,一股供屋内使用。

---

① F. Buffière, *les mythes d'Homère et la pensée grecque*, Paris, les Belles Lettres, 1956, 165 n. 44.

面对这样的花园,奥德修斯的反应跟赫尔墨斯对卡吕普索的花园的反应一样:两个篇章中谈到他们反应的两句诗是重复的,只是换了姓名(5.75—76,7.133—134)。

值得注意的是,贝拉德的翻译删掉了所有这些描述,而且之前也有许多人批评过这段描述,其中包括贝特(Bethe)①。他们批评的理由非常有趣——因为迈锡尼聚居地的后人不同意这种描述!甚至有些人提出过理由充分的抗议②——很明显,这一章的描述是编造的、梦幻的,与迈锡尼的传统相去甚远,有可能来源于其他文化。还有很多人甚至建议把整段都删去,因为王后位高权重这一点不符合迈锡尼的风俗!这样的批评及其理由,其实更有利于我们关注这整段描述的理想化特点。

这种理想化的特点是神性还是人性?荷马在这段描述的最后一句说得很清楚:"这一切均是神明对阿尔喀诺俄斯国王的恩赐。"(132)但所谓恩赐,也只不过是两股泉水、一片土地与和缓的西风。除此之外,没有任何描述暗示了神迹,这个花园也只不过是对凡人花园的完美化。虽然看不见有人在园中耕作,但也没有说这片花园是无需劳作就花繁叶茂的。但是,

---

① 参见 Finsler, *Homer II*,页 136 以下。
② 参见 G. Germin,前揭,页 297。

在描述花园之前,荷马讲到了50个女仆的活动,她们正忙着磨麦和织布(103—106)。

还有人将奥德修斯到阿尔喀诺斯家的故事与一个埃及故事作过比较,埃及故事中是一个遭遇海难的人到了蛇岛上[①]。这两个故事有相似之处,尽管这并不意味着两者有相同来源,但还是值得比较一下:在埃及故事中,整个岛都覆盖着美丽的植被,而这里只是国王的花园;在埃及的故事中,国王是一条蛇,而相比其他故事,荷马总是更青睐于人。

正如杰尔曼(G. Germin)对这段描述做出的点评:"诗人需要有极其扎实的技艺,才能让人们忽视这个几乎一直是超自然的背景。"

至于拉埃尔特斯的花园,则没有任何问题!这是一个老人的非常平凡的花园(24.219—344)。对于想要寻找史诗之遥远神秘源头的人,拉埃尔特斯并不值得关注。

拉埃尔特斯的花园中有一个果园,长着葡萄和蔬菜。这个果园应该广阔而繁茂,因为奥德修斯记得,他在孩童时代曾收到13棵梨树、40棵无花果树、10棵苹果树和50株葡萄作为礼物。这些果树对于普罗旺斯一带的人来说再熟悉不过,可这几个数字却远超一般水平。而且这几个数字还只说明了

---

① 参见 G. Germin,前揭,页299。

这片领土的一部分。

而且,这片果园繁茂多产。不仅"硕果累累"——这可能只是一个简单的套语——而且奥德修斯一开口便赞道:"老人家,我看你非常熟悉果园的劳作。多好的管理!多好的果树!不论是葡萄、无花果树、梨树、橄榄树还是蔬菜,你都料理周到……"(244—247)然后我们还会看到,葡萄藤也跟阿尔喀诺俄斯那里的一样,长着不同时期的果实:"每棵树在不同时期提供硕果,那里的葡萄也在不同时节结果,宙斯掌管的时节让它们生长变化。"(342—344)

这一次,可没有什么神迹,而是种植的技艺。文章中也没有说冬天跟夏天一样结果,常年硕果累累。就这样轻描淡写地,从超自然现象过渡到了人类的技艺。

但这并不代表这里没有神祇眷顾:后来雅典娜在拉埃尔特斯身上施展神力,让他忽然间变得高大强壮,让他儿子见了也一下看出这是不死之神的法力。但是花园则完全相反,没有依靠任何超自然力量。

因为,作者并不是含蓄地不提神力,而是在这段文字中极力突显一种全新的元素——劳动!

这一点在该段引言中就表现出来了。奥德修斯和他的同伴们回到拉埃尔特斯美丽的领土上,这片领土是拉尔斯特斯从前"靠辛勤劳动"获得的。希腊语中的原词也在别的地方用来形容奥德修斯所经历的厄运。这是否意味着拉埃尔特斯是历经了困难,例如为此曾立下战功,才获得这片领土? 或者意味着他曾历经困难,才让这片领土脱离荒蛮的状态,并在之后对它进行管制? 这里表达得很模糊,但是无论如何,都给我们这样一种印象——他曾为之经历困难、付出努力。然后,两行诗后,讲到了劳动者们("听从他的旨意为他的土地劳作的人")所住的棚舍。所以,有人劳作这样的印象,从这一段的开头就已经产生了。

然后,在花园里,远离搬运石块的人的地方,拉埃尔特斯只身一人。他在做什么? 他在翻地! 他是怎样出场的? 他只是"穿着脏得乌黑且满是补丁的长袍;双胫各绑着一块缝补过的牛皮,保护他不被荆棘擦伤;双手戴着手套以避免针刺;头上为了保暖①,戴着一顶羊皮帽"(227—231)。这一切让他看起来很卑微,因为这都是劳动的装束,而且地里的劳动很辛苦,他必须小心避让、保护自己。这个形象非常揪心。《奥德赛》里没有出现任何这样卑微的画面。甚至牧猪奴欧迈俄斯都比他过得好。欧迈俄斯的凉鞋是上好牛皮所制,他接待客人非常殷勤,一点也不丑怪。

---

① 这里用的是贝拉德的翻译。但这是一个值得怀疑的改动。原稿中是说"为了衬托出他的痛苦"——这句诗对于这句话的完整性也许更合适,但这个建议却不太合适,而且与句子的其他成分也不相似。

而为了表现拉埃尔特斯的这一面,在卷24,奥德修斯在称赞花园时,先是很直接刻薄地评论这身装束:"浑身如此污秽!衣服破烂不堪!"

当然了,拉埃尔特斯的悲惨主要来源于他的忧伤。这种悲惨先让我们产生同情,好反衬出当他发现眼前人就是自己儿子时的欢乐。但同时,这种现实主义的描述让我们想到了劳动和劳动的艰苦。

在相认的时刻,奥德修斯提到了他的童年,回忆起他跟在父亲后面跑,"从一棵树走到另一棵树,并把树名一一指明"。通过耕种的辛苦和魅力,表现出耕种者的细心,显得非常真实。

我们知道,亚历山大学派的人认为卷24整卷和卷23结尾是后来才加上去的[1]。他们很可能是对的。但是,即使这样,最后这个最人性化的花园也不失它的魅力,最后父子间的相认也不失它的动人之处。有一件事可以肯定:不管最后这一段是否后加,它都完成了此前就已有征兆的向人性发展的转变。对劳作的强调,也许是一个时代的标记:赫西俄德的《劳作与时日》就发现了劳动的作用,并精湛地表达了对劳动的颂赞,确切地说是对农业劳动的颂赞[2]。在神的花园里,果

---

[1] 贝拉德翻译的拉埃尔特斯这一卷是紧接在23.372之后的,这一卷应该早于其他后来添加的部分。

[2] 参见该诗作第20行以下,尤其是第286—382行。

实似乎是自己长出来的,例如赫西俄德谈到这个黄金阶层时说道:"肥沃的土地上,自己长出了丰富的果实。"(117—118)但是,他后来又说,"为了这番成就,不死的神祇付出了汗水"(289—290)。

卷 24 到此还没有结束。魔力依然存在,最终是神迹修复了一切。但是它与赫西俄德的相似之处告诉我们,在神性与人性的混合中,最后还是人性占上风。

到了公元前 5 世纪,在悲剧中,仍可以看到对极乐花园和凉爽气候的向往。只是,后来花园里又没有了人间苦难,而多多少少变成了一个神秘的地方,一个充满美德与和谐的地方。例如希波吕托斯的牧场,"没有任何污迹,没有任何牧人放过牧,也不曾有铁器的影子,只有清澈的河水,将羞耻洗净"[①]。希波吕托斯将这里的花朵摘下献给阿尔忒弥斯,于是在这里,人性与神性也融合在一起。

相比这样的文字,像描述天堂的文字,《奥德赛》更接近现实。即使这是诗人的梦想,呈现给我们的也只是凡人的梦想:我们真实的日常生活,只是被神的光辉抬高了一点。

我是在读了让·德吕莫(Jean Delumeau)的一本关于天堂的书后才有了这样的思考,这本书是《天堂的历史(卷一):

---

① 欧里庇得斯,《希波吕托斯》,第 74—86 行。

极乐花园》(*Une histoire du Paradis*, I : *Le jardin des délices*, Fayard, 1992)。我认为这种反差能够使荷马的技艺更加明显一些,而且我尽情地品味了一番这些花园的美妙之处。把这篇粗略简短的研究献给像我的朋友梅利多(Ra'anana Méridor)这样严谨仔细的哲学家,我感到有点不好意思。但是我觉得,这篇文字最适合于献给她这个国家的人,因为现在,这个国家的人懂得通过建造花园,把沙漠奇迹般地变成绿洲。

II

迁徙与发现

7
诸岛对古希腊文化的贡献*

我并不是一名雕塑艺术专家,而是古希腊文学专家,在古希腊文学中又着重研究公元前 5 世纪雅典文学,这并不是诸岛文学最灿烂的时期,所以我在这里只能做一个比较。我觉得可以比较一下各岛之间及其与雅典之间的关系,比较一下雕塑艺术的发展与文学作品的发展。

我必须说,这个论题其实有一点牵强。对于雕塑艺术就已略显牵强,文学则更甚。因为,我们不能把岛屿和大海以及大陆的海岸分开。同样是爱奥尼亚人,有的生活在小亚细亚半岛附近的岛屿上,有些则生活在小亚细亚半岛的城邦里。

---

* "爱琴海——诸岛的希腊"(Mer Egée-Grèce des îles)展览开幕期间于卢浮宫学院(Ecole du Louvre)举行的讲座,1979 年春。

而他们之间一直有交流。除了必须要有的地理边界,还有什么理由把埃维亚岛(Eubée)跟阿提卡(Attique)或彼俄提亚(Boétie)①区分开来?再说了,人是会迁徙的。尤其是作家,比起一个要待在自己的雕塑作坊或陶瓷作坊的人,作家迁徙起来要更容易些。而且,古风时期是一个比较动荡的殖民时期,曾有过多次大迁徙。有人从东往西迁徙,也有人从西往东迁徙:毕达哥拉斯先是在萨摩斯岛(Samos)生活,后来到了大希腊②的克罗托内(Crotone)建立了他的教团;而伊比库斯(Ibycos)先是在墨西拿(Messine),到公元前6世纪下半叶,则去了小亚细亚附近的萨摩斯岛。即使在爱琴海的范围内,人们也时常移动:阿尔基罗库斯(Archiloque)先是在帕罗斯岛(Paros),后来随一批移民定居在北一点的萨索斯岛(Thasos);而西蒙尼德(Semonide)先是在萨摩斯岛,后来定居在了南一点的阿莫尔戈斯岛(Amorgos)。爱琴海的世界是一个活动流通的世界,这个特点显然有利于它的崛起。

在这个广阔的流通的体系里,有几次大的运动,对希腊文学地理造成了一定影响。最初,诸岛将文化从东至西传播,传

---

① [译注]埃维亚是爱琴海中的岛屿,而阿提卡和维奥蒂亚是陆地上的地区,但三者之间距离很近。

② [译注]大希腊指的是公元前8世纪到前6世纪,古希腊人在意大利半岛南部所建立一系列殖民城邦的总称。

往希腊半岛,传往雅典:这段时期是从公元前8世纪到公元前5世纪。然后,在一段短暂的时期内,雅典盖过了诸岛。到了公元前4世纪至前3世纪,诸岛的光辉又呈现出一种新的辐射模式。我想要超出我们这个展览所展示的范围,一直讲到第二个阶段,从中寻找诸岛文化的独特之处。

希腊文学最初发源于爱奥尼亚和部分岛屿。

但首先请留意一下时间顺序:对于我们来说,文学的开端晚于雕塑艺术的开端。为今人和古人所熟悉的第一个希腊作家是荷马,他生活在公元前8世纪。这是在青铜时期之后,在锡拉岛(Théra,即如今的圣托里尼岛)文明蓬勃发展之后,此前还有更早一些的克里特文明和迈锡尼文明。文学开始的时期,正是艺术史上的几何艺术时期,或者更确切地说,是与基克拉泽斯群岛(Cyclades)的东方化风格雕像同一时期。

那是否意味着在此之前没有文学呢?这样说可能太武断了。在此前,应该还有口传史诗。口传史诗保存了克里特-迈锡尼文明的记忆,越过了黑暗时代,将这些记忆传递给了荷马和后来的人。

然后就出现了两种皆具诗意的不同文学形式——史诗和

抒情诗。就这两种诗歌而言,小亚细亚附近的岛屿有着重要的地位。

很多地方都被说成是荷马的故乡,我也不知道哪个才是真的。大部分被称作荷马故乡的城市都位于小亚细亚半岛上,但也有希俄斯岛(Chios)。荷马可能曾经在这里居住并授课。无论如何,希俄斯岛的荷马传人组建了一个诗人团体,他们创作诗歌,也传播诗歌。

特别是,《伊利亚特》和《奥德赛》的创作基于一个古老的资源库,岛屿在其中占据重要位置。这些岛屿在两部史诗中还有自己的角色。《伊利亚特》中的战士,来自克里特岛、罗德岛、科斯岛(Cos)和基西拉岛(Cythère)。史诗中描述了森林覆盖的萨莫色雷斯岛(Samothrace)和岩石遍地的伊姆布罗斯岛(Imbros)。史诗中也提到了阿喀琉斯攻陷的莱斯沃斯岛(Lesbos),和他曾经藏身的斯基罗斯岛(Skyros),那里也是奈奥普托勒姆斯(Néoptolème)生长的地方。史诗中还提到了一些与岛屿相关的神话故事,例如利姆诺斯岛(Lemnos),即菲罗克忒忒斯(Philoctète)被奥德修斯遗弃的地方,后来索福克勒斯以他为主角创作了一部悲剧;这也是许普希皮勒(Hypsipylè)父亲托阿斯(Thosas)的领地,后来欧里庇得斯以许普希皮勒为女主角创作了一部悲剧。《奥德赛》中涉及一些更远一点的岛屿。其他诗歌常常讲述的阿尔戈船英雄的传说,也在《奥德赛》中被引述。史诗根据爱琴海地区的真实情况创作。史诗中描述的许多物件、武器、珠宝等,都是克里特-迈锡尼文明和爱琴海文明的遗产。史诗中引用的一些传说,似乎在荷马之前就已被岛屿居民熟悉,并且因荷马而变得更知名。记得那些公元前7世纪的陶罐吗?上面描绘了阿喀琉斯和门农,以及奥德修斯和埃阿斯。还有萨墨斯的海妖,与奥德修斯对抗的海妖很相似。此外还有柏勒洛丰的形象(《伊利亚特》中简短讲过他的故事),还有斯芬克斯,以及被赫拉克勒斯追捕的半人马。所有被雕塑艺术描绘的这些故事,也都是史诗的题材。

这些例子也让我们想到荷马之后的一些史诗,它们取材于同样的神话资源库。这些史诗已经失传,我们只能间接地了解它们。这些史诗,我们统称为英雄组诗。

然而,英雄组诗的作者,也是有的出自小亚细亚半岛,有的出自附近岛屿。首先,最重要的诗人阿尔克提努斯(Arctinos)来自米利都(Milet);而讲述赫拉克勒斯故事的《攻占奥卡利亚》(*La prise d'OEchalie*)的作者,是萨摩斯岛的克里欧菲勒斯(Creophylus);两名罗德岛人也创作了关于赫拉克勒斯的史诗,他们是彼西诺斯(Pisinos)和彼桑德(Peisander)。讲述《伊利亚特》后续故事的《塞浦路斯组诗》(*Les Chants Cypriens*)也在此列,因为该组诗创作于塞浦路斯。创作《小伊利亚特》的莱斯基斯(Lesches)则来自莱斯沃斯岛。这部史诗也是讲述从赫克托耳死后到攻陷特洛伊城的故事。萨索斯岛画家波留克列特斯(Polygnote)后来还从中获得灵感。

那时候,史诗已经不是唯一的诗歌形式了。首先谈一下与史诗类似,但更具宗教性的"荷马式颂歌"。我们对荷马式颂歌的作者一无所知。但是,从颂歌中我们足以得知,诸岛之中也有几个宗教之都,后来在那些岛上出土了一些献祭给神祇的艺术品。其中最重要的岛屿是提洛岛(Délos),即传统认为的阿波罗的出生地。对阿波罗的崇拜早在颂歌出现之前就有了。但因为阿波罗在提洛岛出生,岛上的神庙非常兴旺。我们现在所知的阿波罗颂歌可以追溯到公元前7世纪。颂歌中讲述了提洛岛这个贫瘠干旱的小岛怎样顶着赫拉的愤怒接纳即将临盆的勒托。作为回馈,太阳神让这个小岛成了爱琴海上一个灿烂的中心,穿着拖地长袍的爱奥尼亚人、系着漂亮腰带的妇女、满载财富的快船都纷纷涌向这里。所以,到了公元前5世纪雅典统治诸岛时,提洛岛被选作联盟中心就不足为奇了。还有没有其他的岛屿也出土了这样的物件呢?提洛岛并不是唯一一个这样的岛屿。赫拉不就是居住在萨墨斯岛吗?还有阿芙洛狄忒,荷马史诗中就称她为来自塞浦路斯的女神。

但是,不要让这些神祇把我们的文学话题扯远了。我们说回第二种文学形式,这种文学形式出现于公元前7世纪,也是最先在诸岛出现,那就是抒情诗。

除了泰奥格尼斯(Théognis)、品达和梭伦这些大陆希腊诗人(他们其实处于抒情诗时代的后期)和合唱抒情诗诗人——这种抒情诗后来在大希腊得到了重大发展,其中最重要的诗人为斯特西克鲁斯(Stésichore)——之外,抒情诗人几乎都来自爱琴海诸岛,尤其是那些独唱而非合唱的诗人。由此出现了一个新的现象:诗人开始使用"我"这个词。荷马没有用过"我",后来5世纪的雅典文学也不再用"我"。

阿尔基罗库斯(Archiloque)也许并不是第一个抒情诗人:但他是第一个作品流传至今的,也是第一个讲到自己的诗人,第一个打破荷马传统的诗人。他的语调很现实,很自我,有时候很尖刻。这次展览中有一个来自克里特岛的献祭用的盾牌。我们知道荷马史诗中英雄所用武器非常华丽,他们使用武器时总是非常骄傲。但是阿尔基罗库斯竟敢宣称他丢弃了自己的武器:"但是我挽救了自己的生命。我的旧盾牌有什么要紧的呢?我还是可以买一个一样好的!"他的这种坦率和个人主义,让我们有些不太适应。

来自阿莫尔戈斯——也可说来自萨摩斯——的西蒙尼德(Sémonide)也是同时期的诗人,也作抑扬格诗。从现有残篇来看,尽管西蒙尼德并不叛逆,笔调也更接近荷马,但他有时颇为辛辣尖刻。

但最适合抒情诗,尤其是温柔悦耳的抒情诗的岛屿,就是莱斯沃斯岛。该岛很富饶,很适合生活。从公元前7世纪起,那里就出现了一些著名的诗人。例如特尔潘德(Terpandre),他后来在斯巴达建立了一所音乐学校。还有阿里翁(Arion),就是希罗多德的叙事中被海豚救起的那位诗人,锡拉岛的陶罐中有一个就画着一只海豚。阿里翁来自莱斯沃斯,后来去了科林斯,在僭主佩里安德(Périandre)的宫廷里生活。他也是酒神赞美歌的创立者之一。酒神赞美歌是一种诗人和合唱团一起演唱的诗歌,后来得到了很大的发展,影响了悲剧的诞生。但莱斯沃斯岛之所以著名,还得归功于两位一直留在该岛的诗人:阿尔卡埃乌斯(Alcée)和萨福。

这两位诗人都生活在莱斯沃斯岛一个非常灿烂的时期(即庇塔库斯统治的时期)。他们都属于贵族阶层。他们都表达个人内心强烈的情感——阿尔卡埃乌斯的豪放,萨福的婉约。阿尔卡埃乌斯喜欢描述自己装满闪亮武器的住所、表现节庆和饮酒的场景;他参与政治;他歌颂岛上的夏天,唧唧蝉鸣和小蓟开出的花朵(讲到开花的小蓟,我们可以联想到出土于罗德岛的一些吊坠,也差不多是同一时期的)。而萨福,她描述爱情的那种激情无人可及。但这两位诗人都代表了最纯粹的岛屿文化,表现了美好、和谐、直抒胸臆的风格。还需要补充两点:第一,他们喜欢对具体的、摸得着看得见的物品进行描述。萨福在歌颂赫克托耳与安德洛玛刻的婚礼的诗中,描述了金色的手镯、绛红的衣裳、五彩的刺绣品、银质的和象牙制的酒杯,总而言之就是古风时期的精致风格,我们在这次展览中可以一窥这种精致。第二就是他们向大众传统的靠近,他们都创作了一些与职业、节庆相关的诗歌。注重眼前的现实这一点,后来一直是诸岛文化的特点。

发源于此的抒情诗后来向东发展。首先是到了大希腊。大希腊是不能漏掉的,因为那里也出现了许多抒情诗人;然后公元前5世纪又到了希腊半岛,出现了泰奥格尼斯和梭伦,稍后又出现了合唱抒情诗诗人品达。那时候还是有岛屿抒情诗的,但后来十分惊人地向希腊半岛靠拢了。西蒙尼德来自凯阿岛(Céos),那是基克拉泽斯群岛中靠雅典最近,也与雅典往来最密切的一个。他后来去了雅典和锡拉库斯(Syracuse)。西蒙尼德从事合唱抒情诗,但他的风格简练豪放,与众不同。抒情诗在往希腊半岛靠近的过程中不断变化。而西蒙尼德的侄子巴库利德斯(Bacchylide)可以与比底斯人品达匹敌:巴库利德斯的诗歌没那么宏伟,更亲切一些,他尤其擅长叙事诗和酒神赞美歌。从时间上和地理上,抒情诗逐渐向雅典靠拢,向悲剧靠拢。我们还发现,小亚细亚半岛的爱奥尼亚艺术,比基克拉泽斯群岛的爱奥尼亚艺术更加感性,吕底亚附近的莱斯沃斯的甜美风格,也与梭伦或品达的严肃和雄伟形成强烈对比。

无论如何,史诗和抒情诗都是诸岛文学的特点——史诗主要在小亚细亚半岛和诸岛发展,抒情诗则从诸岛向希腊半岛发展。在雅典文学崛起之前,这是最重要的两种文学形式。

当然了,诸岛并不是只有诗歌这一种文学形式。但是因为我们正在逐渐向雅典靠近的过程中,所以我们可以研究一下,跟雅典相比,诸岛在各个方面的贡献有什么独特之处。

关于抒情诗,我们刚刚谈过了梭伦与诸岛的哀愁诗人之间的区别。根据他使用的格律,梭伦可以算是一名抒情诗人。但是如果从现代对抒情这个词的定义来看,他根本算不上抒情诗人,而萨福则名副其实。雅典已经变成了占据统治地位的城邦,比起个人情感,梭伦更关注政治问题,最终哲学思考取代了对当下的印象的表达。而且,与泰奥格尼斯不同,梭伦不仅仅是一个从政者,他是一个统治者,他制定并推行的法律已经有了民主制的影子。抒情诗变成了他表达道德信仰和政治信仰的工具,就像后来的阿提卡演说家通过演讲来表达信仰。

至于史诗,则从来没有进入雅典。但最初雅典在史诗上是有一定地位的:雅典在荷马史诗中的地位不容忽视,雅典的陶瓷艺术也保存了丰富的古老遗迹。雅典对史诗的保存也有贡献,在庇西特拉图(Pisistrate)做僭主的时期,也就是梭伦实行改革的时期,雅典固定了史诗的文本。但是雅典人并不从事史诗创作,他们以神话为素材创造了一种新的文学体裁——悲剧。悲剧由组织严密的歌队演出,能够一次性为一大群人表演,而史诗只是时不时地为一些闲散的听众表演。这就像在描绘古风时期人们生活的宏大画卷出现以前,那些优美的壁画和陶罐;也有点像在带三角楣的建筑出现以前,那些精巧的小饰品。这就是雅典和诸岛风格上的区别。

现在,我们再从散文集和后来由雅典所延续的那些文学体裁来看诸岛对希腊文学和文化的其他贡献,就更能看出雅典和诸岛的差别。

关于哲学,我就不讲那么多了。尽管有锡罗斯岛的费雷西底(Phérécyde)曾经思考过宇宙的起源,也有生于萨摩斯岛、后来去了大希腊的毕达哥拉斯,以及出生在科洛丰(Colophon)、后来去了埃利亚(Elée)的色诺芬尼(Xénophane),但还是很难看出哲学在诸岛的起源。但是我想谈一下历史学。历史学是小亚细亚半岛的专长,那里出现了米利都的赫卡塔埃乌斯(Hécatée)和哈利卡那索斯的希罗多德(Hérodote d'Halicarnasse)。但是希罗多德曾在萨摩斯岛生活了一段时间,然后去了雅典,并在雅典生活和工作。希罗多德的历史学带有政治的色彩,是对权力的分析和思考,我们可以认为这肯定受到了雅典的影响。他既是一个有着爱奥尼亚式自由开放风格的好奇叙事者,也是一个有着雅典风格的政治思考者。而雅典人修昔底德,则彻底摒弃了奇闻轶事和人种志琐事,只关注他的雅典、政治和权力。这是纯粹的雅典风格。

让人惊奇的是,历史学在诸岛也得到了发展。但诸岛的历史学不太一样,不算是真正的历史。在萨摩斯岛和米蒂利尼岛(Mytilène),我们找到了诸岛不一样的风格。

萨摩斯岛的科里洛斯(Choirilos de Samos)确切来讲不是一位历史学家,而是一位史诗诗人。但这位公元前5世纪的史诗诗人的作品《波西卡》[①]是历史史诗,他也是希罗多德的朋友。他们俩的主题颇为相近。科里洛斯处于史诗和历史的界限上。至于米蒂利尼岛的赫拉尼库斯(Hellanicos de Mytilène),他是唯一一个被修昔底德点名批评的前辈。他比修昔底德要早几年。他用散文体写历史著作。但他写的历史故事带有神话的精神,关注宗族家谱、城邦的建立(尤其是希俄斯岛)、英雄的功绩。他几乎描写了希腊和阿提卡所有的地区,一处也不遗漏。

---

① [译注]*Persika*,讲的是希腊对抗波斯的战争。

他的著作非常丰富、多样、专深,但是从现在对历史学这个词的定义来看,他的历史学与政治和雅典政治相关。

事实上,政治就是雅典生活的本质,也是雅典强大的基础。从希波战争开始,也就是从公元前 5 世纪的前 480 年开始,史诗和抒情诗就逐渐消失了,诸岛的影响也逐渐消除:从此几乎是雅典独大。

首先,必须公平地说,是雅典的影响力让诸岛获得了解放。诸岛自公元前 550 年起,一直处在波斯的控制下。雅典英雄般地加入了对抗波斯的战争,帮助诸岛获得解放。所以,雅典一直很傲慢,因为是自己让爱奥尼亚和诸岛的希腊人脱离了波斯的统治。要明白希波战争中解放的意义,只需听听埃斯库罗斯的悲剧《波斯人》中,波斯人对被大流士奴役的国家的回忆。歌队由波斯人组成,他们赞美被波斯攻克,但后来却又失去的城邦。这一连串城邦的名字,在希波战争胜利八年后,感动了雅典的观众。

"还有那围绕着海角,被海浪拍击的众岛屿,就在我们居住的亚细亚陆土不远,有莱斯沃斯、适宜种植橄榄的萨摩斯、希俄斯;还有帕罗斯(Paros)、那索斯(Naxos)、米科诺斯(Myconos);

最后还有与特诺斯(Ténos)相距不远的安德罗斯(Andros)!

"国王还统治两块大陆中间那片海域上的众岛屿,有利姆诺斯(Lemnos)、伊卡利亚(Icaros)、罗德(Rhodes)和克涅多斯(Cnide),还有塞浦路斯的城邦:帕福斯(Paphos)、索洛斯(Solis)以及萨拉米斯(Salamine)——这个如今成为我们悲痛之源的城邦。"

这些岛屿被解放了,与其他城邦一起,加入了希腊联盟。这个联盟不久后有了一个首领,即雅典。希波战争刚结束,雅典就成了提洛同盟的首领,该同盟囊括了几乎所有的岛屿。五十年之后,雅典把这个盟主权变成了霸权。除了希俄斯、莱斯沃斯和科尔丘拉(Corcyre),所有曾经的盟国都变成了雅典的从属国,需要"服从"雅典、向雅典进贡。他们经常要到雅典去进行诉讼。后来决定性的事件就是,公元前454年,同盟的财库从提洛岛迁到了雅典。

但是在给诸岛施加禁锢和统治的同时,雅典也有意识地成为贸易和文化交流的中心。诸岛先是派代表到雅典从事官方活动。后来他们又到雅典来学习、工作甚至从教。雅典自称向所有人开放。我们知道,菲狄亚斯[①]的学生就来自诸岛。

---

① [译注]菲狄亚斯(Phidias,约前480年—前430年),古希腊雕塑家、画家、建筑家。

但也有一些大师来自诸岛。比雷埃夫斯(Pirée)的城邦规划者希波达莫斯(Hippodamos)就来自米利都。而且,思想在雅典的汇集更加明显。事实上,似乎全希腊的智术师派学者都聚集到雅典来。来自阿布德拉的普罗塔戈拉(Protagoras d'Abdère)和来自莱昂蒂尼的高尔吉亚(Gorgias de Léontium)都在雅典施教:一个来自色雷斯海岸,另一个来自大希腊。他们之中,几乎只有普罗迪科斯(Prodicos de Céos)来自岛屿,他是从雅典附近的凯阿岛来的一位博学的教师。还有来自克拉佐门尼的阿那克萨哥拉(Anaxagore de Clazomènes)等其他人。他们都在雅典生活,把雅典当作自己的家。就是在与这些人接触互动的过程中,苏格拉底和柏拉图才形成了自己的哲学。柏拉图的对话录就向我们介绍了他们像同胞一样在一起讲话的情况。其中一个人说:他们就是同族人,从这个意义上看他们都是哲学家。有一点值得注意,德谟克利特(Démocrite)的一篇残篇中提到,他也去过雅典,但雅典没有人认识他。这是一个很奇怪的例外。

好客的雅典于是成了唯一的、真正的文化中心。可以说,大概在公元前 5 世纪和前 4 世纪上半叶那段时间里,雅典是真正的希腊文学的产地。

首先,它是悲剧、历史学和雄辩术的产地。

对于悲剧,我们大概只举得出一位创作悲剧的岛屿作家,而且他也不只写悲剧——就是希俄斯的伊翁(Ion de Chios)。而且他很年轻的时候就去了雅典。他是埃斯库罗斯和索福克勒斯的朋友,索福克勒斯去希俄斯岛时曾住在他家。伊翁非常富有,据说,他曾经给雅典的每个居民发了一瓮酒。这说明,这位岛屿作家几乎变成了雅典人。值得注意的是,有一位读过他作品的评论家认为:相对于索福克勒斯作品,伊翁的作品有一种岛屿风格的亲切感,这就好像巴库利德斯(Bacchylide)与品达之间的区别,岛屿的影响还是有一些的……

也有一些来自诸岛的反对雅典的声音。罗德岛的提谟克勒翁(Timocréon de Rhodes)就曾作诗斥责地米斯托克利(Thémistocle)。公元前430年,萨索斯的斯忒新勃罗托斯(Stésimbrote de Thasos)也写了一本小册子——《关于地米斯托克利、修昔底德、伯里克利》(*Sur Thémistocle, Thucydide et Périclès*)——表达盟国对霸权政治的不满。斯忒新勃罗托斯非常博学。他写过有关荷马与秘密仪式的书。他也去过雅典,但是与其他人相反,他与雅典的融合非常失败。

最后,还有一个很奇怪的文化特例:医学之父是希波克拉底,医学的起源向来归功于科斯岛和大陆上的克涅多斯。但是在雅典并没有什么医学活动,至少据我们所知是这样。可以肯定的是,希波克拉底经常出游,柏拉图和亚里士多德非常熟悉他的著作,修昔底德也受到了他的影响,至少是受到了同一学派医生的影响——这不仅仅表现在他描写雅典瘟疫的方式上,也表现在他分析政治危机及其症状的方式上。希波克拉底的精神就是现代医学的精神。但是现代医学并不是雅典医学,与雅典似乎也没有什么关系。雅典有那么几个医学哲学家,但不是临床医学派的。这个现象证实了希腊文化的渗透性,在没有人员流通的情况下,著作也能很快得到传播。

为什么医学出现在科斯岛和对岸的克涅多斯?将医学精神的方向定为康复问题,医神康复所(Asclépieion)的出现对此发挥了作用。爱奥尼亚的猎奇精神促进了宗教事务和科学事务的汇合,这是决定性的因素。同时,医学的一个特点就是非常具体,这个特点很符合诸岛的风格。传统就是应该永久延续的。请注意公元前 4 世纪中叶阿提卡附近的一名医生——(埃维亚岛上)卡里斯托斯的狄奥克勒斯(Dioclès de Carystos),他是一名逍遥派学者。但是,到了希腊化时代,狄奥克勒斯的后继者普拉克撒哥拉斯(Praxagoras),却成了科斯学派的领袖。亚里士多德的女婿是一名克涅多斯学派的医生。到了公元前 3 世纪中叶,科斯的腓里努斯(Philinos de Cos)创立了纯经验论的医学流派,对医学的发展起了关键的作用。我们还知道希腊化时代一名伟大的医生,尤利斯的埃拉西斯特拉图斯(Erasistrate de Ioulis,尤利斯即阿提卡附近的凯阿岛),他曾经在科斯岛工作,后来成了亚里士多德女婿的学生。科斯岛的医学传统被坚守了好几个世纪。

此外,诸岛的科学研究也非常灿烂。在伯里克利时期,希俄斯岛就产生了几位数学家——例如恩诺皮德斯(Oinopidès,数学家和天文学家),以及希俄斯的希波克拉底(Hippocrate de Chios,与医学之父不是同一个人),他后来也去了雅典工作(主要研究化圆为方的问题)。同样,萨摩斯岛也早在公元前5世纪就产生了一位自然历史的专家——希波(Hippon)。

诸岛一直暗暗期待着有朝一日能摆脱雅典文化,重拾昔日光辉。诸岛依然保持着自己的文化传统,即诗歌,尤其是抒情诗。这个时期,诸岛并没有什么闪光之处,但还是有一些名字流传至今,一些已佚著作的作者的名字,证明诸岛的血脉只是一时被雅典的风光给掐住了。无论学者还是哲学家,只要是来自诸岛,就多少有些诗性。例如,米诺斯岛的迪亚戈拉斯(Diagoras de Mélos),他是一名哲学家,也写些抒情诗;帕罗斯岛的埃维努斯(Evénus de Paros),修辞学大师,用韵文来授课。我们还可以零零散散地列出一些作讽刺诗的萨摩斯岛人、作酒神赞美歌的米蒂利尼岛人、作哀歌的帕罗斯岛人等。甚至还有一位公元前5世纪末的滑稽诗作者,他来自萨索斯岛,即善讽刺的阿尔基罗库斯(Archiloque)和善抨击的斯忒新勃罗托斯的故乡。还有一位女性,她的作品中有一首诗,表达了对逝去的女性朋友的哀悼和回忆。哀歌文学一直在诸岛酝酿着，准备着复兴。

后来，实际上是雅典崩溃了。公元前404年，雅典失去了霸权。因为亚历山大大帝，雅典丧失了自由。到了希腊化时代，希腊文学就不再是雅典文学了。虽然还有让新喜剧发扬光大的米南德（Ménandre）。但米南德的荣耀实际上已经归于一个广义的希腊世界。我们是从古埃及的莎草纸上得知他的作品。我们现在还能见到的插图，来自米蒂利尼岛一所富丽的房子里的马赛克。他的后继者阿波罗多鲁斯（Apollodore）来自埃维亚岛上的卡里斯托斯（Carystos），但有时人们称他为雅典的阿波罗多鲁斯，这能够说明些问题——谁会把索福克勒斯称为雅典的索福克勒斯？还有哲学，虽然雅典依然有威望，但那些哲学大家已经不是雅典人了。廊下派的创立者芝诺（Zénon），来自塞浦路斯岛上的季蒂昂（Citium），以及他的学生珀耳修斯（Persée）。伊壁鸠鲁学派的创立者是一位雅典公民，但是他出生于萨摩斯岛的一个雅典人群落。两个人都是到雅典创立了学派，因为这是传统。但，这也是传统中断的时候。

从此，希腊世界的权威属于亚历山大大帝的后继者，埃及是托勒密的天下，帕加马（Pergame）是阿塔罗斯（Attalides）的天下。是他们吸引了作家，鼓励他们创作，让他们得以谋生。所以，文化朝着一个与之前相反的方向移动：从西向东，从希腊半岛向爱琴海东南部的诸岛，即埃及亚山大附近的岛屿移动。与此同时，之前我们提到过的、潜伏在诸岛的种种学科也得以复兴：首先是历史研究和科学研究，然后是所有曾经属于诸岛荣耀的诗歌体裁——史诗和抒情诗。当然了，它们都已经跟从前不一样了，变得更书面、更专深。它们以神话为乐，而不再以神话为生。但它们重拾了神话叙事的诗韵风格。

历史学，它曾经向雅典靠近，又在公元前4世纪早早地离开了雅典。希俄斯岛的塞奥彭普斯（Théopompe de Chios）据说曾经是伊索克拉底的学生。他曾被放逐，后来因为亚历山大大帝得以回归，但在大帝死后又被迫离开。他来自希俄斯岛，但是以新时期的方式四处游历。他是一名身份高贵、循循善诱的历史学家，擅长讲述人物传记，尤其是马其顿的腓力二世的故事。二十多年后，出现了萨摩斯岛的杜里斯（Douris de Samos），他则没有时常游历，而是更多地待在萨摩斯岛。他有多部作品，包括一本萨摩斯岛编年史，以及一本更宽泛一些的史书，讲述了从腓力到皮洛士（Pyrrhos）期间的历史。他代表了一种更多姿多彩、富戏剧性的历史学——以娱乐为目的的历史。莱斯沃斯岛如同其一惯的传统,也出现了一大批历史学家:公元前 4 世纪米西姆纳的赫尔墨阿斯(Herméas de Méthymna),是第一个关注西西里岛历史的外国历史学家;埃雷塞斯的菲尼亚斯(Phanias d'Erèse,也是莱斯沃斯岛人)接过了他的衣钵;米蒂利尼岛的卡雷斯(Charès de Mytilène)研究亚历山大大帝的历史;后来,又有米蒂利尼岛的西奥芬尼(Théophane de Mytilène)研究庞培的战争。罗德岛也开始出现了一些历史学家:罗德岛的西米亚斯(Simmias de Rhodes)写关于克里特岛历史的诗;罗德岛的尤得塞斯(Eudoxe de Rhodes)既是历史学家也是地理学家;罗德岛的希洛尼摩斯(Hiéronymus de Rhodes)既是哲学家也是传记作家;罗德岛的卡斯托尔(Castor de Rhodes)撰写了从尼努斯(Ninus)到庞培的编年史。所以历史学的传统保持得比较完好。

科学研究的传统也是保持得比较好的:萨摩斯岛的阿里斯塔克斯(Arsitarque de Samos)创建的日心说体系就足以证实这一点;还有希俄斯岛的斯基姆努斯(Scymnos de Chios),这位地理学家的名字代表了公元前 2 世纪该岛的荣耀;伟大的天文学家喜帕恰斯(Hipparque)也经常在罗德岛工作。传统在那里延续……

尤其是在抒情诗和神话的领域里,传统得到了复兴,标志了亚历山大时代的辉煌。卡利马科斯(Callimaque)、阿波罗尼奥斯、忒奥克里托斯(Théocrite)和吕哥弗隆(Lycophron)都在亚历山大城或长或短生活过一段时间。但是他们也都与诸岛有些关系。

卡利马科斯的作品中,有几首用"荷马式颂歌"的写作方式写的颂歌,还有一首带有史诗特点的诗歌和几首哀歌。他不是诸岛居民,但是他模仿的对象是科斯岛的菲勒塔斯(Philitas)。菲勒塔斯是一位博学的诗人,他也是忒奥克里托斯的老师。而忒奥克里托斯撰写牧歌,他不就是这种文学体裁的创始人吗?没错,他来自西西里岛,但是在科斯岛定居,他的诗作中经常提到科斯岛。诸岛的现实主义得以重现。至于阿波罗尼奥斯,博大精深的史诗《阿尔戈英雄传》的作者,则在罗德岛定居。他们都来自诸岛,来自传统曾被遗忘了很长一段时间的诸岛……还必须列出埃维亚岛上的哈尔基斯(Chalcis)本土诗人,他们是知识渊博的诗人,但也是来自诸岛的诗人。

而且,连一些原本属于雅典传统的大学科也开始转移了。关于这一点,我想提一下一个经济水平和政治地位都得到很大提高的岛屿——罗德岛。从罗德岛出产的奢华物件我们就可以看出,在公元前 7 世纪到前 5 世纪期间,罗德岛是非常富饶的。罗德岛的财富从希腊化时代就开始有了,而后随着埃及的衰弱而愈发增加。我已经列举了罗德岛的历史学家、学者和诗人。而罗德岛更是继承了雅典的两大传统:修辞学和诗歌。

关于修辞学，随着雅典的衰落，出现了一种与细腻的雅典风格迥然不同的激烈的风格，因为这种新风格的代表人物主要来自亚洲，所以被称为亚细亚风格。有一个学派专门反对雅典风格、捍卫亚细亚风格，即罗德岛学派，该学派的导师就有罗德岛的默隆（Molon de Rhodes）。他的学生中就包括了西塞罗和凯撒！

但是罗德岛于哲学领域的地位同样重要。亚里士多德的《优台谟伦理学》（*Morale à Eudème*）中那位优台谟，即亚里士多德作品的编纂者，就是罗德岛人。他跟泰奥弗拉斯托斯（Théophraste）一样，都继承了亚里士多德的衣钵。泰奥弗拉斯托斯来自莱斯沃斯岛的埃雷塞斯，但后来在雅典接替他的导师成为逍遥学派的首领。但是当这段哲学家们从诸岛涌向雅典的时间过去后，哲学家的学生们纷纷涌向了罗德岛。帕奈提乌（Panétius），伟大的廊下派思想家，将廊下派引入罗马，并建立了我们所说的中期廊下派，他也是罗德岛人。当然了，他没有留在罗德岛，而是去了罗马和雅典。但是他的一位学生波希多尼（Posidonius）虽然不是罗德岛人，却在去过罗马和雅典后，到罗德岛开办了自己的学派。庞培曾去拜访过他，塞西罗在罗德岛也与他有交往。亚里士多德学派并没有因此停止发展：罗德岛的安德洛尼库斯（Andronicos de Rhodes）这个名字就足以证明这一点，他为使亚里士多德的作品为人所知作出了很大贡献。

但到了这时候,诸岛之间已经越来越不可能彼此孤立了。首先,各地之间的交流越来越密切,文书广泛复印传播;而且,自亚历山大大帝以来,希腊罗马世界的界限极大地扩张。在这片广阔的天地里,爱琴海中的诸岛不再像最初那样是一片私有的地域。

这篇简短粗略的研究主要是为了证实两个观点。

首先,在文学和雕塑艺术等文化领域内,诸岛最灿烂的时期是从最初到古典时期这段时间,也就是如今为我们所喜爱的这一段时期,因为这段时期为我们展现的是一个善于发明创造的希腊,而不是我们长久以来一直认为是唯一的这个"古典"的希腊。

第二,即使在雅典帝国期间和之后,诸岛带给希腊文化的特点都是一样的——这种特点在雅典帝国期间只是隐隐作动,而到了亚历山大大帝时期则强烈复苏——那就是鲜艳活泼,富有想象,钟爱神话、诗歌、故事和赞美。因此,我们可以说,希腊文化的奇迹,就在于庄严智慧的雅典文化与生动具体、富于想象的诸岛文化的融合。

8

萨摩斯岛少女像*

今晚我们一起来到这座萨摩斯岛少女像①周围。萨摩斯岛少女像,就是希腊的精髓。但是我必须承认,这个选题由我来做,多少有些让人惊讶和担忧。我研究文学,而这是一座雕像;我主要研究雅典,而这座雕像来自小亚细亚附近的萨摩斯岛;我主要研究公元前5世纪,而这是座公元前6世纪的雕像。那你们来这里做什么呢?……况且,在之前一次类似的见面活动中,雅克·拉卡里埃尔(Jacques Lacarrière)已经就这座萨摩斯岛的少女像做过一个讲座了,所以我再做这个选题

---

* 1993年五月5日于卢浮宫博物馆举办的讲座(《夜访卢浮宫》系列)。讲座举行的地点就位于该雕像前。

① [译注]这里译作"少女像"的是法语中 Corè 一词,英语中为 Kora,来自希腊语中"少女"一词。专指公元前6世纪古希腊的一种双腿并拢站立、身着坠地长袍的女子雕像。

是有点奇怪。请原谅我：因为它实在是很美、很希腊。而且，拉卡里埃尔讲了它在历史演变中所处的位置，而我想要结合我的新书(《为何希腊？》)的主题，来研究这一件来自另一地点另一时期的作品中包含的古希腊文化的精髓。她何以美？何以是"希腊的"？

我不会现在就给出答案，我们得慢慢讲。我想要倒退一点，先讲一讲这件作品在过去是怎么呈现的，它的起源、它的主题，以及它的技艺的秘密，以此逐渐靠近古希腊文化的精髓。

这座雕像摆在这里，这会让大家产生一种错觉，就好像它一直在这里似的。因为古希腊艺术作品的历史长达 26 个世纪，所以我们会觉得它们一直都在这里为人所知。但这是一个极大的错觉！我想提醒一点，对古希腊的认识，虽然有时候被认为是对古老事物的追求，但其实最是常常发生革新的。在我年轻的时候(那是很久以前了，的确……)，我们不读迈锡尼文明，我们不知道迈锡尼文明属于希腊文明，而现在我们对古希腊的认识又往前提了几个世纪。那时候我们不了解锡拉岛即圣托里尼岛的历史，而现在那里的艺术品占满了希腊国家博物馆的高层;那时候我们不了解马其顿古墓之华丽,而现在古墓中的珍宝已经在全世界进行了巡回展;那时候我们不知道印度边境也留下了亚历山大大帝的足迹;我们找不到一篇米南德作品的残篇。每五年,都会有一次新的重大发现。而且德尔斐庆典也让我们想起:一直到17世纪末,我们都还不知道该上哪去挖德尔斐神殿的遗址。

为什么这样提醒大家呢?因为我们的这座少女像是一位萨摩斯岛居民一百年多前在岛上发现的。它并不一直为人所知!不仅如此,我们还找到了其他刻有同一位献祭者名字的雕像,有五六座:其中包括一座跟我们这座一样,但是小一点的少女像,现在藏在柏林。然后,就在十年前,德国考古学家又发现了一座属于同一神殿、由同一人献祭的少女像,那座少女像被刻在石基上,用来建一堵墙。但是它跟我们这座几乎一模一样,只有一两个细节不同,而且尺寸也一样!想到这一点,是不是有一种死而复生的感觉?是不是会认为,是神明显灵让我们的少女像又一次出现?

随着少女像一起出现的,是公元前6世纪的萨摩斯岛。萨摩斯岛,首先,是一个离小亚细亚半岛很近的大岛,所以很容易接受来自东方的影响。我们这座少女像就反映了很多东方的影响。其次,这是一个强大富有的岛屿,艺术在那里地位很高。我们知道萨摩斯岛有一位名为波利克拉特斯(Polycrae)的僭主——他在大约30年后才当权①——但是从希罗多德《历史》卷3可以看出,他当时在希腊是多么有名和有权势。但后来他结局悲惨,因为没能拒绝一个更加繁荣的机会。然而,在他获得权力的时候,毕达哥拉斯离开了萨摩斯岛,不久后阿那克里翁(Anacréon)来了。

这个岛有一个荣耀:这是宙斯迎娶赫拉的地方。因此岛上盛行赫拉崇拜,有一座著名的赫拉神殿,每年都举办向赫拉献礼的庆典。慷慨的献祭者克拉米俄斯(Chéramyès)——我们对他一无所知——向这座神庙敬献了这座雕像。

萨摩斯岛的这个角色非常重要:它可以证明希腊文化首先诞生在小亚细亚半岛;然后到了公元前7世纪至前6世纪,在诸岛繁荣起来。这个展厅摆放了来自帕罗斯岛、纳克索斯岛、萨索斯岛的作品。这让我们想起,大概15年前,在卢浮宫博物馆的一次精彩展览:"爱琴海——诸岛的希腊。"那是诸岛的希腊的一个重要时刻。雅典还没有什么文学,只有梭伦一位作家。但是爱琴海中更北一点的地方,是同样靠近小亚细亚半岛的莱斯沃斯岛。在那里已经有了许多著名的文学家,其中就包括阿尔卡埃乌斯和萨福。少女像不是出现在雅典,

---

① 据推测,此少女像的年代为公元前570—前560年。

那是因为雅典的时代还没有来临。这座雕像立在这里,让我们想到一句话——ex orient lux[光从东方来]。我们赞美这座雕像,因为它体现了古风时期创造力的强大、财富的丰厚,以及宙斯的妻子的威严。献祭品数量之多、尺寸之大,以及大理石的材质,都说明了这个大岛的繁荣。

关于它在空间和时间上的位置,我就谈到这里。我也不谈来自东方的影响,因为希腊雕塑艺术显然受到了东方的影响。我想要背对着历史,把这座庄严耸立的少女像作为希腊艺术的起点来讲。

这座雕像的主题在我看来是典型的古希腊文化。这是我想要强调的第一点。它在两方面可以说是希腊文化的典型。

Corè,这个词是少女的意思。这不是某位女神的形象,而是被献祭给女神的女子的形象。这不像埃及的雕塑那样是某位王后的形象,也不是什么带着翅膀或爪子的、多多少少有点神秘的形象,也不是什么为了表现繁殖力而故意夸张其身形的女性形象。不,这只是一位女性,完整的、平静的,既美丽又冷漠的女子。

最初我们认为,这可能就是女神赫拉的形象。但是后来发现了一个一模一样的雕像后,就彻底摒弃了这种假设。这是一位女子,可能是真实存在的女子,可能是一群女子中的一个,反正不是一位女神。

这个特点深入我心,因为这也是我注意到的荷马的首要特点。荷马史诗中的英雄,不是像其他民族的史诗中那样的一手七指、一眼七瞳的超人。他们也不是每个人都能以一敌百。他们都是——如荷马所说的——会死的凡人。他们甚至不时会表现出凡人的弱点:可以克制的恐惧、不是总能克制的狂怒,还有至亲被死亡袭击时产生的巨大绝望:比如阿喀琉斯在朋友帕特洛克罗斯死后,倒在了地上。选择凡人作为钦佩的对象,这是非常具有希腊特点的。而且我们还可以看到,渐渐地,希腊艺术摆脱了东方的影响,灵感越来越指向人性这个方面。

但是注意了!我们的这座少女像,尺寸要比正常女性要大。看看她多高大。她的身高,我可以告诉你,是 1.92 米。艺术家不想只局限于"天然的身高"。

文学中的英雄,比如荷马史诗中的英雄和悲剧中的英雄,不也是这样吗?他们都比普通的凡人要更勇敢、更强壮一些。如果是女性,也要比最美丽的女子更美,例如海伦;比最忠诚的女子还更忠诚,例如珀涅罗珀;比最英勇的女子更英勇,例如安提戈涅。英雄是人,但他是被抬高的人,就像戏剧中的角色,就像我们的这座少女像。这仍然是希腊的特点。而且这个特点让我们很激动,因为我们发现了在凡人塑像中不常见的高大形象。

但是,仅仅是身高的事情吗?我们这座少女像,是如此庄严、高贵。她的神情平静庄重。即使不看铭文,我们也可以猜到:她是一座立在神庙里的雕塑,是献祭给赫拉的。她那条断掉的右臂,可能是做着一个致敬的动作,也可能捧着一份祭品。无论如何,她自己是一件祭品,铭文上标注得很清楚,她是一件 $αγαλμα$ [圣像],一些人会过分依赖这个词来判断。所以,尽管她表现的是一个充满人性和女性特征的凡人女子形象,神性也离她不远。她身上有神圣之处提高了她的人性。

说到这里,我想再一次谈谈荷马。因为,荷马的作品就是围绕着凡人展开的,凡人这个词本身就包含了与神祇的差别。这些神在史诗中也会出场。有些场景就是在神祇的世界中发生的。但是他们也会降临人世混到凡人之中:他们会在战役中现身;有时候他们会来到一位英雄身边,令这位英雄变得更高大更强壮;有时,在阿喀琉斯说话的时候,雅典娜会发声增大他的声音;也只有这样,才出现了男神和凡人女子或者女神与凡人男子之间相爱和联姻的情况。在《伊利亚特》结尾,凡人之间的战役进行的同时,神祇中双方的支持者之间也进行着一场战役。我们知道,除了荷马史诗之外,这些神祇也出现在悲剧中。神和凡人之间也有可能维持一种纯洁温和的关系,例如女猎神阿尔忒弥斯与希波吕托斯之间的关系。

几乎在所有希腊文学和希腊艺术中,都有神祇出场,并且离凡人很近。竞技方面的胜利是因为得到了神祇的保护;文学方面的天赋是来自缪斯的馈赠。雕塑艺术品时常会表现神祇与人类在一起的场景:他们非常相似,仅仅在身高上有一点细微差异。

而且有时人们还会弄不清楚:荷马史诗中的人物在遇见一位陌生人时,会寻思他是否是一位神。保罗·吉拉德(Paul Girard)也曾就我们这座少女像产生过相同的疑问:她是否就是赫拉?

当然了,神祇在用真容现身的时候,一定比凡人更加美丽。我给大家举个例子,在第一首致得墨忒尔的颂歌中,女神得墨忒尔是这样现出真身的:"说着这话,女神褪去老妇的容貌,现出挺拔高贵的身形。她全身被美丽所包围,一股美妙的香气从她馥郁的长袍里飘送出来;从女神不朽的身体上发出一道光芒,辉耀远方;金色卷发从肩上披散开来,使得那坚固的宫殿充满光辉,犹如被闪电照亮。"

在这里的这座雕像上,没有美妙的香气也没有闪电的光辉——这只是一位凡人女子。但是在这位被献给赫拉的凡人女子身上,我们可以感到一些赫拉的庄严。这座少女像在人性之中还保留着一种神圣的光芒。

还有许多具体的细节也加强了她给人的这种印象。

这也许是因为在当时艺术还不是非常自由。她的双脚并拢,双腿直立,上臂贴着肢体。对于动态的表现在当时还没有出现,我们稍后再回过头来讨论技术的问题。现在,请先注意,正是这个特点带给我们这种庄重的、有距离感的印象。

另一方面,她的衣服的繁复也能给我们带来这种印象。这座雕塑穿着一条名为"希顿"(chiton)的亚麻制长内衣,上身斜搭着一件名为"希玛纯"(himation)的外套,还戴着一条纱巾。纱巾似乎是盖着她的头的,这让人联想到由赫拉掌管的婚姻。安德洛玛刻在得知赫克托耳的死讯时,她连着其他头饰一同扯掉的,就是这种纱巾。荷马还提到,这条纱巾是她结婚那天阿芙洛狄忒送给她的礼物(《伊利亚特》22.468)。正是这条纱巾让保罗·吉拉德最初猜测这是一尊赫拉的雕像。无论如何,她的服饰与她的姿态同样庄重,相得益彰。

这一特点为我们展现了希腊多神论的本质,希腊的多神论非常符合人文主义。因为希腊多神论建立了神祇与凡人之间的情谊,彰显得凡人更加高大。品达有一段常常被引用的诗文,虽然极度悲观,但却是这样说的:"我们每个人,不就是瞬息即逝的存在吗?难道不是这样吗?凡人是影子的梦幻。但是,当众神向他送出一道光芒,耀眼的光辉将他环绕,他的存在就变得美好。"(《第八皮西亚颂歌》[*Pythique* VIII],95)

一位女性,一位凡人。但是一位凡人身上有着与神圣相连的庄严。正是这两个特点定义了希腊的人文主义。

然而 Corè 这个词还有其他含义,能够为我们揭示这种雕塑艺术的奥秘。Corè 这个词还有"匿名"和"转化为普遍形象"的含义。

我知道,我们现代人使用 Corè 这个词,仅仅意味着我们并不知道这座雕塑雕刻的是谁人的形象。要想知道雕塑表现的是谁的形象,除非雕塑有着十分明确的身份特点,或者本身刻有题名,但这样的情况比较罕见。

但我也相信,除了反映我们对作品的无知,这个词也表现了作品本身的创作意向。在希腊世界里,我们常常可以见到直立的男子像(couroi)和少女像(corai),男子像雄壮裸身,少女像身着长裙,两者同样有力、高贵。考古学者们喜欢对这些人像进行鉴别,用十年为单位标注他们的年代,总结出每个岛和每二十五年的特殊风格。他们通过严格的比较来给这些人像进行分类和对比。这是他们的工作,我也相信他们。但令我这个门外汉惊讶的是,他们用于分类的范例是如此之多,而这些元素彼此之间在灵感和特点上又是如此相似,使得它们实际上只是同一种风格。这种相似性能够被非常轻易地看出来,只因为一点,即每座雕像都尽量向这种风格靠拢。萨默斯岛的少女像也不例外:她并不想要成为一座有个性的、可辨别的人物肖像,她只是一座少女像。但她很有可能代表了属于某个群体的人物,这个群体有可能是一个家族。但人们并不想表现她的个体特征,十年前发现的那座相同的雕像就可以证明这一点。她们之所以相同,就是因为她们不是个体化的。

如今,我们习惯了更为生动多变的艺术,就像在文学中,我们喜欢研究人物的个性和心理的各个方面。于是,对于这种多少有些呆板的、倾向于表现普遍性的艺术,人们就想要为之辩解了。

例如,有人会说,个性化的区别可能是由雕塑原本的涂料来表现的。对此我强烈质疑,而且我相信颜色只会更加提高这种普遍性的风格。但不管怎样,涂料现在是没有了。

还有人会说,区别可能体现在已经丢失了的头上。好吧,那就让我们来谈一谈这个头!

我并不认为从头像上能看出什么明显的个性化区别,我甚至庆幸头像已经失踪了。用季洛杜在《向克莱蒙前进》(*Marche vers Clermont*)一书中的话来说:"就像走过危桥需要减负一样,古代的雕塑要穿越几个世纪,穿越不同的品味,也需要减去一些负担,雕像的残缺就是一种必要的减负。"但这样的话可不要在考古学者们面前说。而且你们想想,我也希望能够看到这个头啊!我肯定这个头是非常庄严的。她应该会有一些个性化的特征,雅典卫城的少女像群就有着各不相同的发饰。但你们想想,她们的仪态是多么大方,头是那样端正,笑容那么神秘,神秘得就好像没有任何感觉一样。不!不像伊特鲁里亚的油画中人脸上有着个性化的表情,也不像某些埃及女王像上有着动人的表情,希腊少女像脸上是没有表情的。她们彼此之间在衣着和发饰上有着细微的差别,笑容可能有些明显,但她们全都是相同的,因为她们每一个都是一个理想的人的典范。此外,我刚才讲到的"匿名"这个词,夏博诺(Jean Charbonneaux)也讲到过,他说这些雕像"以一种匿名的方式代表了雕像的捐赠者"。

此外,这座雕像是有题词的。题词中明确指出了是谁捐赠了这座雕像,是捐赠给谁的,但却没有指出雕刻的是谁。

但也会有人说,这是因为当时的技术还不能够表现这些差别。这才是争论的焦点。所有的导游、所有的教科书都会常常谈到"还不能够表现某些东西",就好像"已经精妙到能够表现某些东西"意味着一种怎样的进步。

当然了,他们是有道理的。但是我认为,这是一个错误的命题。如果要我来说,我就会跟文学做一个平行对比。

荷马也是行文简洁,只保留人物典型最精华的部分。我曾论证过,赫克托耳和安德洛玛刻的告别,就是普通夫妻生死诀别的一个典型,并没有什么细节能够体现出这位丈夫、这位妻子以及这场战争的特别之处。而且在荷马作品中我们也可以看出,当涉及犹豫和内心挣扎这些心理活动时,他的心理描写总是比较粗糙的。他也还不能够表现心理的细微差别。我就曾写过一本书,专门讨论希腊文学中心理描写的进步,就是从荷马的这种简单描写开始说起的。但事实上,如果荷马真的想要表现心理活动,他就不能找到表达的方式吗?当他想要表现某种感情时,他是可以很好地用细腻的手法来表现的,例如"安德洛玛刻带着泪水微笑"!

这种朴实的风格并不追求个性化,而是避开个性化。个性化的表达手法之所以很后才出现,也是因为最初的这种追求典型化、理想化的倾向。

你们记得德尔菲的御者雕像吗?他是多么庄严,多么骄傲,但也是没有个性特征的,他展现的是沉着冷静、男性气魄,以及胜利之光。从这些例子中,我们逐渐可以看出,希腊人是如何创造出了一些流传于世并成为象征性人物典型的角色:如赫克托耳、阿伽门农、克吕泰涅斯特拉、伊菲格涅亚,又是如何描绘并为我们留下那些玄妙精炼的思想:如哲学、民主、逻辑,以及公民责任。我在书中想说的就是:希腊人倾向于普遍化的表达方式。即使是在对具体动作的描述中,也有这种倾向。即使是在雕塑艺术中,也是一样。

原谅我离题了。重新说回我们这尊少女像。矛盾就在这里:为什么说这种近乎呆板的简洁风格并不是因为技术不够成熟呢?这正是因为,我们现在细看这些细节的话,就会发现,当时的技艺已经非常精细了。而且,这种技艺的运用正是因为希腊人对非写实非个性化的美的追求。

看看这些褶子!看看这三层的衣服,这可能来源于安纳托利亚,有人提到了库柏勒①。但是,我们先不要考虑这些衣服的社会学来源,先想一想它们被呈现的方式。

衣服被遮住了一部分,我们可以从大理石的坚硬中看出衣料的细腻质感。我们可以看出衣物被剪裁出来,被创造出价值。

还有这些褶子!就看看这些褶子是怎样逐渐地由紧变宽,隐约勾勒出身体的轮廓,弯曲的线条勾勒出乳房的轮廓。这副躯体就这样呈现出来了,就连被专家们称作"脊柱生动的凹凸曲线"的这个腰窝都被表现出来了。还有,就是在褶子下面,都能看出她的手是怎样提着外套的下摆。啊!看着这些褶子,我们可不能说当时的技艺仍然粗糙啊!就像荷马笔下含泪而笑的安德洛玛刻,这种表现方式也不粗糙啊。我们只

---

① [译注]Cybele,安纳托利亚的地母神。

能说,这种技艺并不追求人物肖像所追求的个性主义和写实主义。

事实上,这尊少女像一点也不写实。她的两条腿紧紧并拢,构成了柱状,但我觉得这样一点也不笨拙。这可能是受到了美索不达米亚的影响,是爱奥尼亚的传统。艺术家保留了这种传统,在这种简洁的风格中我们也能找到一定的美感。微微隆起的髋部让身体的曲线得以呈现,髋部以上胸口以下几乎没有起伏,乳房之间距离较宽,使这座雕像显得更加高大,也使这位女子显得更加高贵。

而且,这些长褶子的规则性让我感到很愉悦。它们如此规整,如同文学作品里的韵律,例如,在韵文中,每个音节的长度都要配合整首诗的结构。这些褶子的规则也像陶立克式建筑上的三竖线花纹装饰、排档间饰和排柱的规则,以相同的间隙排在一起。但是却一点也不显得僵硬。不仅仅像我刚才说过的,褶子的下摆微微松开以贴合身体的曲线,而且直的褶子被斜的褶子切断,以体现服饰的繁复,给人一种灵活的和谐感。这就像是希腊悲剧中的合唱韵文,有时候节奏会因为新灵感的出现而发生改变,使整个唱段更加细腻动人。

到了后来,雕塑艺术中多了一些灵动,风吹着衣褶根据身体的动作和凯旋的方向飘扬。但在这里,我们看到的是希腊艺术家最初的创作意向。

不仅仅是这些褶子,再看看这件外套是这样垂落在长袍上,形成了一条向中心隆起的曲线,构成一个庄严的弧形。而左右两边的下摆,是对称但不相同的。这种结构既坚实,又有一些生动的微妙变化。我想,这样的结构在古代雕塑中是很常见的。规律与灵动的结合,这就是希腊艺术的特点,没有什么奇怪的。总而言之,这尊雕像不仅告诉我们古希腊女子如何着装(这是社会学范畴),还告诉我们古希腊艺术家如何呈现美。但是这种有序的精细也是特有的。夏博诺喜欢用《奥赛尔女郎》(La dame d'Auxerre)雕像与这尊少女像分别作为陶立克艺术和爱奥尼亚艺术的典型来对比。《奥赛尔女郎》雕像没有这种精细,但是雅典卫城的少女群像有,从她们的裙摆和发卷的排布上就可以看出来。

想想她们发型上那些整齐精细的波浪!想想男子像和女子像上都有的那些环绕着脸庞的发卷。还有那些分别垂落在两边胸前的精细发辫,如同仪式所要求的妆扮。这些发型各不相同,但有着同样的规整的风格。

希腊人对美的追求总是包含着秩序与灵动,两者不可分离。也许古风时期的艺术作品(例如这一件)更能体现这种我认为是希腊特有的风格,因为当时的艺术家还没有开始模仿自然。古风时期的作品为我们保留了整体的奥秘。

☆

你们看：即使面对接近亚洲的作品，面对明显带着东方痕迹的作品，面对没有头、没有标识、没有文字的作品，我仍然能够从中看到思想的希腊和文字的希腊，最原始的又最生机勃勃的希腊。

我甚至会说，这座雕像以一种直接的方式提供了明显的证据。但善于对一切事物进行分析的希腊人也是这么说的。柏拉图在《斐德若》中就赞颂了美的独特作用。我将引用这段话作为此次演讲的结尾。在提到人们对正义和智慧的模糊印象之后，他说："而美，在那个时候是辉煌灿烂的，那些人曾有幸共同目睹了那种极乐的景象……自从我们加入了秘仪，也只有美能够被我们所见，因为只有美对于我们所拥有的感官而言最清晰可见，最光辉明亮，只有美注定是最显著也最被向往的。"(250，b—e)

我们面前这座少女像完全符合这个定义。

9

希罗多德著作中的"智慧"与战争*

在公元前 5 世纪的雅典,许多作家都在作品中极力赞颂智慧(Sophiè),认为智慧比勇气更加重要,或者极力调和这两种美德,甚至尽可能地使这两种美德同化。因为在那个时代,智慧的价值被看得越来越重要。

在那之前,"勇猛"(la "valeur"),就是勇气;$\dot{\alpha}\varrho\varepsilon\tau\dot{\eta}$ 和 $\dot{\alpha}\gamma\alpha\vartheta\grave{o}\varsigma$ 指的是战士的德性。但是这些德性并不是唯一的美德,而且不久之后就不再是最重要的美德了。毕竟,民主的原则原本就建立在协商和 $\varepsilon\dot{\upsilon}\beta o\upsilon\lambda\dot{\iota}\alpha$[审慎]之上。因此,在雅典,与过去的教育不同,新的教育崇知识。所以,勇气与智慧之间的关系

---

* 1983 年发表于雅典,收录于希腊人文学者协会主席 C. Vourveris 主编的文集 *APETHE MNHMH* 中。

是当时的思想家们所热衷于思考的。

而且,更让人兴奋的是,即使在战争中,智慧的作用也似乎越来越重要——修昔底德的著作就证明了这一点。其实,在希罗多德的著作中,就已经讲到了智慧的重要性,尤其是在最后几卷中。他的叙事结构就揭示了这一点,我在别的文章中就尝试论证过这个观点①。但是,在这里,我想向大家证明,希罗多德的文章以一种开放的方式承认了智慧在战争中的作用,并已经为世纪末的辩论做好了铺垫。我们可以从他的文章中看出一些迹象,有一些表现在他对战功的赞赏方式上,有一些表现在他对战役的描述和评论上,有一些则表现在希罗多德自己对战争的整体评判上。

☆

在希罗多德的作品中,人们所尊敬的,通常是在战斗中表现卓越的勇士。

所以,他的作品中,对伟大战役的描写,结尾往往是评价谁是"最出色"的那个,即最英勇(所用的词是)的那

---

① 雅克利娜·德·罗米伊,*Histoire et raison chez Thucydide*, Paris, 1956, 页 107—179。

个,或者是谁获得了英勇(ἀριστήρια)之奖。所以,在讲到第二次希波战争的几次重大战役①的内容中,他把这样的词汇用在了温泉关战役(七,226、227)、月神岬战役(八,11)、萨拉米斯海战(八,93、122.2;参123.1)、普拉提亚战役(九,71.2、74.1、81.2)以及米卡里战役(九,105)中。他有时也会使用别的套语,但是表述的是同样的作用和同样的价值。所以这是他的一个明确的、惯用的原则。

然而,在讲到唯一一场靠计谋取胜的海战,即萨拉米斯海战时,英勇之奖的归属似乎就无法决定了:地米斯托克利被认为是最出色的,但是也没有获得嘉奖;人人都敬重他,但不是因为他是最英勇的,而是因为他是希腊人中表现得最智慧的(124,1:σοφώτατος)。在他去过的斯巴达,人们也一样敬重他,如敬重欧里比亚德斯一般。文中只是说欧里比亚德斯收到了一个橄榄枝花环作为奖励,而地米斯托克利收到的σοφίη[智慧]和机智的嘉奖也是一个橄榄枝花环。(124,2:Ἀριστήια μέν νυν ἔδοσαν... σοφίης δὲ καὶ δεξιότητος... 他们[波斯人]给予他[欧里比亚德斯]勇气的奖赏……给予地米斯托克利智慧和机智的[奖赏]……)人们在修复这段文章时,通常会

---

① 关于马拉松战役的章节中没有类似描述。而且参加马拉松战役的除了雅典人,就只有普拉提亚人。但是希罗多德特别强调了卡利马科斯的英勇(ἀνὴρ γενόμενος ἀγαθός)。Stoa poikilè 指的就是米太亚德和卡利马科斯。

填上从普鲁塔克(Plutarque)的《地米斯托克利传》(*Vie de Thémistocle*)(17)中借用的 ἀνδρηίης μέν 这几个词,用于表示勇气和智慧的对称,但这是否正确,我们无从确定。普鲁塔克并没有逐字逐句地引用原文,而且,在希罗多德的年代,"嘉奖"如果没有明确说明的话,指的就是英勇之奖。也许,地米斯托克利的计谋,和他的机智所带来的胜利,是通过句子的不对称来表达的。但无论如何,有一件事是确定的,即他的这次胜利引起了习俗的改变,人们开始用新的方法来赞美功绩:智慧(sohpiè,这个词被使用了两次)在这里也属于英勇的一部分,并且在英勇的旁边获得了一席之地。

希罗多德著作中,这两种优点的汇合不止一次。但是,当这两种优点同时出现时,很明显提到骁勇只是出于习俗和传统:因为同时具备这两种优点的人物实际上主要是智者(sophoi)。

地米斯托克利就是这样。在卷八 110,他在让人传递给波斯王的信息中宣称他是盟军中最英勇最智慧的(ἄριστος καὶ σοφώτατος)。这种惯用的表达看起来很宽泛,但事实上它通常适用于具备"智慧"这一品质的人物。这段文字实际上是为了强调地米斯托克利在哪里都被认为 σοφός τε καὶ εὔβουλος [智慧并且善谋]。卷八 110 中的这第一个词的使用是出于传统,第二个词才是他真正要表达的。

还有一个不那么著名的人物——哈利卡那索斯的法涅斯(Phanès d'Halicarnasse)——也是如此。在卷三 4.1，作者说他"在判断上敏锐，在战事上英勇"(*γνώμη ἱκανὸς καὶ τὰ πολέμια ἄλκιμος*)。但是在这之后就只描述他的智慧了：他离开雅赫摩斯投奔冈比西斯；雅赫摩斯得知后派人在中途拦截他，因为他知道很多埃及的事情。雅赫摩斯的企图得逞了，但是法涅斯逃了出来，靠的是机智，是计谋。文中说得很清楚：*σοφίη*[智慧]。法涅斯从此就可以用他的好计策来辅佐冈比西斯了。这里也是一样，提到战争中的英勇品质只是为了方便记忆，而随之提到的智慧才是最重要的。

这些细节非常具有代表性，因为它们透露了一种连希罗多德自己都没有意识到的变革。但是在对战役的叙述中，希罗多德自己的评论也体现了这种变革，而且是有意识的。

为了说明这一点，我们在此又要再一次谈到希波战争中的几场重大战役。

对于马拉松战役而言，智慧的作用比较微小。但是在卷六 109，希罗多德介绍了米太亚德在战前所做出的分析，米太亚德用一种很理性的方式"解释"(*φράσων*)了推迟决战的危险。希罗多德认为,这段分析之所以值得赞颂,是因为米太亚德在较糟糕的意见($ἡ\ χείρων\ τῶν\ γνωμέων$)即将获胜的时刻进行了干预。统帅的敏锐因此发挥了作用。相反,叙事本身更强调军队的勇气。这是更值得注意的一点,因为这次进攻虽然看起来纯粹是英勇的举动,却很有可能是出于明智的判断,是为了让自己少受伤害。

对于温泉关战役,我们也并不期待智慧占更多的地位,因为即使在我们看来,这一役中斯巴达人的英雄主义也仍然是最重要的。然而波斯人的胜利却应归于计谋,他们通过计谋绕到希腊人背后突袭了他们。而且,一直到讲述军队正面冲突之前,希罗多德实际上都拔高了知识的重要性。这就体现了智慧于战争中之作用这个新观点。

面对列奥尼达率领的斯巴达战士,先是米底亚人战败了,之后薛西斯的"不朽者"部队也战败了。为什么呢?希罗多德给出了两个原因:首先,挤在一片狭窄的空间中,波斯人使用的矛太过短小,无法发挥他们的优势;再者,斯巴达人善用计谋。希罗多德在卷七 211 的评论中强调了这一点:"斯巴达人战斗的方式引人注目。他们与那些不懂战争技艺的人有许多明显的不同之处,他们完全地掌握这门技艺($ἐν\ οὐκ\ ἐπισταμένοισι\ μάχεσθαι\ ἐξεπιστάμενοι$);尤其是,他们每次转身,看起来像要逃跑,却保持着一种收紧的队形。外族人看到他们逃跑,大声叫喊着追赶他们;而他们在要被追上的一刻,转身面对外族人。利用这种阵型的变换,他们杀死了无数的波斯人。"这种适当后退并忽然掉头进攻的技能,包含了一种技艺,即古希腊重装步兵(hoplite)的技艺。波斯人在这种技能面前败下阵来。然而他们也不缺乏勇气:"即使遭受了重大的失败,他们也没有松下脚步",而且所有人都察觉出——国王第一个察觉出——"对方人很多,但是战士却很少"(ὀλίγοι δὲ ἄνδρες)。能够识别ἀνήρ[人],就是一种科学,一种技艺,一种训练:这不再仅仅是勇气。

这种战斗的技艺在这里是用一些表示智慧的词来形容的,但并没有被称作sophiè,也许是因为当中并没有使用任何诡计。但我们会看到,在这之后希罗多德也用这个名词来表示这种计谋的运用:我们提到的最后一场战役,即普拉提亚战役就证明了这一点①。很显然,多少要有一些能力和机智,才能理智地谋划出一种策略或者说是一种整体的战术,而实践的智慧更是使人能够用良好的计谋来实施这个整体策略,使人即使在战斗中也能够掌握战斗的技艺并齐心作战。而且,雅典人在海战上更是极大地发展了这种实践的智慧。雅典人将这种智慧与经验相结合,所以在后来的伯罗奔尼撒战争中,

---

① 参见后文。有关原文为卷九 62.3。

他们的海战能力比伯罗奔尼撒人更强,如同他们在普拉提亚战役中比外族人更强的陆战能力。

我们接下来要讲的两场战役就是海战,即月神岬战役和萨拉米斯海战。在月神岬战役中,希腊的舰队在数量上处于劣势,但战斗力很强,希腊军的计谋和能力在这一战中并未突出体现。而在对萨拉米斯海战的描述中,智慧的作用则被突显了。

首先在战术上,地米斯托克利阐述的计划不仅仅局限于这场战役,他像马拉松战役中的米太亚德那样,对比了双方的力量。他在卷八 60 发表的那一番言论,既包含了对战局的预测,也包含了对能够靠理智的谋划取得胜利的坚定信念。他说:"当人类依照理智去谋划($οἰκότα\ βουλευομένοισι$),结果通常都是成功的;但如果人们不依照理智去谋划,通常就不会成功,神祇是不会赞成这样的企图的。"

但同时,只有当整支军队都善于作战且懂得实施这些机智的战术时,这种智慧才可能发挥效力。关于这一点,希罗多德不仅仅在叙述上说明了,还在评论上强调了。在卷八 86,他写道:"希腊人在战斗中秩序良好,保持了队形,而外族人没有保持队形,且整体行动缺乏判断($οὔτε\ σὺν\ νόῳ$)。在战争中是必须对即将发生的事情有所预测的。但是他们那天的表现,却比面对埃维厄岛的军队时更加英勇($ἀμείνονες$),因为他们出于对薛西斯的敬畏而勇往直前,每个人都以为国王在看着自己。"①这段话的结尾明确说明了波斯人失败的原因绝对不是缺乏勇气:他们缺的是与理智($σὺν\ νόῳ$)相关。这个词,无疑带有智慧色彩的,暗示了波斯人失败的原因是因为缺乏经过商议的整体战术,缺乏能够指挥每个人的行动并使所有人的行动相互配合的明确意图②。而希腊人在战斗中的智慧能够调动从统帅到普通士兵的所有人,使得他们对手的勇气无法发挥。

最后,在普拉提亚战役中,智慧的这两种作用在一场陆战中得以清晰体现。

首先,整体战术很明确。这个整体战术甚至需要部队做一次秘密撤退的行动。对此阿蒙费里塔斯不愿屈服,因为在他看来,后撤就相当于逃跑,而他的尊严禁止他这样做!阿蒙费里塔斯还是坚持英勇的战斗,在这一点上,他真的过于落后。

---

① 这是波斯人唯一具备的一种勇气:可参见卷七 103 有关薛西斯的描述:"如果他们像我们这样,屈服于一位唯一君主的权威,他们就可能因为惧怕这位君主而表现得比原来更加勇敢,受到鞭策而勇往直前,以较少的人数对战较多的敌人。"

② 这种表述在卷九 120.4 用于形容统帅的意图。所有具有心智($σὺν\ νόῳ$)的东西都必须具备判断的能力(卷八 138.1);相反,人们在缺乏明确动机的情况下所做的事情最后都成为$ἄνευ\ νόου$。在卷三 81.2 中的人民就是这样,对战事一无所知,既缺乏训练也缺乏经验。

我们还发现,这种理性的策略需要人们具备技术能力和经验,文中两次说明了这一点。

首先,我们发现,在战前除了需要具备战斗的经验外,还需要另一种经验,即对敌方的经验。在卷九46,睿智的斯巴达统帅普萨尼亚斯同意,甚至是主动提出由雅典人对战波斯人,而不是由斯巴达人为了荣誉出战。为什么呢?他是这样对雅典人说的:"你们参加过马拉松战役,了解米底亚人和他们的作战方式。而我们没有跟这些人交战的经验,我们对他们一无所知。"这里用到的希腊语原文是 ἐπίστασθε, ἄπειροί τέ εἰμεν καὶ ἀδαέες,是一些属于智慧范畴的词。普萨尼亚斯的这种谨慎非常值得注意。同样值得注意的是:对像希腊人这样的清醒战斗者和观察者而言,一切经验都会成为有用的教训和资料。马铎尼斯嘲笑斯巴达人就这样让出了优越的地位,还谴责他们怯懦。他的这种不解更衬托了普萨尼亚斯的明智,正如阿蒙费里塔斯的不解衬托了军队撤退的明智。

最后,关于这场战役的叙述,更是比关于萨拉米斯海战的叙述更加凸显了战士是否智慧($\sigma o \varphi o i$)之间的区别。波斯人以为希腊人逃跑了,于是涌向希腊人,他们的盟军也跟着追了过去,他们"处于一种完全没有秩序的状态,没有保持队形"(59.2: οὔτε κόσμῳ οὐδενὶ κοσμηθέντες οὔτε τάξει),或者说他们就是"乱糟糟地嚎叫着的一群人"(βοῇ τε καὶ ὁμίλῳ)。而雅典人则开始攻击;泰格亚人和斯巴达人负责防卫;最后波斯人一个个地都被屠杀了。为什么会这样呢? 希罗多德在第62段说得再清楚不过了:"波斯人无论勇气或力气都不在希腊人之下。但是他们没有坚实的武装,也缺乏军事训练($ἀνεπιστήμονες$),而且在$σοφίην$[战略]方面也与他们的对手无法匹敌。"$σοφίην$这个词用得多好,解释了希腊人胜利的原因!法语把它翻译成"战术技巧",或简单的"战术",这是个比较合适的翻译。但是,希腊语的原词明显有着更加宽泛的意思:因为这个词包含了从统帅的计划到士兵的运用的全过程;而且这个词也有一些更具智慧色彩的意思在里面,因为它意味着每个行动都是有明确意图的。

对海战的描写与陆战一样,在描述雅典人或斯巴达人的军事计划与具体实施时,希罗多德似乎想让我们看到,希腊人是怎样依靠智慧一步步地打败如此众多且如此勇敢的外族人。

希罗多德的另一段文字似乎也有相似的阐述,这一段话非常有名,但是它的意义一直没有经过详细检验。这段话是关于希罗多德对希腊总体军力的判断,或者说是他借德马拉托斯的名义所作的判断。

薛西斯想知道，力量如此薄弱的希腊人怎么可能试图抵抗他。于是他邀请斯巴达人德马拉托斯来为他诚实地作答。德马拉托斯的回答慷慨激昂（卷七 102），可以这样翻译[①]："啊，国王，既然你想要绝对的真相，不希望过后发现我骗了你，那我就告诉你吧：希腊一直都很贫穷，但是希腊用智慧和法律为自己增添了价值（*ἀρετή*）。因为有了这种价值，希腊能够自我防卫，抵御贫穷和暴政。"

这种翻译主要是想更好地体现长期（*ἀιεί κοτε*）的原有条件与通过后天努力所获得（*ἔπακτος*）的品质之间的区别；也想要体现希腊为了创造（*κατεργασαμένη*）这种文化所做出的行动。最后，这种翻译想要消除某些人从文中看到的矛盾，即希腊持续的贫穷状态和对抗贫穷的胜利之间的矛盾[②]。事实上，对抗贫穷与对抗暴政不一样，并不是一种防卫性的斗争。而且据德马拉托斯所言，希腊从来都不想也从来没有变得在表面上看起来富有或强大。

但是有一个词没有被翻译出来，就是刚才我们讨论战役的描述时最后讲到的这个词，如我们之前所说的那样，这个词常用来赞美战士。我们当然会想到，这就是同一种 sophiè，是实践的

[①] 这里的译文基本上是借用了法兰西大学文集的版本，但是我们稍微修改了一下，尤其是对这项研究所提到的那些细节。

[②] 参见 Macan 的评注，页 130，注 4。

智慧，是技巧，是机敏，是技术能力，是思考能力，是清醒的头脑。

这个词不仅仅用于表示战斗中的品质：正如同强有力的法律不仅仅保证了政治的自由，也保证了军队的纪律，德马拉托斯在之后就是这样解释法律的①。所以，既然我们看到了 sophiè 在战争中的作用，那它也可以代表用于抵抗贫穷和暴政的法律手段。但是薛西斯提出的问题和德马拉托斯所作的解释说明了与战争相关的意义才是这里的主要意思。这不就是 σοφίη 这个词的本意吗？

所以，我们可以看出，像勒格朗（Legrand）那样用 tempérance[节制]或像贝尔甘（Berguin）那样用 une institution sage[一种审慎的制度]来翻译 sophiè 这个词大错特错。而像 sagesse、wisdom、weisheit 这样的词，即使不算错，也很有可能使人迷惑，因为它实际上包含了谨慎的意思。

这种翻译符合这个词在希罗多德著作中最常出现的词义。有时候，它直接用来指诡计的使用：根据鲍威尔（J. E. Powell）的分类，这个词作名词使用共 20 次，其中 5 次是这个意义；作与人相关的形容词使用共 17 次，也有 6 次是这个意义。其他用法要么很接近，要么很不同：要么表示抽象的智慧，要么表示道德品质。德马拉托斯在后文也提到了"睿智

---

① 卷七 104。参见页 166 注①。

的"奇伦,但奇伦的睿智具体指的就是他能用战略的眼光发现危险(卷七235)。在这一卷开头,阿塔巴诺建议薛西斯要谨慎,而且他明确说明自己的建议并非出自个人的sophiè[智慧],而是出自过往的经验(卷七10,γ)。Sophiè几乎总是指代一种技术性的经验(例如在卷七23中用于形容善于通过运算挖掘运河的腓尼基人),或是与暴力相对的运筹(如卷二172中的雅赫摩斯),或者是敏锐的洞察力(如卷四131.2)。当然了,这个词也可以用于指代广义上的谨慎,即做出最好决定的能力。但是别忘了,这种广义上的谨慎其实就是生活中的敏锐观察力。还要注意,当这两方面的词义结合在一起时,希罗多德倾向于最简单的、与经验最接近的这一方面①。事实上,这个词甚至与sôphrosynè所表示的道德品质是相对立的,例如阿纳卡西斯发现所有希腊人都喜爱sophiè,唯独斯巴达人常常讨论sôphronôs(卷六77.1)②。

这个例子说明,在卷七102,*σοφίη*这个词的含义不仅与希

---

① 梭伦的智慧来自他的旅行经历(卷一30);迪奥塞斯很公正,但也很谨慎周全(卷一96.1);墨兰普斯通晓宗教事务也是因为他的旅行经历(卷二49.2);埃及人也很公正,是正义方面的专家,因为他们比别人"更会找到正义"(卷二160,*ἐπεξευρεῖν*)。在卷三25.5,这个词指的是节制,但为的是修正"错误"(*ἁμαρτάδι*)。

② 我们从色诺芬的《回忆苏格拉底》(卷三9.4)中了解到,苏格拉底把*σοφία*[智慧]与*σωφροσύνη*[明智]混为一谈。但是后者恰好被表现为一种新颖的思想:苏格拉底的理智主义在这篇文章中比其他文献更明显。

罗多德惯用的词义相符,也与希腊人最重要的品质一致。还有其他例子可以证明这一点,唯一的例外就是卷一60.3,关于庇西特拉图用一位假的雅典娜蒙骗雅典人的故事。史学家们都惊讶于希腊人怎么可能这么天真,因为"希腊人一直以来与外族人的差别就在于更加精明($\delta εζιώτερον$),不会傻乎乎地盲从"。这样的事情发生在雅典人身上尤其让人惊讶,因为雅典人在sophiè上居希腊人之首。

最后,说回德马拉托斯讲的这句话,把贫穷和sophiè并列在一起似乎也有点道理。希罗多德没有说到这种sophiè从何而来,但是许多公元前5世纪和前4世纪的文章都强调是贫穷刺激希腊人获取技术知识、变得谨慎。这就是阿里斯托芬的作品《财神》(*Ploutos*)中,贫乏神所捍卫的观点[1]。还有柏拉图的《会饮》中,贫乏神与丰饶神的结合也暗示了这个观点。而从公元前5世纪开始,出现了将贫穷与sophia"因同源的关系"结合起来的观点。例如,从欧里庇得斯的一个残篇(641N)中就可以找到这样的观点[2]。希腊之所以能够战胜在财力和军力上如此富有的波斯(埃斯库罗斯就喜欢反复强

---

[1] 参见511:如果所有人都同样富有,世界上就没有人会使用技术或者智慧($οὔτε\ τέχνη...οὔτ'\ ἂν\ σοφίαν$)。Sophia是这个词的雅典形式,sophiè是爱奥尼亚形式。

[2] Pseudo-Théocrite, XXI, 1.

调这一点),也许是因为波斯的这种财富并不是健康的。我们也知道,希罗多德的作品最后也进行了这方面的思考。卷七102说得再清楚不过了。德马拉托斯本人是不可能说出这样的言论的,这就是希罗多德自己的观点。而把贫穷和sophiè相提并论,也说明了这种sophiè就是其他作者笔下与贫穷相关的那种创造性的sophiè和积极的精神。

如果这就是文中这个词的意思,那就更进一步地证明了希罗多德的这些颂词、他对战役的这些叙述想要让读者感知到的东西,即希腊人特有的这种精神品质,这种始终被他们看重、甚至能够战胜勇气的品质。

在列举希罗多德作品中常出现的这个概念的同时,我们也可以看出,随着希波战争中政治经验和军事经验的积累,智慧和勇气这两种品质对立的意识逐渐变得清晰。也有可能,希罗多德是在雅典的影响下形成这种观点。

我们还可以从中看到更多东西:希罗多德不但区分了勇气和智慧的作用并强调了后者,从德马拉托斯的观点中我们似乎还可以看到希罗多德的另一个观念,即真正的战士品质,或者说勇气,也是sophiè的一部分。换句话说,我们发现,这段话中隐约透出这样一个观念:即勇气建立在智慧的品质上。

当然,必须说明,这只是隐约透露出来的观念。因为有关智慧的词汇涉及范围很广,这是我们刚才已经证明了的;而且文中还涉及第三个概念,即法律,以及法律制定的各项规章制度,这与智慧没有什么关系①;最后,sophiè 和勇气之间的关系也还并不明确。希罗多德也许是想说,因为希腊人善于谋略、精通战争艺术、会用兵,尤其是他们很谨慎地经过了训练,所以他们能够在战斗中有着很高的效率,这让他们很有信心打败波斯。但是这一切他都没有明说。

而公元前 5 世纪末的雅典人则就这两者间的关系进行了深入思考。

而在希罗多德之后,公元前 5 世纪末之前,修昔底德视角下的伯罗奔尼撒战争则更富含智慧。《伯罗奔尼撒战争史》开篇就阐述了长期的策略②,每一场战役之前都有长篇分析,还写到了经验和技能这些在海战中占据全新重要地位的东西。修昔底德

---

① 诡辩派学者们可能会说,选择运用强有力的法律也是 sophiè 的标志。但是这里并没有这么说。相反,关于战役的叙述证明,集体纪律属于技能。但是文中也没有这么说。另一方面,德马拉托斯比其他人更深入地探讨了纪律因素,他是以斯巴达士兵为例来探讨的。

② 在修昔底德对人物的赞颂中我们也会发现,他往往只赞颂智慧和先见之明。

用于形容这些智慧的体现的词不再是笼统的 sophia①,而是一些具体地代表远见、运筹、经验和技能的词。

修昔底德之后,所有思想家都开始追求智慧,尝试通过某种方式将勇气与智慧同化。人们也认为,在做政治抉择时,真正的勇气就是审慎($καὶ\ τοῦτό\ τοι\ τἀνδρεῖον,\ ἡ\ προμηϑία$):欧里庇得斯在《乞援女》第 508 行就是这样说的。而修昔底德在描述这场战争时,更是详细地对比了这两种品质。在诺帕克特斯,斯巴达将领们认为知识(卷二 87.4:$ἐπιστήμη$)需要勇气。如果没有勇气,人们会思维混乱并遗忘一切。弗尔米奥则回应道,经验不仅是关键的,也能带来勇气(89.3):"他们在灵魂力量上没有任何的优势,但是他们有着比任何一个民族都要丰富的经验,凭这一点就能使他们无比坚决。"这里分析了人的心理机制,并把勇气与知识通过信心联系起来。最后是柏拉图在《拉克斯》中详细分析了勇气的定义,其中就涉及智慧(192c:$ἡ\ μετὰ\ φρονήσεως\ καρτερία$[带着审慎的忍耐]),或者说把勇气作为一种知识(194d:$εἴπερ\ ὁ\ ἀνδρεῖος\ ἀγαθός,\ δῆλον\ ὅτι\ σοφός\ ἐστιν$[如果勇敢的人是好的,那么显然他是智慧的])。

还有一点很有意思的就是,这种推理思考的根源就产生

---

① 他只有一次使用了这个词,是用作形容词,而且是用在克里昂的反智者言论中。克里昂抨击那些想要显得"比法律知道更多(卷三 37.4:$σοφώτεροι$[更智慧的])"的人。

于希波战争期间在希腊发生的关于战争中的 sophiè 的意识觉醒。希腊的思想总是能源源不断地激发更多的发现,引发更深入的思考。

因为这场运动产生的影响触及柏拉图,我想应该把对智慧的描述敬献给一位柏拉图及所有希腊文献都会铭记的伟大学者。我想我们的这位朋友会很高兴看到我们在敬仰他的同时,也就是在敬仰创造精神这种非常希腊式的美德。

10
论修昔底德历史著作中"必然性"的概念*

关于希腊,每当我们提到主宰事件进程的必然性这一概念时,我们首先想到的应该会是宗教的、超验的、源自神意的必然性。然而,与我们所想的相反,任何一位希腊史学家的作品中都没有出现这样的观念。除了埃斯库罗斯之外,几乎没有哪位希腊史学家在自己的作品中用严密且神圣的神意来解释事件的发展,除非是一些比较特殊的、动机比较特别的事件。即使是希罗多德,那么喜欢讲神的决定、讲该发生的事情"一定会发生"的人,也没有把这种观念上升为一种解释事件的方式。希罗多德并不是圣奥古斯丁和波叙哀主教

---

* 本文发表于 *Mélanges Raymond Aron* (Calmann-Lévy, 1972), p.112—128。文中陈述的观点也是 1969 年 5 月在牛津大学艾克赛特学院(Exeter College, Oxford)所作的一次演讲的主题。

(Bossuet)的先驱。因为,他并没有去探索神的旨意的确切含义。而且,他所书写的历史,越是接近当时的政治现实,神的旨意在其中的地位就越缩减。在他写的最后几本关于希波战争的史书中,神祇只是时不时在有渎神行为出现时参与一下,且神的干预都被表现为打断时间顺序的事件。必然性的概念,和代表必然性的词汇,在他的著作中并没有什么地位。

反而,当神祇不再干预人类事件时,必然性的观念才得以显现——从修昔底德开始。这甚至成了修昔底德演绎历史的最独特的风格之一,而且似乎也是他自己最为之自豪的风格之一。当然,他对必然性这一概念的表现并不像某些现代思想家那么极致。但是,正是因为他在某些方面非常接近后者,却又与他们完全不同,才值得我们去研究一下他的说法,以及他的尝试对遥远的后人所创造的包含类似概念的现代学说有着怎样的先驱作用。这些后人包括孔德、黑格尔以及马克思。正是因为他们之间有着足够多的相似之处,才能够清晰反映出他们之间极大的不同之处。

某些特定的局势注定会产生某种后果,这种想法体现在修昔底德最个人、最坚定的立场上,即体现在他对伯罗奔尼撒战争之起源的解释方法上。

我们知道他的立场与许多和他同时期的人对立。其他人通常把战争的责任归因于伯里克利,并且认定伯里克利是因私欲挑起了战争。从修昔底德论战的角度就可以看出,即使是想法没那么极端的人,也都会认定这场战争是由一些之前的事件所引发的。也就是说,其他人解释这场战争,是从一起起事件讲起,冤冤相报,事情愈演愈烈。复仇,的确是将过去与现在联系起来的最简单的方法。希罗多德也是用复仇作为天然的背景,建立起事件之间的联系。

但是修昔底德与众不同。他拒绝将战争的责任归因于伯里克利(他甚至没有提及控诉伯里克利为战争罪魁祸首的那些流言)。他同样也拒绝把这场战争的起因归因于一系列不久之前的事件。他深思熟虑,把目光放得更远,将战争的起因往前追溯了五十年,追溯到雅典势力刚刚崛起的时刻。他看到的不仅仅是战争双方的行动,还从雅典的发展中看到了一个使这场战争无可避免的深刻原因。他的一句名言是这样说的:"事实上,战争最真实却又最不被承认的原因,在我看来,是雅典人在壮大的同时,给斯巴达人带来了担忧,迫使后者发起了战争。"(卷一 23;这里用的词是 *anankazein*)。

这个句子对于理解修昔底德的思想是很重要的,句子的翻译似乎也没有什么问题。但是 1957 年,希里(Sealy)提出了一个新的解释,他认为这个句子指的并不是一种内在的必然性,而是雅典施加给斯巴达的压力,而雅典的强大只是其借以施加这种压力的手段。这种解释被批评为语言上的误解。而且,如果我们参考修昔底德在其他地方表现出来的倾向,就会发现这种解释有可能没认清修昔底德思想的一个标志性特点。因为,在其他许多篇章中,也都描述了一系列环环相扣、必然会发生的事件,从中可以看出他对这种必然性的坚持。

在关于伯罗奔尼撒战争本身的描述中,他也用类似方法表现了这场战争的不可避免,有两个情节为证。在卷一144.3,伯里克利对雅典人说:"必须知道,这场战争是无可避免的。"(这里用到的词是 *anankè*,而且看得出这一次针对的不是斯巴达人,而是希腊人。)在讲到战争重新开始时,修昔底德在一段以自己的名义说的话中用了一个类似词语。他说:"打破和平对他们来说已经变得无可避免了。"(卷五 25.3:这里用的词是 *anankazein*)。

这很令人吃惊吗?不是的,如果我们记得他是怎么描述雅典的帝国主义的话。因为他每次都强调必然性这个概念,更确切地说,他通过笔下各个演说者之口强调了必然性,其中不仅有雅典人,也有雅典的敌人。

其他的城邦反抗雅典,因为他们知道,危险终究会降临。仍然处于半自由状态的城邦知道自己最终会被奴役。而独立的城邦也知道自己终究会被侵略。他们通过过往的先例判断出了这一点。他们也通过一些简单的推理,认为雅典继续扩张是"合乎逻辑"的。修昔底德还用一些表示"显然"或"可能"的词(例如 eikos 和 eulogon)来强调他们的推理。所以这些城邦认为自己不管想不想反抗都被迫要反抗。他们的行动是受到了必然性的驱使。

而另一边的雅典,尽管好像可以更随心所欲一些,其实也并不自由。至少修昔底德笔下的演说者们是这么说的。因为他们无一例外都持必然性的观念。而且所有人都暗示了事件朝着一个不可能改变的方向发展。事件就像受自身重量牵引而越滚越大的雪球一样,越来越快地发展。

卷一中的雅典人是这样解释他们如何获得霸权的:他们先是得到盟国自愿的臣服,然后事情就不受控制地发展:"然后,事件只能这样运转。最初我们是被迫把事件引导到那个地步的。"(卷一 75.3)这里用的词是 anankazein[强迫]的一个复合词,且补语是一个奇怪的句子:"从同一个事件,同一个事实开始(ergou)。"这说明事情今后的走向是既定的。是怎样既定呢?雅典人的解释先是谈到由这个形势引发的一些普通的感想,然后是由此产生的一些正常的演变。他们强调形势一旦产生就无法回头,他们在语句中频繁地使用完成时态(表示既成事实)和时间副词。例如,他们说:"从此,为了我们的安全——既然我们已经成为大部分人仇恨的目标,甚至有些人在变节之后就已经被削弱了,就像我们在你们这里再也得不到同样的友谊,而只能得到怀疑与不和一样——我们似乎不可以再冒险放任了。"(卷一75.4)"不再"这个词的重复使用,说明没有其他可能性:事情一旦发生,便以一种消极的方式变成注定。由此产生的后果出现得越来越快,且始终朝着同一个方向。

伯里克利也是这样说的:"然而,这个帝国,是您再也无法辞去的职责……从今以后它将在您的手中成为霸权……"(卷二63.2)

后面的阿尔喀比亚德(Alcibiade)也用了类似的语句表达了更强烈的感受。他说:"我补充一点,我们不能像统治一片领土那样来扩张我们的帝国。我们所处的这个境地,使我们必须制造威胁,不可退让。"(卷六18.3)许多其他可能性逐渐被划去,"处于这个境地"的雅典人,发现自己被"必然性"(anankè)所钳制。

最后,雅典人欧菲莫斯(Euphémos)也在西西里说,雅典人在政治上别无他选,他们的政策是这个局势的必然结果。他说:"我们介入许多事件都是不得已而为之,因为我们要防范的事情很多。"(卷六87.2)

他们这样说的原因有一部分是为了修辞,我并不否认这一点,我稍后也会讲到这一点。但是必然性的观念与修昔底德的史书的其他特点有着太直接的联系,我们甚至都不需要去找别的解释。事实上,从修昔底德以自己的名义对雅典的帝国主义所作的分析就可以看出他的倾向。在卷一 99 尤为突出。在这一卷,修昔底德并没有用到必然这个词。但是他把雅典帝国的形成解释成由特定条件自然得出的结果。盟国变节的意志壮大了雅典的力量,而雅典力量的壮大又只会使盟国变节的意志更加强烈。事情自然而然地形成。这段文字把原因和责任分得很清楚,但并没有把责任推给任何一个雅典人或整个雅典城邦。事件缘起于局势,是局势直接掌控了政策的发展。

也就是说,因果关系在最初的希腊思想中处于一个神化的层次,到了希罗多德那里下降到人间,而到了修昔底德这里似乎又降了一个层次。这里的因果关系就好像是根植于政治现实的无名力量上,是人类无法干预的,这种力量使人类几乎无可抉择。在这个层面上,我们可以看到某种宏大的蓝图,主宰着整一串事件。神祇比人类看得更远,神的旨意影响着数代人。而局势的力量也比个人更加持久。当人们通过思考可以确定一个足以影响几代人的局势时(就如同修昔底德对雅典帝国局势的思考),这个局势的持久性就能够使一代接一代人的决策也具备连续性,同时,因果的连绵也使得由这个局势所产生的事件的发展具有连续性。

我们可以看出他的观念中有一些现代性的东西。当然如果非要说这种连续性贯穿整个历史的话就太牵强了。而且也不能说修昔底德在历史唯物主义这个词出现之前就已经是这种思想的代表人物了。但是我们已经可以从他身上看出比较明显的这种思想了。

而且,在他的史书中,即使在他没有探讨得那么深远时,在他谈到一些普通的不具备这种连续性的事情时,他也是倾向于把每个事件表现为因受当下条件和先前事件的制约而必然发生的事情。修昔底德用他的严谨保证了编年史的精确;用不可改变的逻辑串起一件件事情。因此他的叙事给人们的感觉就是每个决策都注定了后续的事情。当然了,当影响事件的因素太多,其中肯定有一些偶然时,他就不会用必然这个词。至少他不会用自己的名义来这样说。这一点他是非常谨慎、非常明确的。但是他会剔除偶然的那一部分,强调每个事件所表现出的最概括性的那些方面,最后把所有因素都调整得恰到好处,必然性的印象就从整体上油然而生。

这种新颖独特的书写历史的方法之所以有意思,并不只是因为他是修昔底德的风格。从现代思想的角度来看,探寻事件的来源和真正的影响是很重要的。

我们可以先来思考一下事件的解释。如果要说必然性的概念在某种程度上与当时希腊世界的政治条件相关的话,也不是不可能。每个作者都会从自身的经验中提取一些想法。在当时那个独立城邦的希腊世界中,雅典帝国的壮大是一个太显著太持续的现象,仅仅个人的解释是不够的。而且,雅典和斯巴达之间的战争反反复复,很容易就会让人想到这是必然发生的事情。而且在那个大战混着内战的战争时期,各方关系和仇怨错综复杂,也很容易让人联想到持续的压迫和不可避免的行动这样的概念。所有这些原因都会让人产生必然性的观念。然而,这些原因还不足以让我们发现修昔底德笔下的必然性的重要性,以及他对这个词本身的恰当使用的极度坚持。

当修昔底德用自己的名义说话时,他几乎不使用这个词,除非是讲到一些实际的限制,就像我们在希罗多德的作品中看到的那样。这些限制可能是必须要上岸、要战斗、要求救,或者是必须要早早反抗。而当讲到更概括的事情时,他总是更加谨慎。但是,他虽然不使用必然这个词,他会用别的说法来表达将人类行为导向所有人都必须遵从的普遍规则的那种欲望。他会说事情"常常"或"一般"都会发生,事情"习惯性"会发生,"很有可能"会发生,或说事情发生是"很符合人的本性的"。这样的表达与表示"必然"的词句差不多。而在那些不需要那么谨慎的情况下,可以自由使用这些表示"必然"的词句,或者说可以让他笔下的演说者说这些词句时,他用得毫不吝惜,常常是不断地重复强调"必然"(anankè)这个词。可以说这是某种原始的政治科学。

有时候,这个词用来表示一般性规律。例如在卷一 71.3 中:"如同技术的更新换代,新的事物一定会战胜旧的"(anankè);还有卷五 17.1:"当厄运来临时,领袖一定会被袭击,这就是一条定律"(anakèn)。但通常来说,对于"必然性"的分析都是基于某个特定形势的,并希望能通过分析从这个形势中得出一些必然会发生的后果。例如,第一卷中从克基拉岛来的人说:"如果你们不接受仲裁,我们就必须缔结我们所不希望缔结的盟约。"(卷一 28.3:这里用到的词是 anakazein)科林斯人则回答:"如果你们成为克基拉的同盟,你们就必将与我们对战。"(卷一 40.3:anankè)斯巴达人则说:"如果我们现在不谈判的话,我们对你们的国仇家恨就必定会叠加在一起,你们就必定会失去我们向你们提出的种种好处。"(卷四 20.1:anankè)锡拉库扎人赫莫克拉提斯(Hermocrate)则说:"如果西西里岛的各城邦人民不团结的话,我们只能与我们本不该与之为敌的人为敌。"(卷四 63.2:kat'anakèn)几年后,雅典人反驳道:"如果我们离开西西里,锡拉库扎就会成为西西里岛的主宰者。如果你们与他们结盟,必将招致厄运。"(卷六 85.3:anankè)可以说,这里讲到的所有必然性都是有前提的,这让人们至少在表面上有一定的选择自由。然而,提到这种种可能性,只是想通过证明只有一种可行的选择来影响抉择。而且,对形势的分析总是认为一个特定的举动会引发一系列后果,不管人们愿意与否。尤其值得注意的是,所有这些说法都是围绕着一个词。多多少少有些笼统,也多多少少有些道理的"必然"这个概念,在分析中总是被着重强调。可以说,这是一个代表了整个思想潮流的词。

最后,我们用数据来说明问题。希罗多德用了 55 次"必然"这个词,即 anankè 及其复合词。而修昔底德用了 102 次。

这不仅仅是行文上的巧合,而是一种明显的倾向。这种倾向不足以用史实解释,在某种程度上来源于当时的思想。要想了解修昔底德在史学上的创新的特点和影响,就必须探寻这个来源。

关于必然性这个概念的历史,有两篇德国的文章:一篇是甘德尔(Gundel)于 1914 年写的(*Beiträge zur Entwicklungsgeschichte der Begriffe Ananke und Heimarmene*, In. Diss. Giessen, 1914, 101 p.),另一篇是施莱肯伯格(schreckenberg)于 1964 年写的(*Ananke, Untersuchungen zur Geschichte des Wortge-*

brauchs, Zetemata, 36, 188 p.)。但是这两篇文章都没有提到我们刚才说到的东西。其中,甘德尔的这篇文章反而认为修昔底德在必然性这个主题上没有任何建树,因为这篇文章只探讨了必然性这个概念的哲学和宗教层面。

这两篇文章中所讲到的,都是对几个前苏格拉底思想家对必然性这个概念所赋予的宇宙含义的研究。如果说修昔底德的创作倾向与这个含义没有任何关系,那是没有道理的。但是,这个含义如此宽泛,与修昔底德对它的独特应用之间的距离太大,我们很难看出其中有什么明显的关系。而且另一方面,要想研究必然性的概念在对物质世界的具体描写中的应用(既然我们今天还会讨论自然定律的问题),现存的相关资料实在太少了,我们也很难在这方面建立起什么前后关联。

相反,必然性的概念对两类思想者而言有着非常重要的作用,而且这种作用也很容易被证实。这两类思想者与修昔底德也有一定的亲缘关系。这两类思想者就是科学领域中的原子唯物论学者和医生,以及伦理学领域中与修辞学相关的研究者。

事实上,我们都知道修昔底德与德谟克利特之间有着比较近的关系。我自己就曾经尝试论证这两位学者对于因需求或必然性(chreia 或 anankè)而带来的进步有着相同的想法(见 1966 年发表于《比萨高等师范学校年报》[(*Annales de* l'*École normale supérieure de Pise*]的研究,页143—191)。这种即时且具体的必然性与我们刚才谈到的必然性明显比较相近。而且,亚里士多德就说过德谟克利特"用必然性来解释大自然中发生的一切事情"(《动物的生成》[*Génération des Animaux*],789 b 2:anankèn)。我们有理由认为,修昔底德对人类生活和对政治的看法让他靠近早期原子唯物论学者,而且他在历史学的领域里做了后者在宇宙学领域中所做的尝试。

还有其他一些学者也在必然性的这个意义上做出了类似尝试,其中成果特别丰富的,就是一些医学著作中所作出的尝试。这一点更值得一提,因为医生对修昔底德的风格及用词的影响经常被研究。至少有一部医学文献对必然性概念的应用有着特别重要的地位,就是希波克拉底那篇名为《论人的本性》(*De la nature de l'homme*)的论文。我们不要认为这是一篇普通的论文,相反,这篇论文非常特别。没有任何一篇医学论文像这篇一样,在短短几页中用了这么多次 anankè 这个词。但是,确切地说,他对必然性的强调是这么明显,所以他一个人就足以代表一种学术风格。希波克拉底想要在字里行间说明必然联系所得出的结论。他将"必然"这个词结合修昔底德很少用的"迹象"这个词,宣称要用论文证明"必然性和迹象"。从这篇论文的第二段到第五段,他用了七句话迫切地制定必然性:"首先,繁殖必然不是由单一个体开始的"(3. 1:

anankè);"人类必定不是单一个体,因为这既是生物的普遍本性,也是人类的本性"(3.12:anankè);"每个元素都必然会反向回归其本性"(3.18:anankè);"当一个元素被孤立,疾病就必然会发生……"(4.10:anankè);当一个人身上的某些元素移位,"他所承受的痛苦必然是前面所说的两倍"(4.18:anankè),且已分开的元素必不可能构成一个个体(5.14:anankè);可以举出的例子还有很多,尤其是在 7.58、10.4、12.37 和 12.43 这几处又出现了这个词,而且每次都是同样郑重,同样确定。这种确定感,在刚才提到的几处引文中基本上都是单纯的必然结果。但是也有的是建立在对"本性"的分析上,且在几段文字中,这种确定的语气用于一长串的逻辑推理。(例如 4.10,10.4,12.37,12.43)。无论如何,希波克拉底的这种坚定语气与他同时期的修昔底德一样,都表现了他们用严谨的外因来演绎事物的强烈愿望。

然而,归根结底,在修昔底德为这个词所赋予的意义中,最重要的就是他将这个词在或大或小的物理领域中的含义转化到了伦理和政治领域中。就是在这一点上,修辞学所作出的尝试比其他学科更能支撑他的观点。

修辞学对必然性这个概念的运用是很多的。值得注意的是,尽管我们可以举出许多作者来证明这一点(例如高尔吉尔就有几个有意思的例子),而对这个概念看得最重的两位作者正是最适合用来与修昔底德作比较的那两位：一位是忒拉叙马霍斯(Thrasymaque)，另一位是安提丰。

从忒拉叙马霍斯在柏拉图《王制》第一卷中的话语可以看出，他的学说与修昔底德安插在雅典人与米诺斯人的对话中的某些想法非常相似。而且，在现存唯一一份忒拉叙马霍斯原文残卷中，可以看到他在短短两页中三次用了 anankè 这个词，外加一个相应的动词。这其中，有的是用来表示事件形势的决定性（例如在第 4 行，作者说：在过去，形势并不强求年轻人发言），有的则是用来表示更普遍性的规律并用于逻辑推理（例如在第 25 行，作者讲到了有着莽撞野心的人必将遭受的命运）。这些用法都与修昔底德笔下的演说者的话语十分相似。

我们可以认为，对公元前 5 世纪的思想影响很大的修辞学，对修昔底德的思想也有着重要影响。在忒拉叙马霍斯这里无可置疑的这一点，到了安提丰那里更是如此。

安提丰——我们这里讲的是演说家安提丰，且把诡辩家安提丰放在一边——是一个修昔底德认识且非常欣赏的人。然而，在现存的薄薄一卷他的著作中，我们可以看到他用了 22 次 anankè 这个词，21 次相应的动词和 4 次相应的形容词，这几乎与希罗多德全部著作中所用的次数相等。此外，他的一段演说，类似希罗多德关于谋杀的演说，几乎囊括了这个词可以用于个人的所有涵义。首先是用于表示形势的约束,例如:"任何没有诉讼经验的人都必定根据控诉方的话做判定……"(3,anankè);使人受约束的还包括某些行为、某些心理因素,以及它们所产生的后果,例如:"当一个人自身处于危险处境时,则不可避免地犯下某些错误"(6,anankè)。为什么呢?因为除了要想到人们会说什么之外,还必须想到诉讼的结果(6,anankè);且"这个人肯定会为此感到非常心慌"(6,anankè)。另外,心理因素(例如畏惧,这肯定是因某种形势所产生的心理因素)也会迫使人采取某些果断的行动,甚至是谋杀(58,anankazein)。最后,被困于某种政治局势中的个人,也会感到自己被限制而无法随心所欲地行动,他可能会不由自主地被牵连进罪行中(76,anankazein),且他可能会意识到自己"再也无力用行动来表达自己的忠诚。想要离开城邦,他办不到,把他扣住的抵押品太贵重了,我是指他的孩子和财产。而就地反抗,那是不可能的"(76)。

这些例子足以证明这个词和这个概念的风行。此外,他对这个词的各种用法,与修昔底德是一样的。这些例子同样也呈现了这个词丰富的词义,从普遍规则到对某个局势的约束的具体分析。这清晰地证明,修辞学为修昔底德提供了范例。

修昔底德对修辞学的这种效仿,我认为有两个原因,其中一个原因比较重要。

第一个原因是外部原因。必然性的概念——例如我们刚才举的最后一个安提丰的例子——提供了人们可以想象得到的最好的理由。除了证明自己的行为完全是非自愿的外,还有什么办法能更清楚地为自己辩护呢?"这根本不是我的错,我根本没有选择",这是所有被指控的人最简便的回答。诡辩家非常清楚这一点。高尔吉尔就力图证明海伦并非自愿跟随帕里斯去往特洛伊:她是被迫的,无论是神意、爱情、诱言,还是暴力使然。悲剧作家们也很清楚这一点,他们由此为英雄之间的争论创造出大段大段的辩白。当然了,法庭上的辩护者对此也很在行。然而,我们发现,对这个概念的这种用法,使人印象最深刻的例子,出自修昔底德笔下试图证明雅典人不是霸权政治肇因的雅典演说者之口。

与诉讼者一样,从政人士也喜欢用必然性作借口。

然而对修辞学而言,必然性并不仅仅是一个好用的借口。它是一种用来解释、预测,以及使行为能够为他人所理解并得以实现的手段。由此看来,它只是5世纪末非常流行的"可能性"这个概念的加强版。与"可能性"一样,"必然性"既是一个实用的论据,也是一个推理的方法。与"可能性"一样,它是根据已知规则和连环推理建立起来的。它与"可能性"的不同之处只在于它的严谨程度更高。就好像,当讨论的是必然性,而不是可能性时,更能体现身处这个对科学之严谨无比热衷时代的智者之欲求。

正因如此,在修昔底德的历史著作中,必然性的概念不仅仅是人们用来自辩无罪的措辞,而是在需要推理或解释的时候都会出现。也正因如此,这个概念出现在各式各样的作家的作品中。所有这些作家都多多少少受到了一些修辞学的影响,都拥有相同的智者的志向。所以他们在各自的领域中发挥着"必然性"这个概念。例如埃斯库罗斯作品中"必然性"这个词只出现过20次,但我们可以从作品中看到命运的沉重;索福克勒斯在七部剧作中用了将近40次这个词;而欧里庇得斯在他最宏大的一部著作中,用了超过120次。

此外,还有一篇早期一些的文章可以证明这个词的使用之流行,这篇文章可以把我们刚才探讨过的两个原因结合成同一个欲求。这篇文章证明必然性的概念透露了人们对有条理的、科学性的东西的向往。这就是《斐德若》(*Phèdre*)中一段与修辞学有关的文字。在回忆了修辞学的最高形式,即伯里克利在阿那克萨戈拉(Anaxagore)的协助下所运用的雄辩术之后(阿那克萨戈拉撰写过宇宙科学的著作,并将从中得出的结论用于措辞中的推理),应邀发表看法的苏格拉底对医学和修辞学进行了平行比较。他说:"在医学和修辞学中,我们都应进行对本质的研究。在医学中,研究身体的本质,而在修辞学中研究灵魂的本质。"然后，苏格拉底提到忒拉叙马霍斯，讲述了他为了科学地建立修辞学所需要的那些知识。而这些知识，与希波克拉底撰写《论人的本性》所用到的那些知识惊人相似。"很明显，无论是忒拉叙马霍斯还是任何认真传授雄辩艺术的人，一开始都需要精确描绘人的灵魂，需要让人们看到它是处于单一事物的自然状态下，还是像身体一样可变成多种形式。因为，我们知道，这就是展示事物的本质。"最后，所有这些知识最终都成了必然连锁的知识，因为他们传授的是"灵魂是何种形式以及话语是何种形式，是什么原因导致话语必定在一个灵魂身上是可信的，而在另一个灵魂身上却是可疑的"（271b：anankès）。

5世纪的修辞学并不是建立在这种知识上。但是这篇文章以柏拉图的深度阐述了医学与修辞学的相似之处，以及修辞学从系统的人体知识中所获得的灵感。我们刚才提到过的文章就是这种灵感的印证。我们还可以从修昔底德的许多特征中看出这种灵感对他的影响。这种灵感使他常常在文章中下定论、进行抽象的分析、下定义。也是这种灵感让他喜欢描述激情的形成过程，喜欢讨论"人的本性"。

因为具有这些特征，修昔底德成为当时很新潮的思想运动中的一员。这种思想运动后来发展成了我们今天所说的"人文科学"。

☆

如此说来，当时的这个大环境如同明灯，照亮了必然性这个概念的方向，使它到达修昔底德在历史学的领域中为它创造的一席之地。

这证明，必然性和决定论尽管表面看来相似，其实完全不一样。

首先，5世纪的作家们（包括修昔底德在内）所说的必然性并不是真的必然性。事实上，这个词反映的是使用它的人展现自己智慧的欲求，而不是这个词所表现的那种绝对的约束。

安提丰就说过，一个人在某些情况下，不管愿意与否都必须接受他的城邦的态度。是这样吗？事实上他是想说，如果这个人是唯一一个持相反态度的人的话，那对他来说是非常危险甚至灾难性的。但我们常常看到，有处于相同处境的人毫不犹豫地离开国家，或在国内秘密行动。安提戈涅的例子足以证明5世纪的雅典人很清楚这一点。同样，当欧里庇得斯笔下的英雄说在三种情况下他必须去救赫拉克勒斯的孩子时（参见《赫拉克勒斯的儿女》第236句，所用的词是anankazein），他想说的显然是其他任何行动都会让他面临极大的危险。这与我们刚才提到的修昔底德的例子几乎是同样情况。

而且,如果我们回顾文章中所有关于战争和雅典霸权的重要章节的话,就会发现,修昔底德在这一点上是十分明确的:所有限制了斯巴达和雅典的必然事件,都吻合一点,就是这种必然是经过了情感的掂量和人性的考虑,且取决于人们不想面临的危险。

当修昔底德说雅典帝国的壮大迫使斯巴达开战时,他也明确说明这是因为惧怕:"战争最真实却又最不被承认的原因,在我看来,是雅典人在壮大的同时,给斯巴达人带来了担忧,迫使后者发起了战争。"所以斯巴达人被迫发动战争,因为不如此的话,他们将会面临更大的危险。

同样,当卷一中的雅典人说他们被迫让帝国走到这个地步,他们也明确表示,从获得最早的臣服开始,他们就必须这么做,否则就"不再安全"。他们还补充道:"我们似乎不再可能冒险放任自流。"(卷一 75.4)而当伯里克利说雅典不可能自由地放弃霸权时,他所说的也是由此可能带来的危险:"从此你们的手中拥有了一个霸权,获得它似乎是非正义的,但放弃它却是危险的。"(卷二 63.2)最后,阿尔喀比亚德也是这么说的,他说雅典不可能自由地修正通往霸权的扩张,但是他还补充了一点解释说明,说如果这么做的话会很危险:"力量对我们的意义,在这种情况下是构成威胁,而在那种情况下则是

不妥协退让,因为如果我们不对别人行使我们的霸权的话,就会面临被别人的霸权统治的危险……"(卷六18.3)

"必然性"的词义还可以从别处得到印证。我们发现在某些情况下,这个词的两个概念都适用。例如,当普拉提亚人称被迫要站出来发言时,他们说:"我们是被迫说话的,而且比起一言不发招来麻烦,这样似乎是最安全的。"(卷三53.3)。也就是说,修昔底德笔下的"必然"适用于为避免各种风险而进行的明智的算计。这种必然都经过了理性的干预。

各种意义之间的细微差别并不是很重要。因为很有可能所有涉及人的"必然",都在某种程度上暗示了选择的可能。当面临显而易见的一系列选择时,变化就必然发生。但似乎,在修昔底德笔下,理性的成分并不止于此。而且这些"必然"的作用似乎比它被使用的方式更加具有特点。

这些"必然"不仅仅意味着未言明的推理,它本身也参与到了其他非常明确的推理之中,协助最终得出最明智最有效的决策。

当卷一中科林斯人指出克基拉岛与雅典的联盟必然导致的后果时,他们只是想让雅典看清事理性分析。当弗尔米奥(Phormion)向他的士兵指出在空间不足的情况下发动海战的必然后果时(卷二89.8:anankè),他只是想让他们明白还有其他更明智的办法。当赫莫克拉提斯(Hermocrate)向西西里岛的人民解释分裂会造成的必然后果时(卷四63.2：kat' anankèn)，他只是想说服他们避免落入这样的局面才是明智之举。

不管是概括性的表达方式，还是心理因素，或是对战争状况或联盟状况的具体分析，这些演说者所运用的"必然"的概念，都是一种借助推理来引导人们的行动的最有说服力、最严谨的办法。

很可能正因如此，修昔底德的叙事的进展总是包含着某种程度的必然性。因为他笔下的人物总是顺应不断发展或改变的局势所造成的限制，而且他们总是能明智地察觉这些限制。所以他句与句之间的衔接，总是使用"因为看清……"、"因为明白……"、"因为害怕这种状况下……"这样的语句。于是一种必然性与理性之间的对话就被建立起来了。而且我们可以认为，一个人越是能够看透有可能会发生的必然事件，他就越有可能避免这个事件。好的将军懂得盘算和预测。他懂得避免陷入会令自己无法脱身的境地。更甚者，他懂得守候敌人陷入困境的时机，如果可以的话，他还会主动创造这个时机。狡猾的布拉西达斯(Brasidas)和冒失的克里昂(Cléon)之间就有一段这样的情节。在卷五7.1，修昔底德写道："克里昂不得不做布拉西达斯所预料到的事情"(所用词是anankazein)。对anankazein这个词的这种用法表明，是理性取得了胜利。

还可以补充一点,理性要想在与他人的交战中占上风,就必须先赢得个人灵魂内部的胜利。一个人如果听从了感性,屈服于"人的本性"的连环效应,就会变得盲目。而且我们知道,在修昔底德的作品中,对于"人的本性"的思考都是很尖刻的。但是"人的本性"并不是人的全部。一边是盲目的连环效应,另一边是使人能够预见事件走向并采取行动的理智;一边是行动不经思考且太容易被看透的群众,另一边是控制并告诫这些人的伯里克利。一边是逐渐爆发的怒火和野心,另一边是一个了解必然发生的事件并试图从中取得最大利益的人——一个也许能够使雅典立于它所达到的高坡而不倒之人。

这种理性倾向是这个充满智者的欲求的年代的特征。指代"必然性"的 anankè 这个词,表现出了科学性的确定感,并由此形成了它的魅力。而科学性的欲求最终使人们对理性充满信心。至少在公元前5世纪是这样。

而且,修昔底德作品中必然性与理性之间如此紧密的联系也体现在留基伯(Leucippe)的文章中。这篇文章我们之前也援引过,用来证明留基伯对必然性这个概念所作的贡献:事实上,这是两个彼此关系非常紧密的词。正如文中所说,一切事物的发生都是"受理性的指引,受必然性的压迫"。

理性与必然性的这种结合非常具有希腊特点。这正是修昔底德所构想的这种历史必然性与历史唯物主义等学派主张的那种历史必然性之间的差别。在修昔底德这里,智慧与必然性还没有被分离,仍然紧密相关,两者互为补充,互相强化。这就是为什么,尽管修昔底德如此坚决地认为某些历史事件无法避免,却能够不受后来的以赛亚·伯林(Isaiah Berlin)的抨击——后者于1953年发表了一项批评历史必然性的研究,书名就叫做《历史必然性》(*Historical Inevitability*)。

对于一个希腊人而言,只有在极少数情况下,必然性对人的限制才是绝对性、决定性的:只有在一个人放弃了理性的指引时才会这样。我写下这些观点的同时也想表达一下我对柏拉图的敬意,所以我想用这位哲学家的一篇文章来结束这次演讲。

因为,除了修昔底德之外,柏拉图是唯一一位将必然性这个概念用于历史进程,也是唯一一位用 anankè 这个词来描述这进程的希腊学者。关于这一点,主要体现在《王制》第八卷中,他书写政治体制从荣誉政治,到寡头政治、民主政治,最后到僭主政治的过渡过程的方式。他把这个进程描写成一种机制、一种无法避免的演变。其中某些阶段还用了 anankè 这个词加以强调。但是，尽管这个词在描写过往体制的时候就已经出现过，它真正频繁被使用是在理性完全丧失能力、灵魂的另外两个部分完全占了上风的时候，也就是僭主政治被建立起来的时候。于是人们忽然间就坠入了 anankè 的绝对统治中。富人们从此必须自卫（565b：所用词为 anankazein）；平民不由自主地侵害富人；富人也不由自主地成为寡头。在这点上，僭主很清楚尝过人类内脏的人会有什么样的命运：这样的人必定会变成恶狼（565d：anankè）。对于一个僭主而言，"他要么死于敌人之手，要么成为僭主变成恶狼，这就像命运的法则，是无法避免的"（566a：anankè）。从此他必须不停地战斗（567a：anankè），变成好人的敌人（567c，用了两次 anankè 这个词），与卑鄙的人一起生活（567d，anankè）。

柏拉图是在沿着修昔底德开拓的道路前行，并且，他用某种对这些概念的逆向实践丰富了修昔底德的思想。因为，他之所以会用一些这么绝对的措辞来描述必然性对历史进程的作用，正是因为他身陷一个受限制的处境，理智无法像往常那样发挥作用。

对于希腊人而言，必然性首先是一个为理智所用的武器。只有当理性让位给必然性，必然性才在人类历史的进程中获得至高无上的地位。

11

医学:古希腊的学术典范*

我今天要讲的不是医学的历史,这不是我的能力范围内能讲的。关于医学史,我推荐大家阅读索邦大学教授茹阿纳(Jouanna)的书,他详细地论述了希波克拉底①。

我想要探讨的问题是这样的。希波克拉底医学——即希腊最早的医学——是与许多伯里克利时期的著名文人同时出现的。同期涌现的有修昔底德、索福克勒斯、欧里庇得斯,以及苏格拉底,稍晚还有公元前 4 世纪的一些哲学家,如柏拉图和亚里士多德。然而,他们所有人都对医学有所了解,都探讨

---

* 1992 年 1 月 10 日于巴黎医院医学协会(Société Médicale des Hôpitaux de Paris)大会上所作的演讲,之后发表于 Ann. de médecine interne, 1992, p. 283—286。

① 该书于 1992 年 2 月由 Fayard 出版社推出。

过医学。医学在他们看来都很重要。我想试着研究一下医学在他们看来有多重要,为何重要。

毕竟,我们当今的思想家都被生物学的发现烙上了深深的烙印,这在我们看来是很普遍。而医学在当时是崭新的事物,就如同生物学的成就在我们的时代这样。

十年前我在圣路易医院(Hôpital Saint-Louis)的讲座中讲过,也在《牙科口腔科学时报》(*Actualités Odontostomatologiques*)上发表过一些观点,今天我想重新深入地探讨这些观点。而且,我想用更特别的方式探讨医学的典范在历史学、哲学等多个领域中的反映。这种反映,每次都以不同的形式出现,且它对这些学科的影响似乎越来越明显。

我们首先从医学的诞生讲起。公元前5世纪的希腊有着一个非比寻常的现象:在短短半个世纪间,涌现了许多的technai。这个词的意思包括艺术(人们也称医学为"医疗艺术")、科学,当然还有技术。它指的是具有实用性功效的系统的人类知识。它涉及从领航、建筑、音乐到修辞等领域的知识。所有法语中带-ique后缀的词,原本都是在希腊语中修饰technè这个词的古老阴性形容词。

很难说清这些technai中哪个是最早出现的,以及它们出现的顺序。但是医学是其中之一。而且医学对人类生活非常关键。因为希波克拉底的出现,医学在当时开始朝着一个理性的、系统的状态发展,变得适合于传授,也出现了许多相关论文。最初是老经验甚至是魔幻术的医学,到了那个时候开始观察症状、对比病例、查找病因并确诊,人们也因此可以预测疾病的大致发展。就是从那个时期开始,希腊人想要对现象进行了解和掌控。普鲁塔克在《伯里克利传》中写道:面对动物的失常,人们不再相信这是神迹,而是去找寻物理的原因;面对日食月食,在此之前人们一致认为这是奇迹,此时也开始逐渐认识这种可用天体的运行来解释的自然现象。科学的精神忽然产生。

很快,在这个人文精神盛行的雅典,文人们开始寻思:如果对物理自然可以这样做,如果对疾病可以这样做,那对政治现象应该也可以这样做;应该可以科学地书写历史,从中找出有可能重演的连续事件的大纲。于是修昔底德就开始书写一部新型的史书,他的著作在某些方面就是受到了医学的典范的启发。

我知道我这样断言可能有点草率,他也有可能只是运用了科学的方法,并没有受到医学的启发。修昔底德也是有可能在不受医学影响的情况下创造出科学的历史研究方法的。我凭什么认为医学对此有功呢?

我是有证据的。我们知道,历史学家修昔底德热衷于医学性的描述。他的一篇有关雅典瘟疫的著名文章就是这样。这篇文章一开始就是这样一段优美的卷首语:"我请每一个人,不管是医生还是外行者,都来说说自己对这种疾病的意见,说说这种疾病可能从何而来(……)。我来说说这种疾病是如何表现的。因为若是能观察出病兆,一旦疾病重现,我们就能够更好地利用已知的知识,而不是面对着未知的事物束手无策。以下就是我要说的。"(卷二 48)于是他就开始了一大段技术性的、详细的描述,包括咽喉、舌头、呼吸、咳嗽、胆汁排泄等等。而且,他还做了对比,只注重重点:"如果排除掉每个个案的特异性,并把每个病例进行区分,得到的就是这种疾病大体上的形态。"(卷二 50)

有点遗憾的是,这样严谨的分析,也没能让今天的医生确切分辨出这种流行病的性质。但我们至少可以看出:医学作为一种科学的方法,使得许多不是医生的智者也为之着迷。修昔底德首当其冲。

他很自然地就把这种思维方式运用到了对政治的分析中,以期对政治也进行分类和预测。这就是修昔底德的尝试。他严肃细心地进行调查,反复验证,精心分类。他在历史学的领域中,剔除了个案的特殊性,得出了有可能重复的历史事件的大纲。

有没有例子呢?有的,伯罗奔尼撒战争的起因就是一个例子。这场战争是斯巴达的错,还是伯里克利的错?决定性的因素是这一起事件还是另一起呢?对此的讨论有很多。但是修昔底德并不局限于此。在他看来,这场战争的原因是五十年来雅典势力的壮大。而雅典势力之所以壮大,并不是雅典单方面的野心造成的,其他城邦也导致了这一局面。而不平等的局面一旦形成,局势就会自然而然地发展。他描绘出来的这个大纲是很清晰的。就像人们对疾病的了解一样,当我们得出一个见解,这个见解也许就能够在别的案例别的时间上重复。雅典帝国主义的产生和发展的形态是非常普遍的。另一方面,从战争初始的叙述开始,修昔底德笔下的人物就在场场言简意赅、深思熟虑的演说中对局势进行分析。所以,伯里克利可以预言:除非雅典自己不够谨慎,否则在财政和航海双重优势的推动下,雅典一定会占上风。通过对条件进行分析,通过把条件代入普遍境况,演说者可以建立起一种"预后"(pronostic)。

我用这个词是有用意的。这是一个医学词汇,也是希波克拉底一篇论文的标题。而修昔底德用这个词是为了赞颂伯里克利,表明伯里克利是正确的。雅典输了战争,但事实上却是因为雅典在此前不够谨慎而犯下的严重错误。伯里克利的"预后"本身是正确的。修昔底德重复了两次"预后"这个词：pronoia, proégnô（卷二 65.6、13）。

除了伯里克利，他对其他人也有这样的描写。修昔底德笔下人物的演说就是一系列预言，而对事件的叙述就是对这些预言准确与否的证实。所以他笔下的军事或政治领袖在为自己的决策作辩解时，总是要摆出这样的分析。他们在推理和观察的基础上参照普遍规则，从中得出在任何一种可能性下他们所持的态度应该能带来的良性效应。觉察出关键的人性因素，把这些因素进行相互比较，建立起对有可能发生之事的预测，这就是整个修昔底德历史著作的意义。著作中的人物演说是如此玄奥、如此精密、构建得如此巧妙，读者可以在叙事中验证每个人的作用，看看他们为什么说错了，又为什么说对了。

所有这些预测显然都是基于某种伦理角度的"人的本性"。修昔底德和他笔下的演说者都多次暗示了这一点。这也让我们联想到希波克拉底的另一篇名为《论人的本性》的论文。他阐述了人体各个物理组成部分，就像修昔底德笔下的演说者阐述人的道德成分那样。

这种对比如果进行得更多一点，就会有些草率了。关于这一方面有两点值得注意。

首先,修昔底德从来没有很牵强地进行对比。他自己从来没有总结出什么定律或常量。他甚至没有用医治已被了解的疾病的方法来处理重大的政治现象。比他晚半个世纪的伊索克拉底倒是有这样做。伊索克拉底认为雅典的帝国主义,以及之后斯巴达的帝国主义正是把这两个城邦分别引致败局的祸端,他用了疾病做比较:"就像被同样的欲望和同样的疾病所腐蚀的人那样,他们做出了同样的举动,犯下了类似的错误,最后陷入了相似的不幸。"(《论和平》,104)

修昔底德从来没有这么笼统地看待问题。他只是抓住叙事的每个部分,从中引出它包含的可预见的因素,并对之进行解释。

这说明了他的谨慎。也说明了我想指出的第二点:除了某一两段之外(我之后会专门讲这一两段),他只是把医学作为科学方法的纯理论的典范、理性思考的先驱,是医学的出现才改变了那个原本只是杂乱无章、只有一些没有道理的传统的世界。对他来说,医学是一个一直存在且具有决定性的典范,但仅仅是在他已经成为人类的一门科学的范围内。

只有一次,他的著作中出现了医学典范的略显不同的一面以及不同的作用。如果一个人要用自己的知识和预测能力来帮助别人,那他偶尔也会有一些跟医生相同的义务需要履行。即一些道德方面的义务,迫使他即使在所有人都反对的情况下也要为了城邦的利益而出手干预。

这个情节出现在他著作中一个非常关键的时刻:尼西亚斯想要阻止雅典人出征西西里岛的时刻。这次出征就是伯里克利所预言的雅典的错误之一,且雅典人也绝不可能弥补这一举动造成的损失。然而,这次出征是经过投票决定的。而尼西亚斯迫使首领(执政官)在投票结果已定后再发起一次商议。他郑重地要求执政官想一想:"城邦已被疾病感染,而你就是医生。一个好的执政官应该为祖国做出最多的贡献,或者至少不要让祖国遭受任何损失。"(卷六 14)希腊语用的是 iatros 这个词,且最后一句套语与希波克拉底誓言字字相符。

这里讲的就不是科学方法了,而是伦理。就跟前面讲科学方法时一样,我们注意到医学在这里也只是作为一种理想化态度的参照。我们还可以在许多哲学家的著作里看到这样的比喻,而且这些哲学家讲得更透,更加明确,也更加肯定。

对于哲学家而言,医学的重要性并不在于人类的科学或认知方法。但是医学的典范有其他的作用。

在希腊,医生与哲学家之间有着很深的渊源,我在这里就不细述了。有些伟大的哲学家本身就是医生,例如恩培多克勒(Empédocle)。还有一些曾给国王做过顾问,例如希罗多德谈论过的迪莫塞迪斯(Démocédès),就曾是波斯国王的顾问。有些医生用政治哲学的术语来探讨人体,例如克罗顿的阿尔克迈翁(Alcméon de Crotone)。有一名诡辩派学者甚至试图建立一门灵魂的医学,他还开设了一种为人们医治悲伤的诊所。这个人就是安提丰,这段故事可从普鲁塔克的《道德论集》(*Moralia*, 833c)中得知。这一切都为柏拉图和亚里士多德思想中医学的作用间接地做了铺垫。但是我也想像刚才讨论修昔底德那样,探讨一下新形态下的医学是如何以两种截然不同却又同样深刻的方式影响了柏拉图,启发了亚里士多德。

对于柏拉图而言,医学这个概念代表了能力所带来的烦扰。

对比哗众取宠的言行,医学这个概念是一个通过不受欢迎的或是痛苦的手段来达到良好目的的行为典范。在修昔底德看来,执政官就应该是城邦的医生。柏拉图将苏格拉底比作灵魂的医生。在《高尔吉亚》(*Gorgias*)中就有一个著名的段落谈到了对苏格拉底的审判。文中苏格拉底在接受审判之前说:"我就像一个被厨师控告的医生,在一群孩子面前出庭受审。"这种情况下判决结果可想而知(478b,521d—522)。

所以倒霉的又是医生!总是医生!尽管他总是为了人们

的利益效劳,却还是他!

对于灵魂的医生是这样,对于国家的医生也是这样。在柏拉图看来,这两者绝对是相似的。在《高尔吉亚》中,就已经讲到了政治与医学的一致性。柏拉图认为政治不应该是给予人民他们所想要的东西,而应该是给予对他们有益的东西(例如司法公正)。他说:权利和财富只不过是"不健康的肿胀"(518e);城邦被物质财富"填得太饱";这种过饱会让"虚弱入侵"(519a),然后人们再讨伐这些哗众取宠的言行的后继者。而真正为国家着想的人,会让城邦的欲望转向有益的方向。

《王制》中也出现了这种类比,而且更加强调。柏拉图在其中描绘了当某些人想损人利己时城邦中出现的内部分裂。他说:"就像虚弱的身体只须外部一点点的动荡就会生病(……)一个国家也是这样,在类似的情况下,如果国内每一方都从外部请求援助的话,国家就随时会遭受疾病和内战。"(556e)不被控制的欲望会种下疾病的种子。

为了避免这种情况的发生,政府需要一个或几个精神已学会了真实和善良的人。所以柏拉图非常坚持要把权力交付于那些受过多年最严格的精神训练的人。柏拉图这种强烈的坚持改变了我们现代人的精神;而他的这种坚持本身肯定是受到了医生因其能力所遭受的困扰的启发,新医学的医生用自己的知识为人们的利益服务,却饱受困扰。

修昔底德生活在一个理性主义被不断探索的时代,所以他在医学上看到的是志在将与人相关的现象整理清楚的学术研究的典范。柏拉图刚刚经历了雅典的落败、民主的过度和苏格拉底的死亡,所以他在医学上看到的,首先是知道怎么面对盲目大众的人的典范。修昔底德像医生一样尝试建立一些预测。而柏拉图则渴望一种虽然需要很长时间才能获得,但却建立在确定性之上的学术能力。

某些时候,他甚至好像把他所援引的范例夸张了、理想化了。所以,他还有一次引用医学典范,是因为他想用表示能力或知识的修辞来代替在它看来纯粹是谄媚的诡辩家的修辞。他甚至指名道姓地举出了希波克拉底。他用很强调的语气树立了一个系统性知识的形象。他谈到医学艺术和他自己对修辞学的想法时写道:"在这两种学问中,我们都应该分析本性;在第一种中,是身体的本性,在另一种中是灵魂的本性。如果我们不只满足于规律和经验,而是想借助技艺来进行管理的话,在第一种中要管理药方和饮食来使身体健康有活力,在第二种中则要管理言谈与有规律的日常行为,来让灵魂知晓我们希望它是什么样的状况,希望它有多么优秀。"(《斐德若》,270 b)根据我们对当时医学的了解,柏拉图似乎对医学的系统性特征作出了一些想象。他对医学的基本步骤有些了解,但是他说得太极端了。就像修昔底德那样,他比较了解医学准则的光辉之处,但却不怎么了解实际操作。

事实上,我们可以想象,当柏拉图说国家官员应该增加灵魂中正义的部分、减去不正义的部分时,他这种想法可能是受到了某些医生的启发,那些医生宣称想要重建人体中各种体液的平衡。但是他似乎只是做了一个简单的类比。柏拉图似乎更关注当时的医学以及希波克拉底的理论框架,而对医学的实践方面和具体操作方法没有那么关注。

意识到这一点很重要,因为我们可以由此发现他与亚里士多德的不同之处。

到了亚里士多德这里,观点忽然发生了改变。医学的另一个方面跃然显现。在他新的志向中所表现出的,不再是对科学的向往,而是实际的、审慎的、具体的经验。

亚里士多德有条件获得相关的知识,因为他的父亲尼各马可就是马其顿国王的私人医生。他对物种、感官和生命的具体物理形态的关注,可能就继承自这位医生父亲。

但是,他的思想与希波克拉底著作之间的关系,最主要还是体现在我们最熟悉的与饮食制度相关的这方面。

亚里士多德继柏拉图之后,对政体组成重新进行了分类。但是他像医生一样,是从各种观察出发进行分类的。他进行了调查和对比。而且当他重新拟出各种制度的经典列表时,他区分了这些制度的"直的"形态和"扭曲的"形态,就像医生区分健康和疾病一样。他在各种制度中进行选择的方式非常显著,因为他运用了当时医学非常重视的一个概念:混合的概念。

这个概念在修昔底德的一段很特别的段落中已经出现过了。在这段文字中,阿尔喀比亚德在政治上代表年轻人(当时的人经常谈论年轻人,并把年轻人放在其他几代人的对立面),他认为应该将年轻人与老年人混在一起。他说:"力量的真正奥秘就在于通过把不太好的、中等的和完美的事物混合在一起,从而使它们联合起来。"(卷六 18.6)这样的话会让人们听着很吃惊,会让人们思忖加入不太好的(phaulon,即中下等之意)元素如何能够提高整体的质量。阿尔喀比亚德并没有做出任何解释。但是我在大约 20 年前写过一篇关于这个主题的文章,我在文中重点探讨了亚里士多德《政治学》(*Politique*)中的一段话①。亚里士多德是一个很关键的人物,因为他捍卫民主的原则,而且不同于阿尔喀比亚德,他直接引用了医学作典范。

柏拉图强调的是医生那样的能力;亚里士多德则建立起一种集体,其中的所有参与者在集合起来后都获得了高于原来个体的能力,因为所有参与者的优点混合在了一起并以集

---

① 参见 Mélange Lesky(*Wiener Studien*, 89, 1976, pp. 309—321)。

体的方式做出决策。"他们这么些人,每个人都有自己的功能和实用的才智,联合在一起就好像生出了一个有着几只脚、几只手、几副感官的人,其性格和智慧也如是叠加。"(1281 b 4)在希腊人为他们为之骄傲的民主制度给出的所有理由中,这个是最独特的。我们可以看出,相比前一个世纪的那种响亮口号,这个理由是在批评的声音之后出现,并回应了批评的声音。

事实上,这段话表现的正是柏拉图和亚里士多德两种不同政治思想之间的界限。两种思想间所出现的关于民主和大众智慧的分歧至今仍在讨论。然而,如果说柏拉图关注的是医生之能力的典范的话,亚里士多德则细致参考了医生所建议的制度。看看他是怎么解释中下等公民所能带来的益处的:"将他们混入上等公民中,他们就能为国家服务,就好像将不洁净的食物混入洁净的食物中,整体上会比少量完全洁净的食物更有益处。"

亚里士多德参考医学有他的道理。《古代医学》(*Ancienne médecine*)这篇论文就明确指出,食物的转化和混合十分重要,因为在这个过程中,例如通过烹饪,食物失去了某些原来的特性并被混入了其他食物中,也因为这样人们可以避免摄入过多苦涩的、酸性的或其他特性的东西:"只有经过良好混合的食物,才能带来力量、生长和营养,这样的食物不含任

何未经混合的、特别强烈的东西,而是变成了一种统一且简单的整体。"(14,末尾)

通过对医学的研究,亚里士多德有了一个大概的观念,并从新的视角进行思考。他的素材来源显而易见,他所作的比较也很清楚。

但他并没有止步于此。

他所青睐的政治体制——与修昔底德一样,但是他更加坚定——是一种混合政体。又是混合。他称之为 politeia,或共和,他说这是"寡头制度和民主制度混合在一起的体制"(1293 b)。这并不是一个新的概念,早在公元前 5 世纪就已被塞拉门尼斯(Théramène)等温和派提出过。修昔底德也赞赏这种制度。到了亚里士多德这里,则成了建立在医学制度经验上的理想制度。正如民主制是混合了不同的意见,共和制(或称 politeia)是混合了不同的原则。最后,对现实和实际经验的共同意识又出现在了与道德生活相关的一切事物中。苏格拉底和柏拉图是理智主义者,在他们看来,只要让人们明白益处在哪里,就足以让人们朝着有益的方向行动。亚里士多德则相信,习惯才是最重要的东西。他明确指出,从孩童时期开始就必须养成良好的习惯,且只有习惯才能让天生的能力变得成熟。而医生也同样强调习惯,他们甚至说:"人们能够耐受的是他们已经习惯了的食物,即使这种食物的本性并不是好的",还有"我们生病最主要的原因就是在我们体格和习惯上发生的最重大的变化"①。

当然我们还可以找到其他一些相似之处。茹阿纳在他的论文中就提到了好几处。但是我只想讲一些最重要的。最后的结论是敬献给各位医生的。最伟大的历史学家的历史研究方法、柏拉图的哲学灵感、亚里士多德最重要的研究题材,都来自你们。这已经很不错了!

你们应该也注意到了,在我在此讲述的这五十年间,医学的典范作用看起来越来越明显。希腊人对他们的医生的工作方法越来越了解、钦佩,并越来越多地去效仿。

这个结论是对医生的赞扬。而另一个反方向的结论也同样看得出对医生的赞扬。在当时的文学中时常出现医生,而文学家们似乎丝毫没有要贬损医生的意思。他们并没有像莫里哀,或像儒勒·罗曼(Jules Romains)写的《敲门》(*Knock*)那样嘲讽医生。而古希腊的文学家们喜欢嘲讽,他们时常嘲讽神祇、军械商贩、诉讼者!但是从来没有嘲讽医生。可以说,古希腊人伸手拥抱医生,主动跟随医生!

我之所以在结论中强调这一点,是因为我非常重视反面意见。人道主义医生的历史是美好的历史。当今的和今后的

---

① 《急性病的制度》(*Régime des maladies aiguë*),页35。

医生几乎没有机会学希腊语,无法通晓他们的科学词汇。我觉得这是很遗憾的。在一天忙碌的工作之后,他们不太可能想要去追溯这些远古的历史,看看人类的思想如何在这远古的源泉中探索一些对整个人类都有价值的观念。我在这里做的对古希腊的借鉴,算是对医生的一种报答。

最后,今晚有幸受邀来此。我要告诉在座的医生们,你们在某种意义上也是古希腊文化的继承者,而古希腊文化就是对我来说最重要的东西。我感谢你们。

12
公元前 5 世纪的雅典与地中海*

我之所以要讲公元前 5 世纪的雅典与地中海,有几个方面的原因。首先,布劳德尔(F. Braudel)写的这本令人钦佩的书就特意避免了只局限在古典希腊的范围内。尤其是,公元前 5 世纪的经验从政治角度看是非常独特的,也因此很有教育意义。统一的因素有这么多,却造成了这么严重的分裂,实践上的失败这么彻底,却带来了这么灿烂的文化,这都是很少见的。

所以,关于这一点,我想请大家借助修昔底德的著作和一幅地图来思考一番。

---

* 1986 年 7 月 26 日于卢尔马兰(Lourmarin)所作讲座。

☆

我刚才说,统一的因素有很多。关于这一点,在谈到雅典之前,首先我们得回忆一下经过几个世纪的希腊殖民而形成的地中海地区。

希腊殖民很早就开始了。在它的历史进程中,鼎盛时期是从公元前 7 世纪到公元前 6 世纪。殖民的原因诸多,包括经济的需要,城邦内部的纷争等。通常都是几个团体离开原籍,在别处形成比较有规模的同盟,然后形成新的城邦。早在希腊人之前,腓尼基人就曾这样殖民。而且他们的航程去到了比希腊人更远的地方。尽管如此,不久后许多希腊城邦还是出现在了爱琴海一带,甚至是整个地中海地区。最早是在小亚细亚半岛。在小亚细亚半岛的北边和南边,建立起了拜占庭(公元前 660 年)、瑙克拉提斯(Naucratis,公元前 7 世纪),以及昔兰尼(Cyrène,公元前 631 年)。在西边,在意大利的南部建立起了库迈(Cumes,公元前 725 年)、塔兰托(Tarente,公元前 708 年)和帕耳忒诺珀(Parthénopée,即那不勒斯),在西西里岛建立起了塞利农特(Sélinonte,公元前 652 年)、阿格里真托(Agrigente,公元前 580 年)和卡塔尼亚(Catane)。希腊人甚至去到了更远的地方,建立了马赛(公元前

600年），在科西嘉岛建立了阿莱里亚（Alalia），在西班牙建立了安普里亚斯（Ampurias）和遥远的塔特苏斯（Tartessos，公元前690年）。地中海一带唯一没有希腊城邦的地区就是现在的北非，当时是腓尼基人占据，他们在那里建立了迦太基。但是，从迦太基到塞利农特只有200千米的直线距离。而且，尽管地中海一带只有从西西里到小亚细亚才真正能算是希腊的，希腊人也拥有了足够的中转站，只需在希腊城邦停留便可以从地中海的这一头旅行到另一头。而且，通过贸易，希腊的物品、与希腊的接触、希腊的影响都在各个中心得以扩散。

但是必须注意：这种殖民与我们现代意义上所谓的殖民并不一样。这种殖民是指一些小团体离开原籍，把习俗带到其他地方，但他们并不打算对他们所定居的地方的原住人民建立某种统治。这两种定居方式的名词本身的区别就说明了这一点。现代意义上的"殖民"（colon）就是来到别人的地方耕种土地、定居并统治那片地方的人。而希腊人所说的apoikia，只是"离开"家乡的人，或者在有需要的时候就是oikistai，即"去住到"另一个地方去的人。他们的行动只局限在他们自己创建的小城里，他们甚至并不打算让外邦人进入这些城邦。他们通常是在一些还没有人居住的地方建立城邦（例如港口或是有天然防御屏障的地方）。那些地方如果已经有了居民的话,原居民可能会对他们带来的新奇事物感到好奇并对他们表示友好。他们也可能在略作抵抗之后撤退到稍远一点的地方①。但是也只有在被其他嫉妒的势力的煽动和组织下,抵抗才会比较有规模——这些势力有时来自希腊,有时来自迦太基②。我们所了解的移民被迫再次离开居住地的例子多数就是这种情况。总而言之,这个国家的人民成了其他势力的居客,但是并没有形成任何使他们变成从属者的政治体制。

我之所以强调这一点,是因为希腊人的移居跟后来罗马人乃至现代人的殖民非常不同。也因为,同样在公元前5世纪,还出现了另外两种不同的殖民形式,且两种都与雅典相关,使得那个年代成为充满危险和希望的殖民活动的理想代表。

第一种殖民形式开辟了一条理想的路线(一条希望的路线),展示了殖民活动如何成为地中海希腊人统一的要素。这是一个绝无仅有的案例,即图里伊(Thourioi)的殖民化。与

---

① 有文章说城邦的建造者"驱逐"了原先的居民(参见修昔底德,卷三2,3),也说明了在必要时是"通过战争"来驱逐,例如在第二个案例中。但有时国土只是"交付"到了新来的人手中。(参见卷六4.1:panradontos)。
② 具体例子参见修昔底德著作,卷六4.5—6,5.3;或希罗多德著作,卷五42,46。

其他殖民地不一样,图里伊是一个由雅典人设想并资助的殖民地,但雅典人邀请别的希腊人一同加入该城,意图使其变得国际化。到了公元前443年,加入图里伊的族群,除了雅典人,还有维奥蒂亚人和爱琴海岛民。我们知道,历史学家希罗多德来自小亚细亚,后来加入了图里伊公民。我们还知道,图里伊的法典由哲学家普罗塔戈拉(Protagoras)制定,他来自爱琴海北边的阿布德拉城(Abdère)。

我们可以发现,雅典资助下的图里伊有着一个特别的意图,就是建立一个地中海的希腊。但斯巴达人对此是拒绝的,他们从中看到的是雅典在借此彰显自己的势力,而且雅典的势力在当时已经显得很令人担忧。不到15年就发生了伯罗奔尼撒战争,这场战争标志着斯巴达人对雅典这股过于强大的势力的反应。另一种殖民形式恰恰与雅典势力的过盛相关:即被称为"克勒鲁基"(Clérouquies)的殖民方式。这种殖民方式出现在公元前506年。其基本原则就是:为了保证不受躁动的邻国的侵扰——注意是一个希腊邻国——雅典征服该国,没收其一部分领土,并把得来的领土作为份额分给雅典人。我们了解的第一个案例是埃维亚岛的哈尔基斯。当雅典帝国遭遇抵抗时,雅典人就常常运用他们在公元前5世纪中叶所用过的这种手段:在克森尼索(Chersonèse)、纳克索斯(Naxos)和利姆诺斯(Lemnos,公元前447年),后来在伊姆罗兹(Imbros),以及暴动后的米蒂利尼岛(公元前425年),都使用过这种殖民方式①。

所以这种手段其实跟殖民的原则没有任何关系,因为它针对的是希腊人,且其基础是没收来的土地。所以与单纯的殖民不同,"克勒鲁基"激起了各种各样的抗议。"反对克勒鲁基"、"停止克勒鲁基",就是在雅典的殖民经验过后公元前4世纪经常听到的口号②。

交代这个背景是很重要的。因为撇开政治和文化上的霸权,我们可以很清楚地看到,通过建立各个小城邦来殖民的这种方式,正是希腊渗透到整个地中海地区的主要原因。

每个殖民者都带来了自己的习惯、产品、传说;所有殖民者都带来了同一种语言和相同的传统,因为如希罗多德所说,他们都属于同一种族,有同样的语言、同样的宗教和同样的习俗(卷八144)。他们在各个地方定居,并在那里建起希腊庙宇。他们引进了希腊的著作。他们与附近的外族人进行贸

---

① 参见修昔底德著作卷三50。其他的克勒鲁基式殖民案例,还可以参见修昔底德著作卷一114(安德罗斯岛)和卷五77(之前的哈尔基斯的例子,希罗多德也曾在其著作卷六100提到过)。

② 这是第二次雅典同盟做出的第一个承诺。关于人们对克勒鲁基的谴责,参见伊索克拉底著作 *panégyrique*,107。

易。我认为,就是因为有了贸易,他们这种点状的定居逐渐向周围不同程度地渗透。现在我们对由此产生的文化交流研究得很仔细,因为希腊人与外族人的影响是双向的。但是希腊文化的渗透是不可否认的。直到今天,人们还可以参观西西里岛上的塞杰斯塔神庙,这是一个非希腊的城邦建的一座希腊庙宇。人们还在希腊城市瑙克拉提斯周围的埃及区域内找到了一些雅典样式的陶罐。

必须说明的是,这些各种各样的殖民队伍,虽然都是希腊人,却来自不同的母邦,分属彼此之间多少有些敌对关系的部落。雅典主要在爱琴海一带殖民,所以那里主要是一些爱奥尼亚城邦。埃维亚岛的城邦哈尔基斯也属于同一群体。相反,来自伯罗奔尼撒半岛的主要是多利安人,他们建立了西西里岛上大部分的殖民地。所以一个城邦与另一个城邦之间很有可能会有冲突,且部落之间的关系会使冲突不断加剧。

公园前 5 世纪就是这样的:航海交流的速度提高了很多①,且在这片插满了希腊标杆的地中海区域内,崛起了一股强大的航海势力,即雅典。

---

① 在公元前 5 世纪,各个地中海国家之间的距离不再显得那么遥远,人们说:从雅典出发,最快可以在几天之内到达小亚细亚或西西里。

☆

为了抵抗波斯,雅典建立了自己的舰队。凭借着这支舰队,雅典取得了萨拉米斯海战的胜利。它也同样靠着这支舰队获得了爱琴海一带的希腊城邦的霸权。然后它又利用霸权强迫盟邦缴纳赋税,用于继续壮大完善这支舰队。

更甚者,雅典充分意识到了这一制海权所代表的权力。修昔底德有两段文字分别在讲贸易史实和军事史实时提到了这一点。

首先是贸易(卷二 38):"因为我们的城邦非常重要,我们可以看到世界各地的各种产品来到了我们这里,且我们国家供应的产品,不仅仅是我们在享用,整个世界都在享用。"

然后是战争:伯里克利先是向雅典人解释斯巴达不可能与雅典抗衡。(在卷一 142.3)他说:"不管他们做什么,都不能阻碍我们在他们的领地内从海上建立防御工事,也不能阻碍我们用我们强大的舰队自我防御。"他得出的结论是,必须要有一个在经得起陆地攻势的同时能够保持海上霸权的战略。之后他又补充道(卷二 62.2):"你们以为你们只能指挥你们的盟邦。但我,我要向你们证明,在你们的活动所涉及的两个元素——陆地和海洋——之中,你们对海洋有着绝对的掌控。你们不仅仅能掌控你们目前所掌控的整个范围,如果你们愿意的话,你们还可以掌控更大的范围。如果你们向海洋投入你们已拥有的力量,那没有任何人能够拦住你们的去路,不管是国王,还是目前任何其他国家的国民,都不可能做得到。"

当时的地中海地区,离变成希腊的甚至是雅典的地中海,已经只有一步之遥了。但最后没有达到那一步。反而是雅典在短短30年间失去了帝国,失去了舰队和霸权。这段经历在修昔底德看来是一段"永久的收获",值得分析。就这一点,我想从我们今天的角度来分析一下。雅典的这段经历让修昔底德最为震惊的地方在于:正是雅典的势力让它在自己周围撒下了担忧和怨恨的种子。为了巩固自己的权力,雅典要保护自己不受已然形成的敌对行为侵害,而随着雅典不断巩固自己的权力,忧虑和怨恨也不断增加。最终,正是雅典对自己的权力的巩固促使反对雅典的联盟的形成。

但是,如果这种解释只是很基本的,最大的意义也只是政治上的教育意义的话,我们还可以就这场战争的进程中希腊对地中海的渗透所带来的影响思考一下。

这种影响从战争的起因开始就已经出现了。

我们看看修昔底德对这场战争的起因是怎么说的。他只记载了两起事件：一个是克基拉岛（Corcyre）事件，一个是波提狄亚（Potidée）事件。这两座城邦都离雅典很远，一个在雅典的西方，一个在东方。

第一起事件正是殖民事件。埃庇达姆诺斯是一个克基拉岛的殖民地，而克基拉岛本身是科林斯的殖民地。一些事故使得埃比达姆诺斯（Epidamne）与其母邦对峙。埃比达姆诺斯向科林斯申诉并取得了科林斯的帮助；而克基拉岛则向雅典求援。我们可以看到：在一个我刚才所定义意义上的希腊地中海区域，哪里都可能发生战火。因为那些强大的城邦到处都有他们的人和他们的利益，以至于这些小小的敌方组织与雅典势力的交汇都能成为可怕的导火线。

另一起事故与前一起有关。马其顿边界的波提狄亚是科林斯的殖民地，也是雅典的盟邦。雅典因为对它不信任而给它下了一些具体的命令。波提狄亚于是向科林斯和斯巴达求援以共同抵抗雅典。雅典和科林斯双方都派出了军队——战争由此引发。

波提狄亚事件还有后续。在事件末尾，战争发生之前，波提狄亚人叛离雅典，哈尔基斯人和波提亚人也跟着叛离。就是这些人后来联合马其顿国王佩尔狄卡斯（Perdiccas）一起影响了那些被斯巴达人布拉西达斯（Brasidas）从雅典手里夺过来的哈尔基斯城邦。这是在卷四的末尾①。他们的叛变引发了后来安菲波利斯战役的失败、修昔底德被责罚,以及休战协议的缔结。

有可能正是因为这些后续故事在修昔底德个人看来非常重要,他才用了那么多的细枝末节来描述这些城邦的来源与移民组成,尽管这并不涉及殖民者的敌对关系(布拉西达斯先是讨伐了安德罗斯岛的殖民地,而安菲波利斯是雅典的殖民地)②。很显然,一切都是从此类事件开始的,事件无限地扩大,雅典撒下的忧虑的种子在这样的环境中得以滋长。

后来,在一段和平的时期过后,雅典出征西西里,战争重新爆发。

无可置疑,如修昔底德所言,此次出征正是雅典的野心的征兆。但与此同时,是谁鼓动了这种野心也是值得研究的。修昔底德提到了一个塞杰斯塔(Ségeste,非希腊城邦)的使团曾向雅典寻求援助。但为什么要求援呢? 因为塞杰斯塔和塞利农特因一些小事发生纷争,而塞利农特获得了锡拉库扎的援助。为什么锡拉库扎要援助它呢? 因为这两个城邦都是由来

---

① 在卷四 7 已经可以看到他们的参与。至于他们的作用,参见卷四 103.7。

② A. Z. Gomme 在他的评注中指出,修昔底德在卷四 109.3 中明确说明"sanè 是安德罗斯岛的殖民地",而希罗多德在描述这个半岛时只说"sanè 是一个希腊城邦"。

自伯罗奔尼撒半岛的多利安人建立的,而多利安人和爱奥尼亚人总是互相嫉妒、互相戒备。所以这里也一样,是殖民者之间的敌对关系让他们不断求援,又一次引发了战争。但是与此同时,这里也有一个更古老的动机,比殖民者和民族之间的敌对关系更加直接。在大希腊中有三个城邦是由哈尔基斯人建立的,所以这些城邦是爱奥尼亚城邦,即纳克索斯、伦蒂尼(Leontinoi)和雷基乌姆(Rhégium)。而锡拉库扎和西西里岛上除了卡马里那(Camarine)之外所有的多利安城邦都在战争中对抗伦蒂尼人,而伦蒂尼人是雅典的盟友。伦蒂尼人不久后便被驱逐出了家园(卷五 4.3),他们想重建城邦,而雅典人自然要援助他们。雅典人出征西西里岛时,总是惦记着伦蒂尼的事情。塞杰斯塔史团到雅典时,伦蒂尼人也与他们一起(卷六 19.1)。雅典人总是说到他们(6.2;8.2;33.2;47;48;50.4;63.3 等)。这里也一样,是殖民化过程中的民族敌对关系引发了战争。

  这也是为什么修昔底德在叙述此次出征时,首先详细描述了西西里岛的殖民组成,指明了每一个殖民地的来源①。

---

 ① 就像在每一段修昔底德附加插入的叙述中那样,表现出了他想要说清楚那些不被了解的史实的欲望。而且,他想要表现出西西里岛的重要性,他在引言中就已经明确说了这一点。但是这一段叙述比较特别:参见 2.1 出现的 ethnè 这个词。我们还会看到在这一章的演说中有关于种族的讨论,而锡拉库扎人在对话中的角色就是要降低种族问题的影响。

刚才我描述的这个局势可以很大程度上解释这场战争的开端,同样也可以解释这场战争的进程。

事实上,这场战争就像之前的事件那样,在各地发生。所以修昔底德描述它有点困难,因为战场有许多个。于是他决定根据年份、季节来分配章节,在每个章节中,来回讲每个正在发生的事件的进程,当他可以的时候他就建立同时发生的事件之间更直接的联系。这种写法很冒险,但是这场战争的地中海维度迫使他只能这样写。

战斗越来越分散,矛盾越来越加剧。普拉提亚、克基拉岛、米蒂利尼,以及西西里岛、希俄斯,到处都在发生战争。在公元前411年,甚至出现了两个雅典,因为雅典城发生政变,暂时地陷入了寡头政治,而远在希俄斯的雅典军队拒不承认寡头政府。最后,在色雷斯的克森尼索(Chersonèse),雅典于伊哥斯波塔米(Aegos Potamoi)战役中投降。战争最后的结果令人震惊:雅典输了两次,一次在锡拉库扎,一次在北方。

结论很清楚:刚才我讲到的殖民背景虽然很笼统,但是它造成的不是一个地中海维度的希腊,而是一场地中海维度的战争。这一切就在修昔底德的预料之内,他在史书中表示他从一开始就预料到了这场战争的重大,他是这样写的:"可以说,这场战争触及了人性的绝大部分。"

战争的后果也很快显现出来:雅典的衰败促成了迦太基

势力的崛起。在世纪之初,希腊还获得了两次胜利:身处希腊的希腊人在萨拉米斯海战战胜了波斯;阿格里真托的希腊国王盖洛尼(Gélon)在希马拉(Himère)战役战胜了迦太基。而到了世纪末,当斯巴达人让波斯人帮助自己对付雅典时(波斯人从此就希腊事宜又有话可说了),迦太基人于公元前409至前406年间踏上了西西里岛,摧毁了塞利农特、希马拉和阿格里真托。地中海维度中的希腊人之间的战争发生在地理位置的两个极端,而非希腊人的那些看客,则随时准备渔翁得利。在斯巴达霸权和随后的底比斯霸权不久后,一阵狂风把希腊打得再也无法复原:马其顿攻克了希腊诸城邦,而马其顿的野心并不是朝向地中海的方向。

但是,雅典乃至希腊在政治上的失败只是一面,希腊的殖民活动以及随之增长的雅典势力,足以激发我们所能想得到的最伟大的文化飞跃。这一次飞跃以雅典为中心,但也有所有地中海一带的重要希腊城邦的参与。

来到雅典的思想家和诗人主要来自两个地方,一个是小亚细亚半岛——那是一切开始的地方,另一个是西西里岛。也有一些人是从别的地方来的:例如普罗塔戈拉来自北边的阿布德拉城。其他一些人来自诸岛(例如悲剧诗人希俄斯的伊翁)或意大利(毕达哥拉斯学派就是在意大利发展的)。各种各样的创新者都来到过雅典,他们中有的人在此定居,而所有人都不止一次地回到这里,在此讲学,将他们的发现公诸于世。在历史学的领域有来自小亚细亚的希罗多德,他曾来到雅典生活过一段时间,接受了雅典盛行的政治讨论的影响,并在此建立了历史学的概念。在修辞学领域,我们知道诡辩派学者、到处巡游传授说话和辩论技艺的大师们对于修辞学的作用。修辞学最初是在西西里岛由科拉克斯(Corax)和提西亚斯(Tisias)创立的,哲学家高尔吉亚出使雅典并留在了那里,雅典人正是从他那里学到了雄辩术。地中海另一端的小亚细亚的代表人物则有来自卡尔西顿(Chalcédoine)的忒拉叙马霍斯。还有我们刚才说过普罗塔戈拉来自阿布德拉。这整个世界聚集到雅典来,在雅典讨论、传授、创造各种学说。而在严格意义上的哲学(不同于常常讨论哲学问题的诡辩派)的领域,则有来自小亚细亚并定居雅典的阿那克萨戈拉(Anaxagore)。别忘了在西西里岛哲学也很活跃,例如恩培多克勒(Empédocle)就来自阿格里真托。甚至在悲剧的领域,雅典的风格也时常被别的地方的作家采纳:希俄斯的伊翁就是很好的例子,还有西锡安的尼欧福伦(Néophron)。雅典是地中海一带的希腊知识分子聚集的地方。各种各样的人来到雅典,也带来了他们的思想。是他们之间的交流在此促进了一切的文化进步。希波克拉底医学就是这样在雅典发扬光大的。

而雅典人也会向外走。悲剧作家的经历就是很好的例子:埃斯库罗斯曾两次去西西里岛旅行,最后是在那里去世的;索福克勒斯曾去过希俄斯,并在那里受到了热情的款待。而欧里庇得斯则隐居马其顿,他的人生和他的作品都是在那里完结的。柏拉图的旅行也同样著名,他去过埃及、昔兰尼和塔兰托,还去过三次西西里岛。

总的来说,雅典的飞跃很大程度是因为它的这种开放,这也是雅典的鼎盛时期。

修昔底德为这座城邦的经济聚集中心的地位自豪,而除了是经济的聚集中心外,雅典更是文化、学术和艺术的聚集中心。这里每个人都能从其他人身上获益。所以,这也让雅典成为修昔底德所说的活着的课堂。

之所以强调这一点,是因为我认为雅典的文化浓缩在很大程度上也是持续了几个世纪的希腊文化之灿烂的原因。而且,也因为这种灿烂并没有继续下去,当雅典遭遇重重困难,并经历了战败,艺术家们开始离开雅典,连那些雅典的艺术家们也远走他乡,去到能够继续享受耀眼的成就和富足的生活的地方。

要评价这种转变,我们也可以回头看一看。在过去,希腊文化也曾有过雅典之外的其他中心。最初是在小亚细亚,然后是在诸岛。即使是在公元前5世纪初,在雅典的大飞跃之前,西西里岛也曾是一个无与伦比的文化焦点,吸引了许多希腊本土人和雅典人。我们知道,品达就曾著颂歌赞颂阿格里真托的特伦(Théron)和锡拉库扎的希伦(Hiéron)所获得的胜利。埃斯库罗斯也曾到过希伦那里。据说他的剧作《波斯人》的第二次演出就是在那里,他还创作了《埃特纳人》来庆祝埃特纳的建立。而且他最后是在西西里岛的杰拉去世的。

但如果我们转到这个世纪的另一头看看,会看到什么呢?我们会看到,虽然三大悲剧作家中的第一位(埃斯库罗斯)也离开雅典去了西西里岛的希腊城邦,但最后一位(欧里庇得斯)在他生命的最后时光是去了马其顿国王阿基劳斯(Archélaos)的宫廷,最后在那里去世。他去世那年是公元前406年,就在雅典最后战败不久前。就像埃斯库罗斯曾写了一部剧来向希伦致敬,欧里庇得斯也写了《阿基劳斯》,以表示对这位马其顿国王的敬意。而且,去到阿基劳斯的宫廷的不止他一个,还有悲剧作家阿伽颂(Agathon)、酒歌作家提摩太(Timothée)。修昔底德显然很了解阿基劳斯其为人和功绩。阿基劳斯在雅典其实十分有名,被看作君主的活的代表。修昔底德就赞颂过他(卷二 30),但苏格拉底拒绝投奔他,而柏拉图则在《高尔吉亚》中用他作为僭主政治的所有弊端的案例。此外,安提西尼(Antisthène)写了一篇名为《阿基劳斯或君主制》(*Archélaos ou de la royauté*)的论文。在最民主的城邦衰落之后,一位蛮族外邦边缘的专制君主试图成为希腊文化的中心。

阿基劳斯于公元前399年去世。不久后另一位僭主继续招揽学者:我们知道柏拉图本人去过叙拉古,大狄奥尼修(Denys l'Ancien)与其继任者小狄奥尼修(Denys le Jeune)的宫廷。但在地中海区域内雅典的真正继承者是一个全新的希腊城邦:亚历山大港。亚历山大港建于公元前337年,后来成为托勒密王朝的驻地,一个围绕着图书馆和博物馆形成的学术中心。当时所有的作家都奔赴那里:来自昔兰尼的卡利马科斯(Callimaque),来自罗德岛的阿波罗尼奥斯,来自西西里岛的忒奥克里托斯(Théocrite),出生于奇里乞亚(Cilicie)的阿拉托斯(Aratos)等:其文化浓缩程度,可以与一个世纪前雅典的光辉典范相媲美。

从这些史实中,我们可以得出一个很概括的结论,一个可悲的确实的结论:在雅典大势已去之后,文化也跟着迁移了,而且是很快地迁移了。甚至可以说,连生活方式和文化传播方式都跟着雅典势力一并而去。

但也可以从中得出另一个结论。5世纪的经验向我们证明了,希腊文化实际上是围绕着地中海的一个整体文化,其生命力来源于交流和旅行。还有一点跟政治的历史相比较的话会更显得突出,即希腊的文化是很容易被修复的,并不是因为它有很多个文化中心,而是因为它的文化中心是可更替的。它的这种灵活性可以被所有的民族群体——包括欧洲——作为典范。

古希腊文化之灿烂,很大程度上要归功于雅典在近一个世纪间的文化聚集。但它之所以能够持续,是因为雅典的衰落绝非希腊的衰落。最有活力的统一,并不一定需要政治上的融合,甚至不需要武力和势力。我知道罗马曾完成了这种统一。但是希腊城邦在罗马的统治下仍然保持了自己的个性,而且罗马人还学了希腊语。希腊文化的这种持久,不仅体现在当地的建筑和风俗上,也体现在艺术作品和思想上。地中海区域内几乎处处都保有某种形式的古希腊文化印迹。最早的"殖民者",怀着令人赞叹的创业精神,把古希腊文化的印迹洒遍四方。

III

希腊与我们

13

泛希腊主义与欧洲的统一[*]

现在的希腊在我们看来是一个如此完整、生机勃勃的国家,所以在现在的希腊讨论这个话题,我是有所犹豫的。但是,从历史经验的角度看,泛希腊主义过去遭遇了失败。我的意思是说,希腊并没有能够及时完成统一以保存其独立性。而是在踏过整个希腊世界的马其顿霸权的压制下,尤其是在后来罗马帝国的监管下,希腊各城邦与其他国家一同被统治,因为与其他国家有所区别,各城邦才形成了一个完整的希腊。"泛希腊"这个词,直到哈德良大帝时期才出现并被应用于一个政体。我一开篇就提到这一点,可能会让欧洲人有一点气馁的感觉。而且希腊人还具备了完成统一的所有

---

[*] 1964 年 5 月 13 日在于雅典举行的第六届欧洲文化基金大会上所作的讲座。此文的德语译文也于 1965 年 1 月 23 日发表于 *stuttgarter zeitung*。

条件,所有欧洲所不具备的条件。这会让气馁的感觉更加强烈。希罗多德告诉我们,在希波战争时期,希腊人就已经明白了完成统一所需要的条件:他们有种族的统一、语言的统一①、宗教的统一,以及习俗的统一(卷八 144)。而且他们在这些方面不但是统一的,还可能是排外的。这一点在宗教上尤其突出②:从他们的节庆就可以看出,到了公共的节庆,各个公共神殿会举行竞技,整个希腊世界都会宣布休战③。而这些节庆,这些竞技,外族是不允许参加的④。因此,从很多方面看,希腊人从很久以前就已经作为一个统一的民族一致对外了。而且,有一些决定性的事件使他们产生并表现出想要统一的情感:大流士和之后薛西斯对希腊发起的进攻,激起了希腊人相互之间的谅解,大部分城邦因此联合起来。希

---

① 希腊曾经有不同的方言,但是从公元前 4 世纪开始,方言之间的差别逐渐消除,并形成了通用语。对于欧洲而言,即使目前已创立的机构确定了 4 种官方语言(欧洲议会也是这 4 个语种:法语、英语、德语和荷兰语),但实际上却有 13 门主要语言(1964 年的笔记)。

② 此外还可以参见 *Lysistrata*,1128—1134。柏拉图所指出的统一的条件(*Lois*,708c),跟希罗多德所列出的相符。

③ 即使在公元前 412 年伯罗奔尼撒战争期间,人们还是遵守了伊斯特米亚竞技会的休战(修昔底德,卷八 9—10)。还可以对比公元前 4 世纪初由厄利斯人提出的"在希腊人与希腊人对战时"不要向神请示的习俗。

④ 参见希罗多德,卷五 22。这些节庆的意义到了伊索克拉底所在的泛希腊时期也没有被遗忘。参见 panég.,43。节庆的作用直到科林斯同盟被创立、后来德米特里重建科林斯同盟(公元前 302 年),以及弗拉米尼乌斯宣布希腊独立时(公元前 195 年)都一直存在。

腊团结的情感也因这些壮烈的战争经历而更加强烈。但尽管如此,尽管希腊人为了美好的统一进行了各种努力、各种商议、各种尝试,在接连两位征服者的权威下,希腊各城邦还是分崩离析了。从他们所遵循的方针和他们所面对的困难中,我们可以得出正反两面的教训,这在我们今天所处的历史形势上看来是尤其值得关注的。所以我今天想讲的主要就是他们的经历,但是是参照着欧洲,参考着修昔底德在史书中陈述的规律来讲。如修昔底德所言:"如果我们想从过往的事件和后来的事情中看出它们因相同的人性特点而表现出的相似性的话,这些事件就被我们认为是有用的,而且这样就已足够。"

因希波战争而形成的同盟本来是可以持续下去的。在胜利之后,希腊人形成了以雅典为首的同盟(斯巴达没有参与,但对此也没有异议)。他们战争的冲动还没有消退,结盟的目的是为了彻底打败波斯并实施报复。一切都表现得很理想。尽管必须打击一些叛变的希腊人,同盟的主要矛头还是指向波斯。而且许多领袖——如阿里斯提德(Aristide)和客蒙(Cimons)[①]——都表现得非常关心希腊人的利益。雅典同盟

[①] 关于客蒙提出的"泛希腊主义",参见普鲁塔克《伯里克利传》,16、18。

建立之初就是一种尝试,尝试把因希波战争而产生的泛希腊团结成一个稳定的组织。

但是,泛希腊的团结并没有持续下来。在与波斯王的和平协议被缔结,来自波斯的危险消退之后,事情就变得复杂起来。伯里克利感到了危险的来临。他似乎就是在这个时候提出了被我们称作"表面泛希腊主义"的主张:雅典人试图邀请所有希腊人加入一个议会,联合他们派出殖民队伍[①]。但事实上这些尝试都是失败的,因为它们都更注重保证雅典的优越性,而不是所有希腊人的利益。而且有一点是我们不能忽视的:当时既定的形势几乎只能这样发展。

公元前5世纪的历史,其实就是雅典霸权的历史。雅典在面临危险的时候能够放弃自己的野心而关心整个希腊的公共利益[②],但一旦危险过去,雅典又做出了相反的决定。而随着局势这样发展,雅典也逐渐没有什么选择了。盟邦习惯了只在财政上参加联盟,盟邦势力和雅典势力的不均等也日益显著。在惩处了最早叛变的城邦、了结了与斯巴达的纠纷之后,雅典就要小心谨慎地用武力维持他的权威,尽管它之前获得这种权威是所有城邦都承认的。雅典于是不断地变强大,

---

① 某些史学家认为将埃莱夫西斯作为所有城邦的宗教中心的决定是在这个时期做出的,但是有关的法令似乎出现在更晚的时期。

② 希罗多德,卷八 3。

不断地增加监督和压制的手段、把同盟的财产转移到自己名下、任意地使用同盟的财产,有时甚至将同盟的财产为己所用。当我们登上雅典卫城的时候,我们会赞叹雅典的霸主地位。但是这个为了保护雅典人而创立的同盟组织在不久之后就开始与雅典为敌了。

其结果,我们知道,就是伯罗奔尼撒战争——一场两个希腊城邦之间、两个希腊同盟之间的战争。在这场战争中,双方都毫不犹豫地向波斯求援。总之,雅典激起了那么多的不满,以至于整个希腊世界的同盟——那个雅典曾自以为由自己所主宰的同盟①——差点就反过来颠覆了雅典②。

"古希腊"这个美好的词于是成了一场战争的定语,希腊人与希腊人之间的关系变成了宗主权关系或敌对关系。伯里克利曾赞叹"没有任何一个希腊民族曾在希腊拥有过如此伟大的霸权"③。在雅典,人们经常谈到的敌人并不是"天敌"外族,而是"不可避免地成为敌人的"从属城邦④。

---

① 关于雅典被揭露的野心,参见修昔底德,卷六 18.4 和 90.3。
② 参见卷一 68:自战争之初就有人认为雅典"侵犯希腊的权利"。还可参见卷二 8.4;卷三 63.3;卷四 85.1,108.2,121.1。
③ 卷二 64.3,这里很含蓄地讲到:我们统治着所有希腊城邦中最多的希腊人。
④ 可对比《客蒙传》,18;天然的敌人,以及修昔底德,卷三 40.3:自然和必然的敌人。

尽管雅典从来都没有要兼并其他城邦的意思①,但雅典霸权下的希腊还是彻底失败了。其他的霸权提议也都因为同样原因而失败,例如拿破仑的欧洲,例如希特勒的"新欧洲"②。

但这是否意味着雅典的经验对于实现泛希腊主义没有任何益处呢?当然不是。因为雅典对帝国中各城邦所实施的措施在各个领域都实现了许多统一,这些统一还是很有必要的,尤其是在经济领域。其中很重要的一点就是,各城邦从此使用雅典的度量衡,不久后又使用雅典的货币:古雅典的四德拉克马银币,类似的样式几乎成为整个爱琴海地区的货币③。多亏了这些举措,国际贸易变得便利:雅典还与其他城邦缔结了贸易契约,让雅典成了市场的中心;雅典则保障海上贸易的安全。再加上在具有一定重要性的诉讼案件中采用的司法统一,这些举措虽然等同于用威逼来实现侵占,却标志着通往统一道路上的进步——即使并不是所有希腊人都这样认为,至少对于海上民族来说是进步的,因为贸易在他们的城邦非常

---

① 这事实上是古希腊和当代欧洲的共同点之一:因为城邦即国家这种政治结构的存在,希腊从来就没有考虑过自愿的联合。

② 当然了,这唯一的共同点并不会让雅典帝国与其他这两种企图有任何相似之处。

③ 公元前435年颁布了在所有盟邦强制使用雅典货币的法令;而且在战争期间,个人被要求带他们的货币来兑换。

重要。某种意义上,雅典帝国就是一种非自愿性的共同市场。但是,更进一步说,雅典的经验主要是在反作用、在反差上有益于泛希腊主义。

逐渐地,到了战争末期,许多人开始后悔并反叛。当然还有人希望雅典和斯巴达和解。但即使真的有希望双方和解的想法,他们所提出的理由也主要是创建一个有两个霸主的帝国,而不是真的关心整个希腊①。但是,因为波斯对这场战争的干涉不断升级,希腊人中发生了一阵阵的反叛,并出现了拥护泛希腊主义的情绪。阿里斯托芬的一部戏剧为此提供了确凿的证据:"你们的敌人,那些外族人,已经在那武装好了,而你们却在杀死希腊人并摧毁他们的城邦!"他笔下的人物这样呐喊道(《吕西斯特拉特》,1133—1134)②。《在奥利斯的伊菲革涅亚》中,伊菲革涅亚也是为了一个可称之为泛希腊主义的理由而自我牺牲。对当时局势的愤慨重新点燃了原本已经被熄灭的情感,并为公元前4世纪初的伟大复苏做好了准备。

---

① 参见修昔底德,卷四 20.4:其他势力较弱的希腊城邦将对我们极尽尊崇;阿里斯托芬,*Paix*,1082;此外,公元前371年,色诺芬也讲到了这种二元论,见其著作 *Helleniques*,卷六 3。

② 参见 Meredith-Hugillm, *panhellenism in Aristophanes* (Chicago, University of Chicago Press, 1936)。这篇文章似乎也是对我们这个观点的支持。

但是,更确切地说,雅典的经验应该能够让希腊人得到一些政治秩序上的教训。而且对我们有用的正是这些教训,因为在这方面与在其他方面一样,希腊逐渐地制定、修改、发现了一些大的原则,这些原则如今在淹没在一个更错综复杂的现实中,我们已经看不太清楚了。

通过修昔底德的分析,雅典的经验教训被传递给了公元前4世纪的思想家们。

修昔底德自己从来都没有过一点泛希腊主义的情绪。他从来都没有考虑过希腊人和外族人之间的深刻矛盾。关于伯里克利所代表的这种耀眼的帝国主义,他也从来没有表现出任何的保留态度。尽管如此,他的智慧还是全面地分析出了帝国主义的风险。公元前4世纪的泛希腊主义者唯一关注的事情,似乎就是用恰当的手段来回应修昔底德所作出的诊断。

雅典是逐渐被引上一条战争的不归路并最终溃败的,因为最初雅典是无意识地、和缓地顺势而为,总之最初是以一种很人性的方式获得了霸权,但后来必须用武力来维持霸权,它的霸权也变得越来越不被接受。雅典的政治从此也只能是对抗来自同盟内外的敌意。修昔底德是第一个理解这个过程的人。他的分析也比较大胆简练,生动地突出了这种思想。

战争之所以爆发,是因为雅典的壮大,迫使斯巴达出手干预①。舆论之所以反对雅典,也是因为雅典的壮大:因为有的城邦归顺于雅典,有的城邦则受到雅典的威胁②。雅典帝国是一个僭主政治城邦,随时都可能发生暴动(在米蒂利尼就是这样)。同样,这些暴动通常也是策划好的,是有组织的抵抗。在西西里岛,雅典打了败仗,之后许多城邦变节(直到这个悲惨的时期,雅典都还徒劳地想要改变诸城邦的体制以挽留他们)。修昔底德的整部史书展示了这种建立在武力上的政治逐渐溃败的过程,这种制度因为失去了所有人的同情,使其实施者的处境一天比一天更困难、更不稳定。

公元前4世纪的希腊人怀揣实现泛希腊和谐的理想,不应忘记之前的教训③。伊索克拉底在其《泛希腊集会演说辞》(*Panégyrique*)中也不忘再三提醒避免使盟主权转变为帝国霸

---

① 卷一23.6;参见88,118.2;还可对比卷一122.2中科林斯人所用之论据。

② 在卷一68.1中,科林斯人说:"你们可以看得出,一些人被奴役,另一些人则被玩弄于股掌";然后在卷一123.1中,他们又说:"所有其他希腊城邦都会与你们并肩作战,他们之中一些是出于畏惧,另一些则是为利益所驱";还有在卷一124.3中:"(雅典)已经统治了一些城邦,并打算统治其他城邦。"修昔底德自己则在卷二8.5说道:"大多数的城邦对雅典是如此愤恨,其中一些是因为他们想要逃离雅典的统治,另一些则是因为害怕被雅典降服";还可参见卷六18.3和卷七56.2。

③ 参见雅克利娜·德·罗米伊, *Eunoia in Isocrates*, *or the political importance of creating good-will*, *Journal of Hellenic Sudies*, 78(1958), p.92—101。

权。《泛希腊集会演说辞》发表两年后,规定盟邦在第二次雅典同盟中权利的条款被订立。事实上,这些条款的修订者很可能对伊索克拉底并不陌生。在条款中,贡品被捐税取代,雅典承诺不再以任何形式干预诸城邦事务,不再派出驻军和总督。可是雅典未能遵守这些条款,又再一次与前盟邦为敌,所以伊索克拉底在25年后所著的《论和平》(*Sur la Paix*)中表现出的是愤怒和失望。他在文中用最严厉的措辞谴责僭主政治,把僭主政治形容为一种疾病,不仅会侵害被暴政压制的人,也会侵害暴政实施者本身。但是即使在当时的情景下,他仍然不放弃给出他的建议,重提希腊诸城邦实现彼此和睦的大原则。他说,不管谁做希腊人的领袖,都应该"把盟邦当成真正的朋友……不再把他们当成奴隶来统治,而是当成盟友来统领"[①]。

这些大原则,源自修昔底德对历史经验的描述,也因为修昔底德的严密分析而变得更加清晰,这些大原则证明了从此人们对问题有了更清醒的意识。人们知道了:只有建立在对彼此自主权的尊重上的自愿性协约才是众望所归[②]。可以这

---

① 《论和平》,134。
② 在修昔底德的政治分析中还可以看到其他的更详细的原则。G. Ténékidès 在 *La notion juridique d'indépendance et la tradition hellénique* 页157 中也谈到了修昔底德著作中体现出的类似现代的集体安全概念的道德规范(见卷一69.1;卷六80.2)。

么说:史上第一条国际调解的法则就这样被希腊人创造。所有同盟的大原则——也是适用于欧洲的原则——是从一位雅典人所评述的雅典经验中得出的。

公元前 4 世纪,统一大业重新开始,统一的机会剧增。且这一次,从世纪初就涌现了真正想要统一的冲动和深层愿望。伯罗奔尼撒战争的结束和这场战争带来的惨痛所激起的反应可与 1945 年比拟。

年迈的高尔吉亚和年轻的吕西亚斯是最早在奥林匹亚通过演说呼吁希腊团结的人①。因为希腊人需要一起对抗外族和僭主,为此他们必须彼此友好。而在奥林匹亚的集会应该是一个发展这种友好关系的机会②,正是这种友好关系在过去奠定了公共自由③。同样在这几年间,伊索克拉底在雅典办了一所修辞学校。他从最初几次的授课宣言就开始顺带着宣扬希腊人的团结,他认为美丽的海伦就是希腊人彼此协和的最早的机会,他的一生都在宣扬希腊协和。事实上,这三

---

① 可能发生在公元前 388 及前 384 年。吕西亚斯的演说的真实性曾受到质疑,但也没有具体的质疑的理由。
② 参见吕西亚斯,《奥林匹亚演说》,2;伊索克拉底,《泛希腊集会演说辞》,43。
③ 吕西亚斯,《奥林匹亚演说》,6。

位从公元前404到前338年间生活在雅典的伟大政治思想家,尽管方向和学识类型并不一样,但都以各自的方式把"希腊人"归为一个整体,他们的思想都基本上围绕着希腊人的统一和希腊人的利益。

可以说,一种新的意识诞生了。到了柏拉图,他甚至想要剔除现实来创造一个理想的世界,他认为希腊人之间的战争比其他战争更令人厌恶。他说,这甚至不是一场战争,因为希腊人之间天然就是朋友。这只是内部的矛盾,是内战。"希腊人,他们不应该破坏希腊,不应该烧毁房屋,不应该把一个国家内的所有居民当成敌人来看待……";相反,他们应该用"希腊人目前对待彼此的方式"来对待外族①。

但是这种想法,在一个更能够直接付诸行动的人身上,会表现得更有建设性。

对希腊统一最热忱、最坚信、最坚持的人当然就是伊索克拉底。最初,伊索克拉底希望雅典的盟主权——为斯巴达所承认并赞同的盟主权——能够带领希腊人对抗外族;之后,出现了许多困难,他就把希望寄托在几位王子身上;最后,他把信任给了马其顿的腓力二世。但是,他从来没有放弃团结希腊人以共同对抗外族的想法。这两个概念在他看来是互为补

---

① 《王制》,V.470c—471c。

充的:"如果我们不把对抗外族的战争当成共同的战争,就不可能有真正的和平;只有在我们的利益取自同样的资源、我们不再受到同样的敌人的威胁之后,希腊人之间的和谐才可能实现。"①这是一种具体明确的学说。伊索克拉底用了他的一生来捍卫这种学说,他固执地尝试复兴曾经的伟大团结,再次发动希波战争。

与此同时,德摩斯梯尼(Démosthèse)则是遵循着一种完全不同的政治方针。他也主张与伊索克拉底类似的泛希腊理念,但他对伊索克拉底所信任的腓力二世持担忧的态度,所以他用这种理念倡导的是一个没有腓力二世的希腊,在它看来躁动的马其顿的这位国王就像是又一位薛西斯。但是他也同样追忆希波战争,也同样充满希望地怀念雅典在马拉松战役和萨拉米斯海战中的重要作用。同样地,他也希望他的城邦重新担起这个光荣的任务,为希腊的利益服务。当然了,他最关心的还是雅典。但是,在他看来,保卫希腊人就是雅典的荣誉。"他完全明白,"他是这么说腓力二世的,"你们的城邦和就是你们的城邦,你们的情感就是你们情感,任何的承诺或恩惠都不可能让你们为了个人的利益把任何希腊人交给他"(《反腓力辞》[*Philippique*],II,8);"你们是集体中的个人,你们不会为了任

---

① 《泛希腊集会演说辞》,173;《致腓力》,83—88。

何好处而牺牲掉希腊人的公共权利;任何恩惠、任何利益都不会使你们放弃对希腊人的忠诚"(10);"若是为了自己的安逸而牺牲了所有其他希腊人的自由,这在宙斯和诸神看来会是多么羞耻的事情,这么卑鄙的事情与你们、与共和政体的威严、与你们祖先的丰功伟绩是多么不相配"。雅典的野心就这样变成了忠心;雅典所追求的从权力变成了荣誉。因为,跟伊索克拉底一样,德摩斯梯尼真正的政治目的也是重演希波战争。

对泛希腊主义的这两种不同的解释可能都是最后希腊失败的原因之一。主要以军事为目的的协定,只有在大家对要击退的敌人有统一的意见时才可能达成。而这里的教训也有可能在某种意义上适用于欧洲:欧洲各国想要与两大强国建立的关系在各国看来肯定是不一样的:因为必须做出选择,必定会使欧洲的联盟失去某些方面的支持。此外,在每个国家中,因为对政治局势有着不同的解释,所以对于什么事情优先的问题都会一直有一些摇摆[①]。

然而,除了政治方向的基本问题之外,希腊人很显然是越来越倾向于联合起来共同行动。有许多证据都可以证明他们的这个愿望是真切的。而且公元前4世纪的历史现在摆在我

---

① 例如在英格兰就一直争论应该把欧洲政治统一放在优先地位,还是把与美国的协议放在优先地位。(但需要注意的是,这篇文章写于1964年,这里的各种案例只在当时有意义。)

们眼前就是一系列的协议与合约,这些协约的愿望美好、数目繁多,在各方面都不亚于欧洲自1948年以来缔结的协约。

但是说实话:他们为了建立一个略小一些的统一体而签订的这些协议和合约,最后几乎都变成了压迫和纷争的工具。

这些合约来源于希腊从它古老的宗教生活中继承而来的国际组织:德尔斐近邻同盟,这个组织的主要机构的名称本身就包含了"希腊人的共同集会"的含义。这实际上就是一个共同组织的雏形①,而腓力二世为了在这个组织中占一席之地是废了好大力。但我们知道,许多战争就从这些集会中产生,尤其是那场让腓力二世打到伊拉提亚去的战争。事实上,在这里,正是想要使希腊人联合的企图最终害了希腊人,使得希腊人受制于一位太过强大的担保人。

然而这样的机构还在不停增加。公元前376年在雅典领导下建立的第二次雅典同盟,就是根据伊索克拉底的思想来构建的。但因为雅典对盟邦的侵蚀和盟邦的消极意志,这个同盟没多久就偏离了它的职能并走向失败。而公元前338年在腓力二世领导下建立的科林斯同盟也是同样的纲领②。这

---

① 德尔斐神庙的章程在某些方面与某些人对拉萨尔(la Sarre)省提出的章程有些类似。
② 这个纲领中有新增的一点,即禁止修改当前的政治体制。这是对各城邦自由的一种限制,但是这也是防止不妥当的干预的一种措施。

个同盟更加庞大(这会让我们联想到欧共体从六国、七国,到十五国、十七国的扩大!)。而这个希腊共同体(它的名称就是这个意思)以更快的速度、更鲜明的方式重演了一方的侵蚀和另一方的反抗(而且后者的反抗使得失败来得更快)。

在此期间,也签订了一些"公共和平"的协议——这也是公元前4世纪的一个新特点。在面对强大的国王时与国王协商,后来面对腓力二世就与腓力二世协商,通过这些协议把希腊归为一个整体①。整个希腊联合起来对付一位强大的对话者,这就有点像欧共体是被创立来联合接受美国援助一样。与之前的和平时期不一样,这种公共和平是一次一次地签订的:分别签订于公元前386年、前375年、前371年、前362年,还有前346和前336年。签订的次数这么多,恰恰证明了它的失败。最后一次签订就是认可了希腊归顺。

事实上,只有那些非泛希腊主义的联盟才得以存续:即那些局部的、地方的、狭隘的同盟。从公元前4世纪到前2世纪,其实有许多希腊人都跨越了城邦的局限建立了公共组织。这里建立起来的都是一些真正的共同体,其成员享有同样的公民权,其组织有着稳定的制度。

---

① 这些"和平协议"的理念与后来的 pax romana[罗马和平]很相似。参见 A. Momigliano, *R.F.I.C.*, 1934, p.514。

例如古老的维奥蒂亚同盟:其组织就很明智,包含了一个行政机构和一个公共议会。公元前5世纪末和整个公元前4世纪期间,出现了色萨利同盟、凯阿岛同盟、哈尔基斯同盟、阿卡迪亚同盟、西西里岛希腊城邦同盟、埃维亚岛同盟、克里特岛同盟,以及最后的两个大同盟:埃托利亚同盟和亚该亚同盟。特内基德斯(G. Ténékidès)先生是最了解这些问题的人,他有两本关于古希腊的这些同盟的专著①,分析了这些同盟的构成的变化,展示了同盟的重要性。联邦制(bundessaat)、邦联制(Staatenbund),城邦间的联盟或是围绕着一个城邦的联盟,希腊人几乎全都尝试过。当人们对君主制无能为力的感觉增加,就会促进联盟的扩大,我们可以看看古希腊时期的这些同盟是如何进步的②。这些同盟中有许多是很成功的。但是这些成功的同盟完全不是泛希腊同盟,甚至一点泛希腊主义的精神都没有。这些同盟仅仅是把一些有直接的共同利害的城邦组合起来③,同盟成员(因为历史或地理的原因)各

---

① *la notion juridique d'indépendance et la tradition hellénique : autonomie et déféralisme aux Ve et IVe siècles avant J. C.* (1954); *Droit international et communautés fédérales*(1956)[本文发表之前,特内基德斯先生尚在世]。

② 简要的过程可参考 Tarn-Griffith 的著作 *Hellenistic civilization*, 1952, p.66—79

③ 有可能原本构成城邦的经济统一性还没有真正过时,不利于产生新的经济。

自也没有什么很发达的政治生活①。新的共同体也只是地方共同体,并不是整个希腊,正如比荷卢经济联盟并不是欧洲。而且,建立这种联盟所付出的努力也比建立比荷卢经济联盟要少得多,效率要低得多。

所以,当罗马大军到来时,他们所面对的希腊跟之前马其顿大军所面对的希腊还是一样分裂。

做出了各种努力却还是不停失败,这样的落差并不鼓舞人心。这会让人觉得:当民族主义之间发生冲突,只有在这些民族本身已经不具备政治重要性了之后,民族主义才可能被超越——就好像在本该使联盟发挥作用的城邦溃败了以后联盟才被建立起来一样。在有些案例(说实话,是很多案例)上,希腊的历史教训并不令人愉快,在有些案例(较少的案例)上,希腊没有什么可以教会我们的,这个案例可能就属于这两种情况。

但还是有一点值得注意的,可以改变这种观念。

希腊人之所以未能成功结盟,是因为尽管他们做了表面功夫,但其实并没有努力去做这件事。他们想要在彼此间重建一个纯粹军事的联盟,这就产生了一个几乎无法解决的问题,即各自独立的国家间盟主权的问题。考虑到古代国家的

---

① 底比斯是唯一一个参与这种类型的联盟的大城邦,但是它本身是联盟的核心。这样的同盟中不可能有两个同样重要的城邦存在。

性质，他们几乎想不到别的办法。古代的国家是一种直接的、即时的、具体的存在。其政治活动和司法活动都是由每个公民以个人的方式进行的。国家，就是公民本身。如果一个维奥蒂亚人要派出几名代表到底比斯附近的城邦，从而不得不放弃这样的特权，没有人会理解为何要为了一个遥远的不记名组织的利益而放弃这些特权。研究这些重要联盟为了协调古老的直接参与的原则和便利的委派代表的制度①所采取的方法是很有意思的。但是总的来说，希腊的城邦在盟主统治权的行使和公民个人之间并没有任何中介调停的作用。

相反，对于我们现代人而言，国家在扩大的同时也具备了一个抽象存在的特点，我们只有通过一系列不知名的机构才与这个抽象的存在发生关系。在这样的国家中，国民代表的制度就变得非常必要。国民协议会也只能讨论一些性质简单的重大问题。这样的国家中行政管理变得更加复杂，行政阶梯增加，而且因为这些行政阶梯，不同的义务也落在了每个人身上。然而，自从出现了与公民个人活动分割的规则、权力、议会，公民也变得更加容易接纳新的公民。我们也可以想象，

---

① 参见 A. Aymard, *les assemblées de la confederation achaïenne*, 1938。以及 J. A. O. Larsen, *Representative Government in Greek and Roman History*, 1955。此外，据记载，在2世纪最早采用代议制的同盟似乎并不是为了扩张地理版图而采用这种制度的。参见 Tarn-Griffith, 前揭, 页77。

新的公民开始出现在一些特定领域,例如经济和贸易领域,然后他们不断地增加、扩散。国际规则对于个人而言就不再意味着对权利的一种放弃。

也就是说,如果我们想要研究的是泛希腊主义和欧洲统一之间的平行关系的话,这种关系是站不住脚的。但也不是完全不正确。这两者之间的关系应该是颠倒的。泛希腊主义的历史是一个民族本身就具备统一民族的情感,但是在过去未能形成统治机构;而泛欧洲主义则是试图构建一些并非靠民族情感来维持的共同统治机构①。泛希腊主义只是为了实现政治和军事的统一;而泛欧洲主义讨论得最多的是经济。再简单的公共行政机构对于城邦制下的希腊人而言都太繁复了;而现代世界已经有许多行政机构,就算再加上一些最复杂的公共行政机构,也不会造成什么彻底的改变。我们甚至可以说:根据某种反论,如果一个领域中的行政机构都是同样不记名,同样抽象,机构所做的事情只是互相管理的话,复杂且不协调的机构反而更容易逐渐地融合进这个领域中②。

---

① 参见 Duroselle, *Encyclopédie Française*, 页11:"在原本就没有超级大国的情况下,才可能建成超级欧洲,这样将来才可能最终形成欧洲民族情感。"
② 正是国家的这个特点,让罗马人的版图得以扩张。参见 Claude Moussé, *la fin de la démocratie athénienne*, Paris, PUF, 1962, 页478:对于罗马人而言,"国家已经构成了一个实体,是一个文明社群的外部概念,是行政主权的象征。所以,一个城邦的版图,至少在理论上是可以无限扩张的"。

所以,如果说古希腊人给我们留下的原则如今依然有效的话,如今政治局势与当时的区别巨大,这让我们至少可以期待我们最终的命运不会跟他们一样。

所以这个结论并不是完全使人不悦的。但是有这个结论就够了吗?而且,两次都只讨论从一个失败的经验中提取来的教训,这样合适吗?毕竟,我们今天是聚集在一个作为坚实的独立国家而存在的希腊里。所以失败只是暂时的。某些东西一直存在并最终胜利了。在雅典霸权的时期和几个失败同盟的时期过去之后,希腊在几个世纪间都一直处于外邦统治、国民起义的时期———直到1821年。而且,经历了这么长的时间希腊依然留存,这是因为希腊人和其他民族都一直十分尊敬希腊所呈现的东西,即希腊的文化(并非泛希腊主义,而是古希腊文化)。事实上,这也是古代的希腊人想要保存的最重要的东西。

当古代的希腊人描述希腊的统一时,他们描述的是一种建立在某些价值上的文化的统一。与外族人不同,希腊人所表现的是对自由的眷恋和对理智的青睐(理智在政治上具体化为法则)。从希波战争时期开始,就明显地出现了这种文化对立的情感。希罗多德曾描述:波斯王见到只受法律主宰的斯巴达人时,非常震惊(卷七103);埃斯库罗斯也讲到,当听说雅典人"不做任何人的奴隶或臣民"时,老皇后阿托撒同样也非常震惊(《波斯人》,422)。后来,在伯罗奔尼撒战争时期,仍然能够参与这种既自由又理性的希腊式生活就被当成了一种特权。当伊阿宋把美狄亚从科尔基斯带回家又抛弃了她之后,他宣布自己与她互不相欠。他说:"你得到的比你付出的还要多了。我说给你听。首先你的居住地是希腊的土地,而不再是外族莽荒之地了;你还学会了正义,懂得依据法律而不是靠武力来生活。"(《美狄亚》,535—538)我们还可以举出许多类似的语录①和引自"希腊人公共法律"的引文。"希腊人共同法律"是人文主义的最高法则,要求每个希腊人尊重他人并限制暴力的使用(法则中包括被埋葬的权利,对囚犯、请愿者、神殿的尊重,甚至是对外邦领土的尊重②)。当古代的希腊人讲到"希腊"时,他们首先想到的是"文明"③;当他们讲到"外族"(barbares)时,他们的意思是"不文明的"④——这个词

---

① 同样是欧里庇得斯的作品,在《俄瑞斯忒斯》487 中是这样定义希腊的特点的:"不愿意凌驾于法律之上。"在《在奥利斯的伊菲革涅亚》1401 中也对希腊人和外族人进行了对比。

② 参见修昔底德,卷三 50,卷四 97;欧里庇得斯,《赫拉克勒斯的儿女》1010;《乞援女》331,526,671;普鲁塔克,《伯里克利传》,29; Diodore, XIII, 23—24; XIX, 63;等等。

③ 参见修昔底德,卷一 6.6:"古代的希腊人与现代的外族人的生活方式相似。"

④ 参见欧里庇得斯,《俄瑞斯忒斯》,485:"在蛮族中生活,会让你变成蛮族。"

到今天还有这个意思。修昔底德的著作中,伯里克利讲到雅典的这种既自由又理性的生活时,他用了一个很著名的词。他说,因为雅典式的生活,雅典并不像人们通常所说的那样是"希腊的首都",也不是"希腊的学校",而是给整个希腊的"生动的课程",是一种"教育"①。

这种呈现一种文化的意识甚至让泛希腊主义的理论具备了真正的独创性。因为泛希腊主义的理论既不是建立在种族自豪感上,也不是建立在军事野心上,而是建立在对价值的共同喜好上。伊索克拉底在《泛希腊集会演说辞》50 就强调了这一点:"我们的城邦在思想和言谈上都远远超过了其他人,所以我们的学生都成了别人的老师,希腊人这个称谓也不再用于宗族的称谓,而是用于文化的称谓,被我们称为希腊人的人,不单单是与我们有着同样的血统,更是与我们有着同样教育的人。"用来定义这种"教育"的特点,当然包括法律(法律不但是野蛮生活的对立面,也是一切压迫制度的对立面),还包括才智的自由应用。

这两个领域正是雅典的突出之处。伊索克拉底在《泛希腊集会演说辞》中说道:"雅典是最早制定法律并建立起宪法的城邦";在雅典,可以看到的"除了速度和力量的竞技,还有

---

① 欧里庇得斯的墓志铭上称雅典为"希腊中的希腊",也是这个意思。

演讲、才智,以及一切其他类型的活动的竞技"(同上,45);"爱智之学($φιλοσοφίαν$)……被我们的城邦展现了出来"。但这两个特点也是定义了希腊文化的贡献的特点①。

召开集会,对思想进行讨论和磨炼,这就是这种文明的最主要的特点,这样的文明才是人类该有的。从《伊利亚特》中极具代表性的人神之间的友好争论,到由柏拉图对话录所代表的这种既严格又生动的思维模式,我们可以从中看到希腊人的辩论有着相同的目的、同样的大胆风格,以及相同的品味。无论是在艺术领域、政治思想领域还是在哲学领域,希腊人从辩论中得出的所有发现都不是短短几个赞美之词可以涵括的。这样简单的赞美是很稚拙的。关键是要明白,希腊人自己在所有这些成就中所看到的只是一种"学术文化"②反映,在他们眼中,这就是希腊的定义。

因为这种"爱智之学",希腊经历了不断尝试独立又不断失败的漫长过程(即 Graecia capta[被俘的希腊])之后,依然幸存了下来。即使是在希腊的独立时期中断时,古希腊文化也

---

① 关于希腊文化在塞浦路斯的进步,参见 *Evagoras*,47,50。
② 这个词出自伊索克拉底。但是修昔底德解释雅典强大的原因时想到的也是某种类似的东西。他说(卷二 35.4):"但是是什么行为准则把我们带到了今天这个境遇,是什么体制什么特点使得雅典强大,我来说明一下……"然后他继续说:"我们习惯自由,不仅仅是在政治行为上,在日常生活中一切属于相互猜疑的事情上也是这样……"

没有随之消亡①。而是幸存下来,并继续发扬光大。正如安东尼·梅耶(Antoine Meillet)所写的那样:"古希腊文化是在形成国家之前就已经形成的一种文明。"

然而,我们不要搞错了。在这一点上,欧洲统一论和希腊统一论并不是平行的,前者是后者的直接延续。

希腊文化后来变成了希腊-拉丁文化,之后又加入了基督教的价值,还掺入了一点日耳曼文化的遗产。但是希腊文化依旧是最初的核心,是根源。欧洲精神中也有着相同的基本价值。与任何一种极权政体相反,这种共享的文化宣扬的是自由。除了所有物质的财富和享受之外,它还追求智慧的价值。保罗·瓦雷里(我举出他是因为他谈论"家园"这个概念比我更加可信)并没有忘记希腊人作为教育者的这个角色。他在1924年关于欧洲精神的一项研究中指出了使欧洲人成为欧洲人的因素。他特别指出了——在学术、艺术和法律的领域里——所有文化遗产之中最古老的,即希腊的文化遗产:"任何一个曾经历过罗马化和基督教化这个持续过程,且在精神上遵从希腊人的戒律的种族和国家,都绝对属于欧洲。"②

---

① 而且实际上,在无法继续"泛希腊主义"的时期,也有"亲希腊主义"。罗马的教育就是受到了希腊的影响。之后的哈德良想要成为"希腊的复兴者"、"雅典的第二个创建者"。而且我们知道在其他的时期也有一些比较重要的亲希腊主义潮流。

② 关于这篇文章的最新版,参见: Œuvres, tome D: Vériétés, vol. I.。此外我们也倾向于用一种不是那么纯学术的定义来定义希腊的文化遗产。

到了今天,这种希腊-欧洲文化,我可以说,毫无争议已经成了所有欧洲人共同的文化,正如它在过去是古希腊所有城邦的共同文化那样。它在欧洲人之间创建了一种连接,一种既不神秘[1]也不排外的连接。它就像以前的雅典式生活那样,向所有人开放。而且很显然,因为这种文化,美国人相比其他人会跟我们欧洲人更加接近,只是我们对这种文化的参与更加直接一点。正如雅典是希腊中的希腊,西方文化也是从欧洲出发,并形成了欧洲的声誉和力量。西方文化只是古希腊文化最后的化身。

还有一个有趣的事实,"欧罗巴"这个词,最初指的大概就是希腊这一片地方。因为希腊和波斯之间的界限与欧洲和亚洲之间的界限几乎是一样的。而且在古代的文章中,这两个概念往往是重叠的[2]。这种混淆在泛希腊主义的文章中甚至是很典型的:当讲到"欧罗巴"时,伊索克拉底和他的门徒们会刻意地弱化种族划分的标准,好划出一块可能更开放一点的地理区域[3]。泛希腊主义者们最初探讨的就是所有"欧罗巴"

---

[1] 参加 B. Baudry, *Euro-America*, (1962), p. 200: "并不存在什么西方神话,因为它不可能存在,因为西方神话的概念在措辞上就是一种矛盾。"

[2] 参见修昔底德,卷一 4。

[3] 参见 A. Momigliano, *L'Europa come concetto politico presso Isocrate e gli Isocratei*, RFIC, 1933, p. 477—487。关于伊索克拉底作品中欧洲的重要性,还可以参见《致海伦》,51;《演说词》,179—180,187;《致腓力》,132,137,151—152;《泛雅典娜》,47。

的概念中最小的一个。

如今的欧洲不断扩大。但是在文化上,还是很大程度上保存着希腊的渊源。

如此说来,使人们能够在情感上真正认同欧洲统一的最佳方法,并不是通过一些刻意的宣传来激发民族情感,而是应该尽量挖掘某些价值观,用这些价值观深入地影响我们,并把这些价值观发扬光大。这样既是在借鉴,也是在继承希腊文化的传统。

那这是不是意味着欧洲统一除了依靠文化之外没有别的出路,除了教育者之外没有别人可以依赖了呢?我们最理想的情况是否就是成为 Graecia capta[被俘的希腊]呢?当然不是。我们如今面临的机遇跟古希腊是不一样的,古希腊的历史也不是我们的历史。我只想说,我们从古希腊的文化遗产中所看到的价值,是我们渊源上的共同价值,应该能给我们指明道路,所以我们不应该忽视这些价值。毕竟,我们有共同的市场。但也需要有共同的精神,不仅仅是为了协约能够很顺利地缔结,也是为了所缔结的协约能够更稳定更广泛。而且我们还有共同体和友谊,这两个美好的词常常被柏拉图联系在一起。这两个词虽然并不是一直符合希腊的历史事实,但是其光芒一点也不会减少。我们大可以参考希腊人的经验,在新的形势下开始我们的经历。最后,像希腊人说的那样:"向美好的未来致意!"

14
古希腊与欧洲*

"欧罗巴"是一个希腊语词汇。从公元前4世纪开始,这个词用于指代希腊,以区别于波斯王统治下的一系列亚洲王国。欧洲与亚洲之间的地理疆界包括马尔马拉海和周边海峡。但是欧亚之间的差异并不仅仅体现在地理上。公元前490至前480年,双方冲突期间,希腊人意识到了他们与对方之间真正的差异是在文化上,且他们在此后几个世纪中所表现出的、所追求的、所定义的文化,就是欧洲的价值。

这种价值最初的体现便是负责任的公民的政治自由。我们可以读到两段非常有说服力的证词,来自两位青年时期曾经历了希波战争的人后来以此为主题所写的著作:一是诗人

---

* 1991年1月28日于拉海法语学院(Institut français de La Haye)所作的演讲。

埃斯库罗斯的悲剧《波斯人》,这出悲剧讲的是希波战争结束八年之后的故事;二是历史学家希罗多德书写的希波战争史。两者都描述了波斯君主看到希腊的自由程度时的那种惊讶感。在埃斯库罗斯的著作中,波斯王的母亲打听雅典的情况并得知雅典人"不做任何人的奴隶或臣民",而且雅典人还会与国王作斗争。更甚者,她梦见她的儿子想把两个女人捆在他的马车上(一个希腊女人和一个外族女人,显然代表了希腊和亚细亚),外族女人欣然接受了桎梏,而希腊女人则踩碎了桎梏,推翻了国王。这场预言性的梦境就是这出悲剧的开篇。而在希罗多德的史著中,则是波斯王亲自向一个斯巴达人打听情况。他不能理解,希腊人并没有一位君主来强迫他们服从命令,他们怎么可能以那么少的人数抵抗他的军队。斯巴达人解释说,希腊人有一位所有人都服从的君主,那就是法律。

人民是服从君主,还是因集体责任感而团结在一起,区别极大。其他的差别都从中而来,而且其他差别在这出悲剧的头两段中就已经呈现。外族人在君主面前跪拜,而希腊人只在神祇面前跪拜。同样,外族人习惯了违心顺从,所以并不具备真正的勇气和真正的纪律。外族人并不习惯尊重他人,所以他们像他们的君主那样残忍。相反,希腊人习惯了参考彼此的权利,更倾向于运用司法公正,他们甚至会遵守让人们彼此尊重的不成文的法律,即被他们称为"希腊式的"法律。

当然了,希腊人并非总是依据这些原则行事。但是,在对这些准则进行定义、分析的过程中,希腊人为后来成为欧洲政治和道德上的标志的东西开辟了一条道路。

在政治上,希腊人所定义的理想的自由被应用于多种政体,例如斯巴达的寡头制,雅典的民主制。两个城邦之间还发生过战争。但是"民主"是如何得以继续发展的?跟"欧罗巴"这个词一样,"民主"(démocratie)也是一个希腊词汇,由公元前5世纪的希腊人所创造。虽然说世界上的其他地方在此前也出现过类似的政体,但却是雅典人最早给这种体制的精髓做出了定义:全民参与公共事务,法律面前人人平等,最杰出者为公共利益而竞选,等等。他们撰写论文,他们讨论不同政体各自的优点,有时是在剧场公开讨论。在各种政体之中,他们尤其指出了僭主制的巨大过错和人民专制的危险。今天的欧洲政治依然离不开这些见解、这些词汇。

可惜政治体制并不是只有这几种形式,一旦定义下来就可以任由每个国家随意选用的。但是希腊人的成就主要在于对政体有了一个深刻的认识。虽然希腊对欧洲的影响并不是直接的,而是经过了拉丁语的中介,但是希腊人对政体的这种认识一直都滋养着欧洲人的思考模式。因为,尽管希腊人自己并不是一直都遵守他们所发现的规则,但他们在各种著作中对这些规则进行了表述和分析。而欧洲思想的根本就是他们对民主生活的思考——包括尊重法律的重要性、宽容的重要性、保障投票的自由权和匿名权的措施、惩罚和奖励的问题、专制的危险性、优待外宾的义务等。所有这些思考都来源于对公元前5世纪的雅典的分析,之后经过了西塞罗、文艺复兴时期的学者,以及之后的哲学家的媒介,形成了欧洲政治意识的基础,也是欧洲能给这个世界提供的最好的东西。

最后,要补充一点,这些与政治自由相关的意识,在希腊人的世界里都有一些与之相关的表达方式。希腊人惯用神话,因此把这些意识具体化到了一些著名的神话人物中,形成了生动的象征。例如:忒修斯是一名主张自由的国王,一位解放者;安德洛玛刻让大家厌恶战争;安提戈涅是一个以一己之力捍卫某些价值的少女;苏格拉底遭受了非正义的判决,他死得如此安详,他的死在我们这个充满恐惧的时代里更是激起了公愤。希腊人留给我们的不仅仅是一些思想,还留下了让这些思想发扬光大的载体。

说到这就谈到了古希腊于今日欧洲之影响的第二个方面。因为古希腊的影响不仅仅在于政治方面。在希波战争之前,古希腊就已经出现了荷马、赫西俄德、萨福、品达等诗人,还有苏格拉底之前的所有哲学家都出自希腊。而且,在催生并定义了民主这个概念的这次文化飞跃中,雅典也同样创造出了我们今天仍然沿用的所有文学体裁和思想形式。雅典创造了悲剧和喜剧、历史学、修辞学,以及一种以人为本的新哲学,当然还有盛行至今的新科学精神。

所有这些文学体裁、表述方式、研究的问题等,都使罗马向往,罗马模仿了希腊的一切。在当时的罗马,所有有教养的人都说希腊语。凯撒临死前对布鲁图斯说的话就是用的希腊语。拉丁哲学家和演说家也是跟着希腊大师受的训练。

每个接触了拉丁文化的民族,都间接地继承了希腊的文化,即使他们自己并不知道。而且,在欧洲,拉丁语的每一次复兴,都伴随着希腊语的复兴,所以希腊语在欧洲各国的教育中都发挥着双重的作用:直接的或间接的作用。

这些都是我们很熟悉也很肯定的。但是对于古希腊对如今的欧洲的影响,以及当今的希腊对欧洲的影响,我们还没有做出足够的思考。

说到这里,我们只探讨了应该说是纵向发展的传统,即希腊在某个特定的时刻,创造了欧洲文化最初的基础,并向下传给了我们。但是,因为这种传统以不同的程度影响了不同民族,它又使这些民族相互之间产生了一种亲属关系,于是就构成了一种不可磨灭的横向联系。

举教育为例:拉丁语和希腊语在所有欧洲国家中都有着

重要的地位,尽管比例并不相等,开始的时间也并不相同。这种情况不仅仅局限于那些曾经有一段时间说拉丁语或希腊语的国家。荷兰的学者向来都是很著名的。还有,大家可能不知道,但在芬兰,电台中定期会播出拉丁语的节目(拉丁语并不是希腊语,但是透过拉丁语可以了解希腊)。而且,这些语言的影响也在不同国家的人之间创造了一种同源的记忆、一种兄弟般的共同经历,以及一种无需言明的相互理解,这些东西的价值无法估量。我曾经在别的场合说过一件让我非常激动的事情:那是在二战期间,普罗旺斯的难民营中住着一位德国犹太人,他一点法语都不懂,但是却看得出我是一名研究古希腊的学者。于是,这位曾经在柏林做布商的五十岁男子,很努力地回忆,并为我背出了《奥德赛》的头两首诗。我们截然不同的命运因为共同的童年美好记忆而联系到了一起。

另一方面,很显然所有欧洲国家的文学都曾经并依然深受希腊的影响。那些一直以来都在追求自己文化的拉丁国家的情况就不用多说了。甚至是与我们最为相关的,即法国的情况,也是不用多说的。尽管对以前的文本的研究已经不那么有影响力了,但每个法国人都仍然了解文艺复兴,也看到了在之后的几个世纪中龙沙(Ronsard)对品达的模仿、拉辛对欧里庇得斯的模仿,以及后来的勒贡特德利尔(Leconte de Lisle)、再之后的瓦雷里和季洛杜(Giraudoux)对欧里庇得斯的模仿。还要知道,其他国家的作家也是这样的:雪莱、济慈、霍布斯都深受希腊的影响;歌德、荷尔德林(Hölderlin)和尼采的作品若离开了希腊语就无法言明;当代的彼得·汉德克(Peter Handke)既是作家、剧作家,又是一名研究古希腊的学者。而且,文艺复兴发生时是不分国界的。伊拉斯谟来自鹿特丹,但他在法国、英格兰、意大利、巴塞尔生活过。人文主义者遍布各地,把希腊文化带往各地,他们有时甚至会使用希腊名字,例如这位原名施瓦尔兹德(Schwarzerd)的人文主义者,人们只知道他的希腊文名字梅兰希通(Melanchton)。

有人会提出反对意见,说这些都是学者,是特例。但是美狄亚的题材在欧洲所有国家的剧作中不断出现,各种版本的安提戈涅也是这样,是不分国家的。雅典音乐厅最近用了整整一个月的时间上演与厄勒克特拉相关的节目并举办相关讲座。所有这些作品中,除了最初的三部古希腊悲剧,还有各种各样的古典悲剧、歌剧、很现代的音乐剧,当然还有电影。所有这些作品的灵感都来自同一个地方,其成果也代表了热爱同一种思想模式的人之间的一种跨语言的伟大兄弟情谊。雅典再次成了他们的聚会地点。

说到这,我们该思考一下如今我们常犯的两个愚蠢的错误。在欧洲各国的教育中,人们总是追求快速的交流,让孩子们学习语言之间的不同之处,却没有先教会他们大部分语言中依然存在的共同之处。但是,一个法国小孩如果先学了一些古老的语言,会更容易学会德语或西班牙语;他也会更好地理解英语或意大利语的作品,如果他懂一点这些语言的古老形态的话,哪怕只是一点点。

除了教育的问题之外,希腊今日的地位也没有被正视。人们常以罗马作为整个欧洲历史的起点,忘记了其真正的根源。这是非常不公正的,很让人诧异。古老的西罗马帝国的继承者们忘记了当时的世界是分为两个互为补充的部分的,曾经还存在着一个东罗马帝国。我们之所以忘记了这一点,是否是因为希腊曾长期被奴役且与世隔绝?我们是否也因此忘记了曾被希腊语直接影响且视希腊语为正统的那些邻国?希腊重获独立已经有很长一段时间,希腊语也在我们这个时代得以继续使用,且其变化比世界上任何一门语言都要小。而且,随着越来越多的希腊人获得诺贝尔奖,希腊又重新找回了自己过往的伟大传统。

我们在这里探讨了这个对我们的欧洲如此重要的过往,但这个过往其实从来没有中断过:这个过往仍然在继续,且决定着我们的未来。

15

当今生活中的希腊语*

我今天并不打算与你们探讨希腊语在当今教育中的地位。我常常在别的场合探讨这个话题,一方面是因为叹息这门学科所面临的危机,另一方面也是为了表达希望,因为我们为了保留这门学科做了许多的努力。我今晚要讲的主题更加宽泛一些。我是想向大家展示,无论有没有学过希腊语,我们的生活每时每刻都深受古希腊语的影响和启发。无论在我们所使用的词汇、我们所讨论的理念,或者我们所做出的反应中,我们都在不自觉地依赖着希腊语。这就是我今天要与你们分享的,为此我将会从最简单的词汇出发,再选取两个不可忽略的领域:一个是科学与文学的领域,另一个是政治领域。

---

*　1994 年 5 月 10 日为"文学之友"(Amis des Lettres)所作讲座。

然后我们会试着来看看,希腊的贡献相比后世的演变有什么特别之处。

我们的整个学术生活、所有的研究、所有的科学都保留了希腊语的名词,因为对于欧洲文明而言,这一切都是希腊人创造的。

因为希腊人的创造,各种学科的分支由此展开,知识从此有了一个完整的系统。

我们先说说那些传承自希腊语的名词。也就是带着-ique(希腊语是-ikos)这个后缀的词,这是个希腊人用于分门别类的后缀。例如数学(mathématique),例如物理(physique)。还有一些新的科学,例如电子学(éléctronique)和信息科学(informatique)。在这些新的学科之中,技术术语(technique[技术]也是个希腊词)是用英语新造的,但是是在古老的词根上造的,例如终端(terminal)和软件(logiciel)。是希腊语定义了这些学科的主要精神、原则和知识类型。这就是希腊语的贡献,对后世是持续有用的。

除了带-ique这个后缀的词语外,还有一种词型是带有希腊语中的logos的,这种词注重的是思考。有些词在古希腊语中就存在,但是数量很少,而且词义有时会发生偏差:例如宗教学(théologie)、生理学(physiologie)、气象学(météorologie)等等。但是我们沿着这些套路,马上就创造出了新的词汇,例如病理学(pathologie)、宇宙学(cosmologie)、社会学(sociologie)和心理学(psychologie)。希腊语的模板并非只青睐古代的事物。

但要注意了！我们之所以从希腊语中借来这些词型，那是因为我们从希腊语中借鉴了科学的原则和对知识的渴望。在公元前5世纪，这些词语涌现出来的同时，也诞生了许多的technai[技艺]，就像是对掌握知识的一种难以抑制的向往。这些词是在公元前5世纪相应学科诞生的同时一同被创造出来的，在人们对知识和认知的狂热之中，这些technai相互之间在竞争。这一次的飞跃一直持续到公元前4世纪亚里士多德的出现。这一次的知识爆发直到今天还滋养着我们。

对知识的向往对人文科学也同样重要。在谈到术语构成时，我已经提到了心理学和社会学，这些学科在当时还没有后来那样的地位和重要性。但是有三门其他学科在公元前5世纪的雅典已经得到了非同凡响的发展，即历史学、哲学和修辞学。修辞学(rhétorique，也是一个带-ique后缀的词)的出现，是因为演讲在政治体制中占了非常重要的地位。但是，在研究修辞学的各方面技巧时，人们很快发现了逻辑学和辩证法(dialectique，还是带有-ique后缀的词)。于是，人们开始接触哲学这个美妙的希腊语词，以及哲学的各个部分，如伦理学和形而上学。而历史学，噢，这个名词可是意味深长啊！"历史学"(histoire)这个词,在希腊语中为*ἱστορίη*,仅仅是"调查"的意思。希罗多德和修昔底德则选择调查政治事件,使人们能够认识和理解这些事件。因为这个原因,我们把他们所进行的这项工作称作"历史学",我们今天仍然在实践这项工作。

但是不要以为希腊给我们留下的这些学科和想法只是空空的框架。在每门学科的框架内,希腊人都建立好了概念、问题、理据等,这些内容随着时间的推移不断地经历了重审和修改,但是大部分至今仍然适用。希腊人讨论过了数学中的无理数、历史学中的帝国和霸权;他们定义了人的灵魂的不同部分,以及爱、美与善的不同方面。尽管我们不断对他们提出的东西进行修改和补充,但是如果没有他们提出的这些概念和问题,今天的我们该如何生活,如何思考?

我再补充一点:与其他民族不同,希腊人是希望这些知识向所有人开放,希望这些知识可以被检验、讨论、证明的。他们的医学不再以祖传秘方为基础,而是成了教学和争论的对象。他们的哲学采取了对话的形式。因为他们给他们的研究赋予了这种普遍适用的特点,使得所有人都可以接触到这些研究,包括罗马人、以前的法国人,还有今天的我们。任何在思考的人,都是在用希腊的方式思考,即使他自己并不自觉。

在文学的领域也是这样。一个简单的例子,即最适合民主城邦的文学体裁——戏剧。希腊人同样在公元前5世纪创造了悲剧和喜剧，这是重要的成就。而我们也保留了这两种文学体裁的相关名词，尽管我们并不十分理解这些词。théâtre[戏剧]是一个希腊语词，指的是演出；odéon[音乐厅]指的是歌唱；drame[悲剧]也是一个希腊语词，指的是动作。scène[布景]和orchestre[乐队]也同样来源于古希腊，尽管其作用已经改变；还有剧本的prologue[序幕]、épisode[分集]、péripétie[高潮]、protagoniste[主角]等也是一样。我们现在的戏剧已经跟伯里克利时代的不一样了，但是我们也还是保留了古希腊戏剧的框架、题材和概念。而且即使有新的非希腊词汇进入了戏剧领域，我们依然重视希腊的贡献。这些新的词指代的是：新的元素，例如farce[滑稽剧]、opéra[歌剧]——这两个词最早出现在8世纪；新的划分一出戏的方法，如acte[幕]；以及新的实体，如剧院里的parterre[正厅]和balcon[楼厅]，甚至acteur[演员]。

跟科学领域一样，希腊传给我们的，除了名词，还有概念与方法：古希腊戏剧留给我们的，绝不仅仅是空的框架。因为古希腊的戏剧以伟大神话和英雄的形式穿越了数个世纪。

法国17世纪的戏剧，跟后来我年轻时看过的法国戏剧一样，都从希腊神话中汲取灵感。不知特洛伊之战，何谈战争？不知赫卡柏和安德洛玛刻，何谈囚俘和流亡？不知俄瑞斯忒斯,何谈罪行?不知俄狄浦斯,何谈命运的嘲弄?不知淮德拉,何谈爱情?不知美狄亚,何谈嫉妒的狂怒?

就这么多了,你们可能会说。因为法国人后来就不怎么写严肃的悲剧了。荒诞剧在一段时间内取代了悲剧。之后,戏剧方面似乎就沉寂无声了。但是注意了!尽管希腊的血脉到了我们身上似乎已经枯竭了,但是谁没有看过一些关于美狄亚、伊菲革涅亚、厄勒克特拉的著名电影呢?我说的就是近十几二十年来的事情。而且我还注意到,就此时此刻,就在这个月,整个巴黎上演了十一部古希腊戏剧。同时就有十一部呢!

那为什么希腊的遗产一直在变化却也一直存在?为什么在希腊研究被如此轻视的这个年代,还忽然涌现了这么多演出古希腊戏剧的文艺团体、这么多这些悲剧的平价版本?因为在公元前5世纪,在雅典人创立了旨在认识世界、认识人类的各门科学的同时,他们也用戏剧来分析人类的总体处境,他们从最普遍的角度来看待人类的处境,从中看到人类与神祇或正义的关系,他们是从全人类的角度出发来看待问题的。每一个人物都具有象征性,每一出戏剧都具有代表性。

但这并不意味着希腊的戏剧参与了当时的意识形态斗争。相反,任何参与了意识形态斗争的戏剧都很有可能随着形势的变化而过时。这更多地意味着:通过激烈的辩论和合唱团的评论,剧中人物被突出刻画,主题也被突出表现。

我举一个简单的例子:安提戈涅。这是一出在各个国家各个年代不断被模仿、重写的戏剧。其各个版本之间的对比很能说明问题。比如阿诺伊(Anouilh)的版本,里面对"小安提戈涅"、她玩的那些小孩子的游戏以及人物情绪和性格的描写等,都是索福克勒斯的原版里没有的。在索福克勒斯的原版中,安提戈涅当然也是一个充满人性的人物,而且即使她能够平静接受死亡的命运,到了要离开人世的那一刻,她还是会感到遗憾和悲哀的(跟我们不一样,所有的希腊英雄都热爱生命!)。但是她的行事并不受性格和情绪的支配。我们对她具体是怎么生活怎么玩耍的一无所知。我们甚至不知道她对海蒙的爱情,即使海蒙也是剧中出现的人物,但在索福克勒斯的版本中,他们直到死前才相遇。关于安提戈涅,我们唯一了解的就是她所遵循且不可能不遵循的"神法"。她用坚定的、概括的、响亮的语句陈述这条神圣的原则。所有人都听到她引用了神圣法则中的诗句,这是比任何君主的命令都更加权威的神的旨意。她对克瑞翁说:"我不认为你的自我防卫强大到能够让一个凡人越过其他的法律,即不成文但不可动摇的神的法律!神的法律不是始于今天或昨天,神的法律是永恒的,没人有知道其出现的日期。我怎么可能仅仅因为害怕某个凡人,就置自己于可能遭受神祇报复的境地?"(454)

除此之外,在这部戏剧中,还有许多场辩论都讨论了她的行为所构成的问题的方方面面,每一场辩论都跟刚才我们所引用的这一段一样全面。有的是讨论谨慎与果敢之间的矛盾(安提戈涅与她的妹妹),有的是讨论政治约束和道德准则之间的矛盾(克瑞翁和安提戈涅),还有的是讨论君主的权威和平民的话语权之间的矛盾(克瑞翁和海蒙)。如我刚才说的,安提戈涅的行为是为了遵守一则神法,她的年轻的未婚夫在为她辩护的时候,也是以这则神法为依据,闭口不谈他对她的爱情。他不是在哀求他的父亲,而是与之辩驳。他的父亲作为君主希望被尊重,他则主张适时倾听民众意见。他对父亲说:不要太顽固才是明智之举。在一段简短的对话中,他甚至对父亲说:"没有哪个城邦是某个个人的财产!"——"难道一个城邦不属于其领主吗?"——"啊!那你就自己领导一个空城吧!"(737)。在希腊戏剧中,总是有许多围绕着论题所展开的辩论,各方提出论据进行辩驳,他们的措辞都有着很强的概括性,所以他们讨论的问题立刻就显得跟我们所有人都息息相关。

索福克勒斯与阿诺伊的版本之间的区别也让我们能更好地体会前者的特别之处。他笔下的人物极富代表性、概括性,人物间的辩论语气高昂、理据清晰,与现代版本相比有着很明显的反差。所有《安提戈涅》的现代模仿版本都没有把握这一点。在现代版本中,海蒙说话的时候,他说的是爱情;大段的独白消失了;即使是像布莱希特(Brecht)这样非常注重文本的作者,也对剧本做了一些很惊人的删减——例如删掉了刚才我读给你们听的那几句关于不成文神谕法律的诗句。这是为什么呢?噢!原因有很多,其中一些是文学性的原因。但是我想,最主要的原因有两个:其一,没有一个现代人能够站在这样的高度,如此追求理智;其二,没有一个现代人能够脱离其时代背景。只有索福克勒斯的《安提戈涅》,最原始的版本,能够成为纯粹的、持续有效的符号。

在我看来,这就是希腊精神的一个特点。我刚才谈到了修昔底德。我想到了他在史书的叙述中骄傲地宣称他想要超越个体性,找到普遍性。他说:"如果我们想从过往的事件和后来的事情中看出它们因相同的人性特点而表现出的相似性的话,这些事件就被我们认为是有用的,而且这就已足够。"(卷一22.4)这样的宣言出现在一部本应关注个体性、关注过去的史书的开头,很大程度上体现了希腊的这种独特性,即《安提戈涅》所体现出来的这种独特性。

说回悲剧,我再补充一点,悲剧围绕一个问题展开辩论,但并不特别支持其中哪一方的论点。每个人都可以根据自己的态度来演绎。有的人声援安提戈涅,把她当作所有抵抗者的模范;也有人反对安提戈涅,把她当作所有叛乱者的典型;

而每个人都可以从她身上认识自己。我记得1940年在索邦大学的广场上演了一出《安提戈涅》。当时战争刚刚开始,我们所有人都在讨论战争和战争的受害者,讨论独裁政治及其危害。在这一点上,《安提戈涅》与所有希腊著作一样,永远是现实的——对我们而言是现实的。

而安提戈涅在向我们靠拢的同时,也给我们带回了我们这个时代——从不久前开始——已经忘了去感受去尊重的东西,即对人的信仰、激情、热忱。这种东西,我们可以称之为英雄主义或理想主义。这种闪光的东西正是我们这个时代所缺乏的,而在我们的教育中多多接触希腊语,能够让它重现光芒。

在我刚才所提到的事例中,已经出现了政治的萌芽。历史就是政治;修辞学也是随着集会辩论和法庭的出现而出现;戏剧就是一种面向整个城邦的公开表演。刚才我们讲到的《安提戈涅》中的辩论,就涉及政治,例如海蒙和克瑞翁之间的那场辩论。

政治就是雅典的生活。在很大程度上,政治也是我们的生活。事实上,在政治的领域中,也与科学和文学领域一样,希腊语有着同样的地位。

希腊人开创了政治和民主,也创造了这两个前途光明的名词。所以,他们开始思考不同的体制(他们也给这个领域中的名词做了分门别类),探索每种体制所基于的原则,以及每种体制各自的优缺点。从希罗多德到伊索克拉底、柏拉图、亚里士多德,都有不同的分类方法,从而得出每种体制的有益模式和有害模式。所以,在政治的领域,又是希腊人建立了框架、理论模型和分析方法。大家看:各种体制的名词还是使用希腊语名词:如果是一个人统治,好的叫君主制(monarchie),坏的叫僭主制(tyrannie);如果是一群人统治,则分为贵族制(aristocratie)和寡头制(oligarchie);而民主制,在当时是一种新事物。随着这些分类的建立,也出现了相应的概念和词汇用来指代那些需要小心的不足之处。当我们讲到无政府主义(anarchie)和煽动民众(démagogie)时,我们用的是希腊语词:这些词出现的时间是可以被推定的,其定义也是在雅典定下的。还有像寡头政治(ploutocratie)最早是在色诺芬的著作中出现的。于是,法国人根据这些构词法,通过类比,创造出了像 énarque① 和 phallocrates② 这样的词!当然了,在我们的政

---

① [译注]指从法国国立行政学校(简写为 ENA)毕业的、身居政府要职的官员。
② [译注]指对女人有统治欲望的男权主义者。

治学中也有许多拉丁语词。有些拉丁语词之所以被采用,是因为宗教隔离了希腊语的词汇:例如 église[教堂]这个词,即希腊人的"集会",还有像 Seigneur[天主]这个词,法语中是采用了拉丁语中的集会和君主这两个词。还有一些机构的名称用的是拉丁语词,那是因为这些机构是由罗马发扬光大的,例如 sénat[元老院、参议院],tribun[法案评议委员],consul[执政官、领事]等;还有一些其价值就是取决于其概念的词,也用的拉丁语词,例如 République[共和国],loi[法律],concorde[和谐],civisme[公民责任感];还有一些词是在拉丁语的基础上重造的,例如出现于14世纪的 état[国家]这个词。到了现代,则出现了一些英语词,例如 lobby[游说]和 brain-trust[智囊团]。这几种语言之间的对比很好地说明了希腊语对法语的贡献的特点,希腊语定义了最重要的东西、我们需要一直回顾的基础。

有了名词就有相应的解析。关于民主制及其原则和危险的整个政治思考,其结构都是由希腊人创建起来的。今天的理论家无论愿意与否,都必须以希腊人的政治思考结构为根据。还有那些由当时的雅典人一点点总结出来的概念也是这样。例如"自由",即自己做决定的权利,还有用于保证这种自由的"法律"。尽管使用的词是拉丁语,但其解析却是希腊的。

而且,希腊人的解析因为表达简洁、象征性强,在经历了漫长的时光后,依然能被承认。因为希腊人的这些想法是很有代表性的,是活的。说到这里,又要讲讲悲剧作家了,他们的作品中揉入了许多的政治思考。

悲剧中描述了民主制的美好与危险之处。其美好在于其坚持一条原则:人民做主。悲剧中对这条原则进行了定义、表现与议论。它因此变得生动。即使剧中的统治者是一位国王——因为悲剧有时描述的是神话故事——他也会顺从民意。例如埃斯库罗斯的《乞援女》中的那位国王,他冒着引发战争的风险,也要庇护那些被追捕的女子,但是他也要征求民众的意见才能做出这个决定。他说:"我不能给你任何承诺,在未与全体阿尔戈斯邦民商量之前。"他还说:"我告诉过你,不管我有多大的权力,我在问过邦民之前都不能做任何事情。"(368—369,398—400)但是并不是所有人都有这位国王的这种民主意识,即使是雅典国王忒修斯和得摩丰也没有。悲剧中还描述了政治野心。例如欧里庇得斯就用强烈且鲜明的手法描写了厄忒俄克勒斯的政治野心,厄忒俄克勒斯即俄狄浦斯的两个为了权力相互残杀的儿子之一。他毫不隐晦自己的野心,他公开表明:"如果我能做到的话,我愿上天摘星,或下至地底,只为得到至高无上的王权。这样东西,我的母亲,我拒绝让与他人,只能留给我自己。放手吧,失去最多却获得最少的人!(……)如果他想以别的方式居住在这片土地上,那就随他!但是这样东西我是不会心甘情愿地放弃的。等到我可以统治的时候,我怎么可能做他的奴隶?(……)而现在就让战火燃起吧!套上战马,让你们的马车踏上平原!我不会把我的王权让给他的。因为既然要侵犯正义,争夺王权就是最好的理由,虔诚应用在其他地方。"(《腓尼基妇女》,504—525)

厄忒俄克勒斯对野心的这段表述,从此闻名于世。凯撒曾经引用过这段话,还有一些更现代的人物也引用过。但是这段话之所以持续有影响力,很大程度上是因为它可以脱离其时代背景,形成一个抽象的基本形象。另一方面,伊俄卡斯忒为了辩驳他的这段话,用分享和平等作为理据,还谈到了宇宙、日夜、冬夏。这样的辩驳可以被任何国度的任何人理解。而且,在政治辩论比较紧张的时期,这样的辩词也能够进一步贴合现实。我们甚至可以通过神话看出这种政治野心能给民主制带来的东西。因为我们目前处于一个选举前的漫长阶段中,我想引用一下《在奥利斯的伊菲革涅亚》中的一段话,是关于墨涅拉俄斯眼中阿伽门农的行为:"当初你想统领达纳奥斯人去攻打伊利昂城,表面上装作不愿这样做,骨子里却非常想要,那时你对大家是多么谦恭!你挨个握周围人的手,敞开大门让所有来访的同胞进入,你跟每个人挨次讲话,不管他们想要与否。通过这些手段,你竭力收买民心。而一旦权力在握,你就变了……"(337以下)。《腓尼基妇女》中的两兄弟在悲剧中表现政治野心,《在奥利斯的伊菲革涅亚》中的两兄弟则是在戏剧中表现。难道说这样的情形与我们现在的体验没有相似之处,对我们不具启发作用?

但是我刚才所列举的这几段话,也涉及另一个政治现实,一个所有古希腊文章中都有谈到的政治现实,即战争。

关于战争,法语中并没有来自希腊语的词汇,我们也没有对战争进行分门别类。但是关于战争的分析,是有希腊精神的!还有战争的象征符号,也是有的!

首先谈谈修昔底德,因为我的工作主要就是研究他对战争的分析。他的分析具有很强的概括性,我每每读到都觉得与我们息息相关。例如,有一些分析谈到了征服海洋的重要性。第一次世界大战期间,蒂博代①发现可以将修昔底德的分析应用于英国的海上势力,他非常惊叹,于是写下了《修昔底德与战场》这篇文章。到了第二次世界大战,看到反侵略的各国人民团结在了一起,使侵略者最终走向覆灭,我怎么可能不激动?读到修昔底德那一段关于在被敌军占领的国家登陆的难度的分析,我怎么可能不紧张?到了今天,读到分析战争

---

① [译注]Albert Thibaudet,法国文学评论家。

所导致的道德失序的段落时,我们当然也会特别留心?当然,相比之下,内战导致的道德失序会更加恶劣,因为内战时双方在国内每个城邦交锋,国外支援又进一步激化矛盾。修昔底德就描述了这种邻居之间和亲戚之间的相互残杀,他也对这种暴力行为进行了分析。

关于对战争受害者的怜悯呢?荷马史诗和每部悲剧都为我们提供了一些象征符号。例如,《波斯人》中对死于搏斗的人的怜悯,还有《七雄攻忒拜》中对担心要被迫离开家园的俘虏的怜悯,这其中提到的代表性人物是赫卡柏和安德洛玛刻……波德莱尔在一首诗的开头写道:"安德洛玛刻,我想起了你。"当从发生战争的国家而来的难民来到这里时,我们每一个人都还可能会想起安德洛玛刻。

法语中的战争(guerre)这个词并非来自希腊语。希腊语的"战争"是 palemos,在法语中,只有一些派生词,如 polémique[笔战]和 polémologie[战争学];但是给我们最深刻印象的那些关于战争的写照,都是来自古希腊。我记得我们当代的一位专家——雷蒙·阿隆(Raymond Aron)——在收到他的法兰西学院院士佩剑时,让人在剑上刻了一句关于战争的话,一句希腊语,是希罗多德说的:"和平时期,孩子埋葬父亲;战争时期,父亲埋葬孩子。"(卷一87)

希腊人渴望避免战争之苦的愿望越来越强。首先他们希望避免的是希腊人之间的战争,这在柏拉图看来等同于内战。在公元前4世纪,他们尝试过统一:他们建立了各种同盟、联邦。事实上,在希波战争期间,他们就已经产生了想要统一的强烈情感。他们之所以有统一的可能,不仅仅是他们流着相同的血液,说着相同的语言,信奉相同的神祇,更是因为他们有着相同的习俗,尤其是政治自由的伟大传统。在希罗多德和埃斯库罗斯的作品中我们就能看到:相比由一位绝对君主统治的强大波斯,希腊人代表的是只服从于法律的自由人的城邦。

不难看出,这个定义,正是西方的理想,也正因如此,西方人的自豪感以它自己的方式说着希腊语。但是我们不要扯远了。因为,在国家间关系的这个方面,古希腊给我们留下了一个名词,一个对我们非常重要的名词——欧罗巴。

欧罗巴是一位或几位希腊神话女主角的名字。它变成了一个边界非常模糊的地理名词。但是,当伊索克拉底宣扬诸城邦联合起来共同对抗外敌时,他想说的概念是希腊,用的词却是"欧罗巴"。

关于这一点,我就不再深入了,这其实并不是一个特别清晰的概念。但是这个词义的延伸正好证明:西方的整个现在都源自希腊,且希腊语以显性或隐性、理性或感性的方式,仍然存在于我们的词汇、我们的思想、我们的情感中。

"轻与重"文丛(已出)

01 脆弱的幸福　　　　[法]茨维坦·托多罗夫 著　　孙伟红 译
02 启蒙的精神　　　　[法]茨维坦·托多罗夫 著　　马利红 译
03 日常生活颂歌　　　[法]茨维坦·托多罗夫 著　　曹丹红 译
04 爱的多重奏　　　　[法]阿兰·巴迪欧 著　　　　邓　刚 译
05 镜中的忧郁　　　　[瑞士]让·斯塔罗宾斯基 著　郭宏安 译
06 古罗马的性与权力　[法]保罗·韦纳 著　　　　　谢　强 译
07 梦想的权利　　　　[法]加斯东·巴什拉 著
　　　　　　　　　　　　　　　　　　　杜小真　顾嘉琛 译
08 审美资本主义　　　[法]奥利维耶·阿苏利 著　　黄　琰 译
09 个体的颂歌　　　　[法]茨维坦·托多罗夫 著　　苗　馨 译
10 当爱冲昏头　　　　[德]H·柯依瑟尔　E·舒拉克 著
　　　　　　　　　　　　　　　　　　　　　　　张存华 译
11 简单的思想　　　　[法]热拉尔·马瑟 著　　　　黄　蓓 译
12 论移情问题　　　　[德]艾迪特·施泰因 著　　　张浩军 译
13 重返风景　　　　　[法]卡特琳·古特 著　　　　黄金菊 译
14 狄德罗与卢梭　　　[英]玛丽安·霍布森 著　　　胡振明 译
15 走向绝对　　　　　[法]茨维坦·托多罗夫 著　　朱　静 译

16 古希腊人是否相信他们的神话

　　　　　[法]保罗·韦纳 著　　　　　张竝 译

17 图像的生与死　　[法]雷吉斯·德布雷 著

　　　　　　　　　　　　　　黄迅余　黄建华 译

18 自由的创造与理性的象征

　　　　　[瑞士]让·斯塔罗宾斯基 著

　　　　　　　　　　　　　　张亘　夏燕 译

19 伊西斯的面纱　　[法]皮埃尔·阿多 著　　　张卜天 译

20 欲望的眩晕　　　[法]奥利维耶·普里奥尔 著　　方尔平 译

21 谁,在我呼喊时　 [法]克洛德·穆沙 著　　　李金佳 译

22 普鲁斯特的空间　[比利时]乔治·普莱 著　　张新木 译

23 存在的遗骸　　　[意大利]圣地亚哥·扎巴拉 著

　　　　　　　　　　　　吴闻仪　吴晓番　刘梁剑 译

24 艺术家的责任　　[法]让·克莱尔 著

　　　　　　　　　　　　　　赵苓岑　曹丹红 译

25 僭越的感觉/欲望之书

　　　　　[法]白兰达·卡诺纳 著　　　袁筱一 译

26 极限体验与书写　[法]菲利浦·索莱尔斯 著　　唐珍 译

27 探求自由的古希腊 [法]雅克利娜·德·罗米伊 著

　　　　　　　　　　　　　　　　　　　张竝 译

28 别忘记生活　　　[法]皮埃尔·阿多 著　　　孙圣英 译

29 苏格拉底　　　　[德]君特·费格尔 著　　　杨光 译

30 沉默的言语　　　[法]雅克·朗西埃 著　　　臧小佳 译

31	艺术为社会学带来什么	[法]娜塔莉·海因里希 著	何 蒨 译
32	爱与公正	[法]保罗·利科 著	韩 梅 译
33	濒危的文学	[法]茨维坦·托多罗夫 著	栾 栋 译
34	图像的肉身	[法]莫罗·卡波内 著	曲晓蕊 译
35	什么是影响	[法]弗朗索瓦·鲁斯唐 著	陈 卉 译
36	与蒙田共度的夏天	[法]安托万·孔帕尼翁 著	刘常津 译
37	不确定性之痛	[德]阿克塞尔·霍耐特 著	王晓升 译
38	欲望几何学	[法]勒内·基拉尔 著	罗 芃 译
39	共同的生活	[法]茨维坦·托多罗夫 著	林泉喜 译
40	历史意识的维度	[法]雷蒙·阿隆 著	董子云 译
41	福柯看电影	[法]马尼利耶 扎班扬 著	谢 强 译
42	古希腊思想中的柔和	[法]雅克利娜·德·罗米伊 著	陈 元 译
43	哲学家的肚子	[法]米歇尔·翁弗雷 著	林泉喜 译
44	历史之名	[法]雅克·朗西埃 著	魏德骥 杨淳娴 译
45	历史的天使	[法]斯台凡·摩西 著	梁 展 译
46	福柯考	[法]弗里德里克·格霍 著	何乏笔 等译
47	观察者的技术	[美]乔纳森·克拉里 著	蔡佩君 译
48	神话的智慧	[法]吕克·费希 著	曹 明 译
49	隐匿的国度	[法]伊夫·博纳富瓦 著	杜 蘅 译
50	艺术的客体	[英]玛丽安·霍布森 著	胡振明 译

51 十八世纪的自由　[法]菲利浦·索莱尔斯 著

　　　　　　　　　　　　　　　　唐　珍　郭海婷 译

52 罗兰·巴特的三个悖论

　　　　　　　[意]帕特里齐亚·隆巴多 著

　　　　　　　　　　　　　　　　田建国　刘　洁 译

53 什么是催眠　[法]弗朗索瓦·鲁斯唐 著

　　　　　　　　　　　　　　　　赵济鸿　孙　越 译

54 人如何书写历史　[法]保罗·韦纳 著　　　　韩一宇 译

55 古希腊悲剧研究　[法]雅克利娜·德·罗米伊 著

　　　　　　　　　　　　　　　　　　　　　　高建红 译

56 未知的湖　　[法]让-伊夫·塔迪耶 著　　　田庆生 译

57 我们必须给历史分期吗

　　　　　　　[法]雅克·勒高夫 著　　　　　杨嘉彦 译

58 列维纳斯　　[法]单士宏 著

　　　　　　　　　　　　　姜丹丹　赵　鸣　张引弘 译

59 品味之战　　[法]菲利普·索莱尔斯 著

　　　　　　　　　　　　　赵济鸿　施程辉　张　帆 译

60 德加,舞蹈,素描　[法]保尔·瓦雷里 著

　　　　　　　　　　　　　　　　杨　洁　张　慧 译

61 倾听之眼　　[法]保罗·克洛岱尔 著　　　　周　皓 译

62 物化　　　　[德]阿克塞尔·霍耐特 著　　　罗名珍 译

图书在版编目(CIP)数据

与古希腊相遇 /(法)雅克利娜·德·罗米伊著；黄琰译. --上海：华东师范大学出版社,2020
("轻与重"文丛)
ISBN 978-7-5760-1031-2

Ⅰ.①与… Ⅱ.①雅…②黄… Ⅲ.①古代文学史-研究-古希腊 Ⅳ.①I545.092

中国版本图书馆 CIP 数据核字(2020)第 229629 号

华东师范大学出版社六点分社
企划人　倪为国

轻与重文丛
与古希腊相遇

主　　编　姜丹丹
著　　者　(法)雅克利娜·德·罗米伊
译　　者　黄　琰
责任编辑　王　旭
责任校对　徐海晴
封面设计　姚　荣

出版发行　华东师范大学出版社
社　　址　上海市中山北路 3663 号　邮编　200062
网　　址　www.ecnupress.com.cn
电　　话　021-60821666　行政传真　021-62572105
客服电话　021-62865537
门市(邮购)电话　021-62869887
地　　址　上海市中山北路 3663 号华东师范大学校内先锋路口
网　　店　http://hdsdcbs.tmall.com/

印　刷　者　上海盛隆印务有限公司
开　　本　787×1092　1/32
印　　张　9.5
字　　数　136 千字
版　　次　2021 年 1 月第 1 版
印　　次　2021 年 1 月第 1 次
书　　号　ISBN 978-7-5760-1031-2
定　　价　68.00 元

出版人　王　焰

(如发现本版图书有印订质量问题,请寄回本社客服中心调换或电话 021-62865537 联系)

RENCONTRES AVEC LA GRÈCE ANTIQUE
by Jacqueline de ROMILLY
Copyright © Editions de FALLOIS, 1989
Simplified Chinese edition arranged with Editions de FALLOIS
Simplified Chinese Translation Copyright © 2021 by East China Normal University Press Ltd.
ALL RIGHTS RESERVED.
上海市版权局著作权合同登记　图字:09 - 2021 - 566 号